SHANGHAI STORIES CULTU

故事会

情满洛杉矶

上海故事会文化传媒有限公司

上海文艺出版社

图书在版编目（ＣＩＰ）数据

情满洛杉矶 ／《故事会》编辑部编. －－ 上海 ：上海文艺出版社，2023（2024.1重印）

（故事会．言情伦理系列）

ISBN 978－7－5321－8773－7

Ⅰ．①情… Ⅱ．①故… Ⅲ．①短篇小说－小说集－中国－当代 Ⅳ．①I247.7

中国国家版本馆CIP数据核字(2023)第112080号

书　　　名：情满洛杉矶

主　　编：夏一鸣
副 主 编：吕　佳　朱　虹
责任编辑：田　芳
发稿编辑：吕　佳　朱　虹　姚自豪　丁娴瑶　陶云韫　孟文玉
　　　　　王　琦　曹晴雯　赵嫒佳　田　芳　彭元凯
装帧设计：周艳梅
封 面 画：苏　寒
责任督印：张　凯

出　　　版：上海文艺出版社
出　　　品：上海故事会文化传媒有限公司
　　　　　（201101 上海市闵行区号景路159弄A座3楼　www.storychina.cn）
发　　　行：上海文艺出版社发行中心
　　　　　（上海市闵行区号景路159弄A座2楼206室）
印　　　刷：上海青林印务有限公司
开　　　本：787×1092毫米　1/32　印张：8
版　　　次：2023年9月第1版　2024年1月第2次印刷
书　　　号：ISBN 978－7－5321－8773－7/I.6918
定　　　价：25.00元

大众文化
出版基地
·www.storychina.cn

上海故事会文化传媒有限公司　出品(01144)

想看更多故事?
扫码下载故事会 App

编者的话

一、中华民族自古以来便有讲故事的传统。五千年的文明绵延不断，五千年的故事口耳相传，故事成为中华民族弥足珍贵的精神财富。

二、创刊于1963年的《故事会》杂志是一本以发表当代故事为主的通俗性文学读物。60年来，这本杂志得风气之先，发表了一大批脍炙人口的优秀作品，许多作品一经发表便不胫而走、踏石留印，故而又有中国当代故事"简写本"之称。

三、60年来，这本杂志眼睛向下、情趣向上，传达的是中华民族最核心、最基本的价值观。

四、为让读者在最短的时间内阅读最大面积的精品力作，《故事会》编辑部特组织出版《故事会·言情伦理系列》丛书。

五、丛书分为如下八本故事集：《爱情针法》《分手时不说再见》《麦子长出来了》《性格演员》《情满洛杉矶》《回家的路好长》《晒幸福》《布丁里的银纽扣》。

六、古人云：登东山而小鲁，登泰山而小天下。对于喜欢故事的读者来说，本丛书的创意编辑将带来超凡脱俗的阅读体验。

《故事会》编辑部

目录
Contents

目录
Contents

至真·纯情

z h i z h e n　c h u n q i n g

爱与被爱都是幸福的，寸寸生命皆有意义。

『婚托』一台戏

急嫁老太

大二暑假，我到表姐的婚介所实习。表姐开的婚介所不大，表姐、员工老罗加上我，统共才三个人。

上班第一天，我就遇上了一件稀奇事。那天我正坐在前台整理登记表，忽听得外头有人喊："小袁，小袁。"表姐姓袁，有人找表姐。我出门一看，是一个老太太。我赶紧笑脸相迎："奶奶，她出去了。"

老太太却依旧往里走，边走边说："小姑娘，你是新来的吧？给我办个登记！"于是，我掏出登记表，笑吟吟地问老太太："奶奶，您替家里什么人登记呀？"

"谁也不替! 为我自己! " 老太太很干脆地回答。

我吃了一惊 : 这老太太可真够 "潮" 的! 我忍不住试探着问 : "奶奶，请问高寿? "

老太太显然看出我的用意，不急也不恼，说 : "我今年七十六，小姑娘，老年人也有追求自己幸福的权利嘛，你说是不是? " 老太太的嗓门可大了，估计楼上办公的老罗都能听见。我心想 : 这老太太可真够放得开的。

我一边点头，一边帮老太太填好登记表，然后指着 "附加要求" 一栏，问老太太还有什么额外要求，老太太提笔写下了 "加急" 两个字。

"加急? " 是不是老太太知道自己来日无多，急着把自己嫁出去? 也不像啊! 想着想着，我发了好一阵呆，连老太太什么时候走的都不知道。

这时，老罗从楼上下来，我把登记表交给他，忍不住笑得东倒西歪 : "这儿有位急嫁老太，我们赶紧把信息发出去吧。"

谁知老罗淡淡地说 : "这事看着就不靠谱，你别管了。"

婚托女郎

第二天，我打开了电脑，想浏览一下网上的信息，可是找了几遍，信息栏里根本不见老太太的信息! 我有点着急，人家可是加急呢，都第二天了，还没把信息登上去，这怎么行! 我刚想上楼去找老罗，却见几个男人吵嚷着冲了进来!

好一阵，我才弄清这群人的来意 : 原来，有一个叫吴秀芬的离异女人，前一段时间在这里登记征婚，婚介所前前后后给她安排了好几次相亲，结果都没成功，而不成功的原因，就是吴秀芬要带着以前的婆婆再婚!

这几个男人都是和吴秀芬相亲失败了的。现在信息发达了，他们一串联，就一起过来讨说法。他们不停嚷着："吴秀芬就是婚托，编好了托词，和你们合伙骗钱！""砸了这骗人的婚介所……"

我没经历过这场面，吓得当时就哭了。这时表姐回来了。表姐不愧是当老板的，几句话就镇住了那帮男人："你们口口声声说什么婚托，我问你们，第一、这个吴秀芬收过你们任何礼物吗？第二、吴秀芬是不是第一次跟你们见面，就很明白地亮出了她的要求，是带着以前的婆婆再婚？她一开始就没有藏着掖着，又何来骗人之说？你们谈不拢，怎么能怪我们？"

几个男人见没讨到便宜，灰溜溜地走了。我好奇地问表姐，这到底是怎么回事？表姐叹了口气告诉我，吴秀芬以前有一个家，她孝顺婆婆，服侍丈夫，然而，她丈夫竟和别的女人好上了，坚决要和吴秀芬离婚，婆婆和吴秀芬怎么劝都没用。最后婚是离了，男人走了，吴秀芬就承担起抚养年迈婆婆的任务。时间一长，婆婆觉得是自己耽误了媳妇一生的幸福，于是，老人找到我们婚介所，替媳妇办了征婚登记，但每次相亲，媳妇都提出带着前婆婆再婚，因而相亲都失败了。老人一急之下，决定为了媳妇的幸福，先把自己嫁了。

原来昨天来登记的老太太就是吴秀芬的婆婆啊，我好一阵唏嘘，这婆媳两人真是令人敬佩。想到这，我不禁怪起老罗来，怪他一副事不关己的样子，怎么不赶紧把信息发布出去呢？太不像话了。

半路变卦

我把自己的想法告诉了表姐。表姐看了我一眼，又沉吟了一会儿，开口道："小姑娘家的，以后这事你就甭管了！"

可是，那老太太隔三岔五地就来婚介所打探消息，每次语气都很急，声音也很大，一个劲抱怨我们的办事效率太低。我心里发虚，又不便明说，只好每次都赔着笑脸，连声说着："我们正在帮您物色呢。"

我很理解老太太的心情。那个吴秀芬我已见过，不过三十出头的样子，长得眉清目秀，因为还没生过孩子，身材也挺好的，要不是被老人拖累着，她完全可以很快找到一个不错的对象。

尽管表姐和老罗都叫我别管这事，但我还是想成人之美。我想：要是能帮老太太找到一个合适的老头，吴秀芬就可以顺利地解决个人问题，岂不是两全其美的好事! 于是我到处托人，终于找到一个老年大学的教授，让他出面，在他的那帮学生中给老太太物色一个合适的，准能让老太太满意。

事情办得比想象中还顺利。这天，老太太刚一跨进婚介所，我立马笑嘻嘻地迎上去，不等老太太开口，我就大声地向她报喜："奶奶，这回不用您催了，我都帮您联系好了，对方是老年大学的一名学生，退休前还是一名领导干部呢，他老伴前年得病去世了……"

谁知这回，老太太用奇怪的神情看着我，反倒觉得很突然。

这时表姐和老罗从楼上下来了。表姐似乎一脸不高兴，责怪道："小姑娘家的，要你甭管这事，你还真的做起媒人来了。"

我这就糊涂了，婚介所不就是帮人介绍对象的吗? 再说了，帮吴秀芬再组家庭，也是一件好事啊。我实在无法理解表姐他们的做法。

就在这时，老太太哈哈大笑起来，边笑还边摸摸我的头，说道："谢谢你，小姑娘，难得你有这份心意。我今天是来撤单的! "

我更是摸不着头脑了："撤单? 您老不征婚了? "

老太太连连点头："是啊，不需要了。我媳妇已经相亲成功了，所以我也不想再把自己嫁出去了！"

这可是件好事啊，想起吴秀芬以前相亲的遭遇，我试探着问："那个男人愿意接受您媳妇带着前婆婆再婚？您瞧，这话说起来也拗口。"

老太太更高兴了，用不以为然的口气说："有什么不愿意的？跟自己的妈一起生活，天经地义！"

破镜重圆

老太太的话真把我绕糊涂了，这是什么意思，跟自己的妈一起生活？

表姐送老太太出了门，见我还傻傻地发呆，她就把我叫到楼上，待我坐下后，说出了实情。其实，所谓的吴秀芬相亲和老太太急嫁，都不过是婆媳俩合演的一出戏，这戏只演给一个人看，这个人就是我们中介所的老罗！原来，这老罗就是吴秀芬的前夫，老太太就是老罗的妈。其实老罗离婚后，并没有得到那个女人，于是婆媳俩演了这么一出戏，一是让老罗深切地感受到吴秀芬对老罗和他母亲那份始终不渝的真情；二是给老罗施压，尤其是老太太的"急嫁"，简直压得老罗抬不起头来。现在，这出戏演成了，老罗和吴秀芬终于破镜重圆！

我明白了事情的前因后果，气愤地说："老罗也太忘情负义了，这样的男人不值得爱！"

表姐笑笑说："小姑娘家的，夫妻间的许多事是讲不明白的。唉，人家不是改了嘛，谁还不犯个错啊？"

想想是这么个理，我不再说什么了，看着表姐一脸的笑容，我恍然大悟："表姐，这么说，这件事从始至终，你一直是个知情者？"

表姐得意地说："不仅是知情者，我还是推手呢！——带着前夫的妈再婚前夫，绕不绕口？这么个绝妙的点子，也只有我这个婚介所的老板才想得出！"

"嗯——"我嘀咕着，想起自己的努力，有些不甘心地说，"其实，我为老太太物色的人，真的很不错呀，他以前是个领导，素质好……"

表姐愣了愣，接着笑了："哪天，我跟老太太说说？"

（曾拥军）

（题图：谭海彦）

城里的女孩

　　农村青年李俊大学毕业后，留在了大都市，经过一番打拼，当上了一家大公司的副经理，事业一帆风顺，就是婚姻不顺心，原来母亲自作主张地为他选了个农村姑娘。

　　李俊心里不愿意，但对老母亲还是要孝顺的。为了尽孝，李俊把母亲接了过来，因为买的房子还在装修中，他就给母亲租了套房子暂时居住，自己则住在公司宿舍。

　　李大婶进了城，看见儿子为她租的房子，问过租金后，李大婶惊得瞠目结舌："这房租贵了去了！咱可住不了这金炕，回乡下才能睡得安稳，我要回乡下去！"

　　李俊好说歹说挽留母亲，并提出一建议：寻求合租者，这样可以减少一半的房租水电费，便宜多了。母亲这才勉强同意了。

第三天，李俊告诉母亲，说是找到靠谱的合租者了。那是位二十多岁的女孩儿，长得跟细瓷娃娃似的，女孩叫杜茵，在外企工作，身份证上显示她是城里人。

杜茵一住进来就拖地打扫，并买来一堆半熟食品进行加工，邀请李俊母子一起吃饭。

李大婶悄悄地对儿子说："她每月能挣几个钱？你看看她这么浪费，看她打扫卫生，一看就知道是没干过重活的。这城里的女孩啊……"

李大婶一向认为大都市女孩都奢侈娇气、好吃懒做，还个个势利眼、精于算计。不过，李大婶话是这么说，但同住一个屋檐下，即使再怎么看不惯，还是得相处不是？

第二天，李俊发现：杜茵和母亲挤在厨房里，母亲在手把手帮她切菜炒菜，杜茵不好意思地说："我太笨了，怎么也切不好。"

母亲客气地说："现在城里的年轻女孩有几个会做饭的，你能这样已经很不错了。"李俊心里笑了，在母亲的观念里，女人就得会做家务、会伺候老人和丈夫。

没事干的时候，李大婶就在高楼林立的大街上闲逛。这天，她在一个小店购得一个电饭煲，因为是清仓的，只要五十块。李大婶抱着电饭煲回家烧饭，谁知电饭煲竟然漏电。

李大婶去找店家理论，老板却说："这本来就是有问题的电器，所以才会减价清仓。"李大婶无可奈何，打电话找儿子诉苦，李俊不耐烦地说："不就五十块钱嘛，扔了吧。"

五十块钱可以买两斤肉吃好几天呢，李大婶怄得直叹气。杜茵得知后，双手一叉腰："哪能便宜了那帮奸商？绝不能放过他们！"

于是杜茵抱着伪劣电饭煲跟老板一通好吵，她说话字字句句都有分量有道理，还惊动了消费者协会和电视台记者，老板害怕了，不但赔偿了损失，而且保证立刻让伪劣电器下架。

李大婶对儿子啧啧赞叹："这女娃平时看上去娇娇弱弱的，遇到事可真不是好惹的。"

"那是，城里的女孩子维权意识可比家乡女孩高得多。"

李大婶话锋一转，说："那谁娶了她也真够倒霉的，厉害得跟母老虎一样，半点亏不吃，你可千万别找这样的女孩。"

李俊撇撇嘴，说看妈扯到哪去了。

合租一个月，李俊母子和杜茵慢慢熟络了。杜茵帮着李大婶报名参加了老年歌舞团，李大婶有副好嗓子，能粉墨登场参加表演了，她的精神气都跟从前不一样了。

这天，杜茵神秘地对她说："阿姨，有个退休的吴老师，看了您的表演，看上您了。"

李大婶老脸红了，说："都一把年纪了，谁还指望这个？"

杜茵笑着说："别不好意思，要是我婆婆寡居，我早给她相个好老头了，要不我给您做个媒？"

李大婶嘴上没吭声，心里却甜滋滋的，吴老师是她在社团见过的，人挺不错的。

第二天，杜茵就拉着吴老师来了，两个孤单的老人相谈甚欢、相见恨晚。事后，李大婶心想：还是城里姑娘思想前卫，能体谅老人的心。自己家的邻居大姐搞了黄昏恋，媳妇们背后都骂她老不正经呢。

李俊得知母亲有了对象，高兴得不得了，兴奋地说："妈，您要是嫁了，我一定送您个大礼。"

李大婶羞红了脸："要结婚也得你先结。"再逼问儿子的婚事，李俊索性说："妈，实话告诉您，我有喜欢的人了。"

至于女孩是谁？李俊不肯说。李俊的意中人是谁，成了李大婶的心病，她留心观察，很快就发现：李俊和杜茵眉来眼去的好像有点意思。难道儿子的意中人是杜茵？虽然李大婶也挺喜欢杜茵，但这女孩太聪明太有心计，今后儿子是要受欺负的。为了将"星星之火"消灭在萌芽之中，李大婶决定不和杜茵合租了，她自作主张地联系到了新房子。

想着马上要离开杜茵了，李大婶有些舍不得，特意准备了几个菜，拉着姑娘的手说："好孩子，以后记得常联系啊，你条件好，千万别找个跟俺儿子一样的，找个农村来的，你过不习惯，他也受罪。"

"为什么不行？只要有爱，真正的爱情是不问出身的。"

"过日子可没那么简单呐，看着挺好，还真不一定能过到一起去。咱先人都说呀'门当户对'，这最重要，听大婶的没错。"

大概晚餐吃得多了，到了半夜李大婶突然肚子疼得难受。杜茵忙不迭地把她送到了医院，垫付了医药费，还守在她身边照料她，连医生护士都以为她们是母女呢。

李大婶感激不已，心想：这女娃心地还是很善良的，要是她也是农村或小城镇出来的，那该多好。

李大婶给儿子打电话，他的手机一直不通。杜茵专门跑了一趟他的公司，回来告诉老人："他有紧急任务去了外地，这是他公司经理的电话，不信您问问。"

儿子不在，幸好有杜茵在身边悉心照料，看着她趴在自己床边入睡的样子，老人心潮起伏。

几天后李俊回来了，此时李大婶已经出院了，她一个劲地夸杜茵，说这次生病幸好有她帮忙。

李俊眼睛一转："妈，我要是娶茵茵做媳妇，您愿意吗？她可是大城市长大的富家女孩，爱打扮爱花钱，又不怎么会做家务。"

李大婶沉吟着不吭气，杜茵就躲在门外偷听，她忍不住冲进来："阿姨，我一定不会比农村女孩差的，城市女孩和农村女孩其实没什么两样，都能吃苦耐劳、孝敬老人。"

哟！这城里姑娘就是和乡下女孩不一样，敢正面出击，一点也不害羞啊，李大婶此时已情不自禁喜上眉梢，认可了两人的恋爱。几个月后，李俊和杜茵准备结婚了。

一天，吴老师跟李大婶闲聊，一时兴起露了底：杜茵正是李俊所在公司经理的女儿，两人早有好感。他们知道母亲不喜欢大城市富家女，才采取"合租"这种曲线救国的方式，让李大婶和杜茵多接触。

吴老师笑着说："你这媳妇啊，真是如来佛，你孙猴子再厉害也逃不出她的手掌心。"

李大婶脸都僵了：合租的主意肯定是杜茵出的，她能串通吴老师，当然也能串通李俊。当初自己生病时，李俊一定是假装出差。杜茵帮自己做媒，只怕也没安什么好心，一定是想提前把自己踢出家门。

李大婶勃然大怒，大城市的女孩果然心眼多，居然敢把婆婆当猴子耍，这样的媳妇谁敢要啊？

儿子跟杜茵的婚期就定在五天后，再反对也是不可能的了。李大婶认了，于是，她收拾行装，留下了出走的书信。

傍晚，李俊跟杜茵有说有笑地回到家，看到母亲的留书。李俊吓坏了："妈反对我们的婚事，嫌你是城里女孩，心眼又太多，怎么办？"

"那赶紧找她回来啊，去你老家看看吧。"

可是，婚礼五天后就要举行，五天内哪能去老家赶个来回？杜茵咬咬牙："干脆我们宣布取消婚礼吧，我跟你一起去你家乡找你妈，老婆再重要，也没有妈妈重要；结婚再重要，也没有尽孝重要。我心眼是多，可每个心眼里都是真心，相信阿姨总有一天会认可我的。"

里屋突然传出呜咽声，其实，李大婶没有走，她就藏在里屋。她思前想后，舍不下儿子，舍不下吴老师，也舍不已有了感情的杜茵。

李俊刚想开口，杜茵叫道："妈，我们刚才看您写的东西，怎么那么像一段戏里的台词呢？"

李大婶好容易转过神来，忙说："哦，是、是我们社团马上要排的戏。"

李大婶心想：唉！这辈子自己和儿子算是结结实实栽在这女娃手上了。不过，她现在也的的确确喜欢上这个聪明儿媳妇了，只要是真心相待的，多一点心眼又有什么关系呢？

（廖　静）

（题图：谭海彦）

浪漫的花

　　小吉和伊珊是一对新婚夫妻，虽然两人背着房贷、车贷，日子过得紧巴巴的，但依然讲究浪漫和情调。婚后的第一个情人节，小吉就给了伊珊一个惊喜。

　　当晚，伊珊回到家，小吉已经烧好了一桌美味佳肴。用完晚餐，小吉又神神秘秘地说："老婆，以前每年情人节我都会送花给你，今年也不例外！"说完，他变戏法似的捧出一个碟子，碟子上十几朵花在灯光下显得晶莹剔透，格外美丽。

　　小吉说："这是橘子花，怎么样，够浪漫吗?"伊珊拿起一朵，仔细看了看，幸福得笑了起来。原来所谓的橘子花，是橘子一瓣瓣撕开，翻过来。乍一看，真的像是一朵盛开的花。

小吉笑着说："很有创意吧？"

伊珊说："老公真棒！这花价廉物美，看完还可以吃，真够实在的！下次我还要！"

没过几天，伊珊的生日到了。伊珊才回到家，就看到小吉含着笑在等自己。她便心知肚明，问道："怎么啦？是不是又有什么好东西送我呀？"

小吉说："今天我还要送你花！不过可不是橘子花！"

伊珊猜不出来："牵牛花？菜花？该不会是葱花吧？"

小吉听完便从厨房里端出一个碗，说："看，这次更便宜呢。"伊珊一看，乐了，原来那是一碗豆腐花。

吃完甜蜜蜜的豆腐花后，伊珊依偎在小吉怀里，问："老公啊，你是不是以后都能这么花心思，送我特别的花啊？"

小吉笑了："我想过了，以后啊，如果实在没有点子，我就带你到公园的人造湖去。"

伊珊奇了："到那里干吗去呀？"

"扔石头打水花呗！"

（荻 秋）

（题图：包丰一）

那年的玫瑰花

那年我在奥尔森老爹花店当伙计，每个星期六晚上，都要在8点钟准时送一束玫瑰给卡罗琳小姐。卡罗琳与科曼相爱多年，已经订了婚，可科曼一到外地就变了心，和一个叫克里斯蒂的女人结婚了。

科曼带着妻子又住回镇上。新娘的确长得很美，但镇上的女人都认为是她从卡罗琳手中抢走了科曼，几乎没有人理她。

克里斯蒂的日子不好过，但更痛苦的还是卡罗琳小姐，我第一次为她上门送玫瑰时，她看上去像一个幽灵，因为她足足有半年时间把自己关在小屋子里。当我把装着玫瑰花的盒子交给她时，她大吃一惊，小声问："玫瑰？送给我的？"

我说："是的，奥尔森老爹说，送花人要求悄悄把花送给你。"

第二个星期六，我又在相同的时间给卡罗琳送去玫瑰。第三个星期六时，我送上第三束。到了第四个星期六，我还没敲门，门就迅速地打开了，卡罗琳给了我一张笑脸，她的头发看上去也不那么凌乱了。

第二天上午，卡罗琳小姐出门了，她走向教堂，衣襟上别着一朵鲜艳的玫瑰。她的头抬得高高的，正眼也不瞧坐在那儿的科曼和他的妻子。

就这样，随着我一个星期接一个星期地送去玫瑰，卡罗琳小姐慢慢恢复了正常生活。

最后一次给卡罗琳小姐送花时，我说："下星期我就要搬家到外地，不能再给你送花了。不过，奥尔森老爹说了，他还会请别人来送的。"

回到花店，我偷看了奥尔森老爹的记账簿，上面写着："科曼，购买52束四季开花的红玫瑰，预付13美元。"

原来如此！我终于明白，科曼并不像我想象的那么绝情，他在用自己的方式悄悄向卡罗琳忏悔。

转眼几年过去，我重返小镇，又走进奥尔森老爹的花店，我们聊起往事，谈得很投机。我问："卡罗琳小姐现在怎么样了？""卡罗琳小姐吗？"奥尔森老爹欣慰地说，"她同一个药房老板结了婚。好家伙！第二年就生下一对双胞胎。"

"哦！"我有点惊奇，又问道，"她不知道科曼一直在给她送花吗？"

奥尔森老爹叹息说："科曼根本没有送花，他对此事一无所知。"

我瞪着双眼看着他，惊奇地问："那么，那年的玫瑰花是谁送的？"

"一位太太！"奥尔森老爹说，"这位太太说她不能坐视卡罗琳小姐因为她而毁了自己。她就是科曼的太太，克里斯蒂。"

（张玮玲改编）

（题图：佐夫）

老乐天的苦恼

　　野鸭乡荷花村有个老葛头，他和老伴一辈子苦熬苦奔，把三个儿子养大了。谁知老大老二成家后，两个儿媳妇天天吵，闹得全家鸡犬不宁，没办法只好分了家。分家后，老二有个一岁的孩子要人照看，老伴便随老二搬到离村七八里的养鸡场去住了。老葛头的小儿子三儿正在上着学，老葛头不放心，就留在村里照顾小儿子。

　　老葛头原是个乐天派，平时不管是见着大人还是小孩，总爱说几句趣话，开个玩笑，高兴起来，还爱唱上几句戏文。可是自打分家后，他突然变了，变得脸上没笑容，动不动就发脾气骂人。还有人见到他常常跟村里的那个李寡妇嘀嘀咕咕，在一块"咬耳朵"，来往特别密切。这事传来传去，传到了老葛头的小儿子三儿耳里。

三儿今年 15 岁，是个半大小子，对大人的事，有点儿似懂非懂，他便开始注意他爹的行踪来了。

这一天，野鸭乡为庆丰收，特地从县城请来剧团唱戏。天没黑，邻近九乡八村的老乡们都提着油灯、打着手电从四面八方朝锣鼓喧天的舞台拥过来。可是最爱看戏的老葛头，却趁人不注意，悄悄离开了戏场。三儿看见他爹跟李寡妇嘀咕了一阵子就一人出村了，于是戏也不看了，紧跟在爹的后面，要看个究竟。

这会儿天昏黑昏黑的，一弯月亮儿挂在天空。三儿心急火燎地在四处寻找他爹，突然见前面出现了一个黑影，再眯眼细看，果然是个女人的影子。三儿忙一闪身躲到一棵树后面，握紧了拳头心里说：好你个李寡妇，这回看我怎么收拾你！他刚想扑过去，但又对自己说：别着急，让我先把她引过来，别让她跑了。于是三儿用手捏着鼻子，学着他爹的声音说："哎，那边可是李大妹子？"话音未落，那人影没吭声，竟一下子躲到了树后面。三儿又重复着问了一遍。这回那边回音了："是我呀，你是谁呀？"三儿憋住笑说："我是谁你还不知道？你让我等得好苦呀。咱说好了的，还有什么不好意思的，来呀，来呀……"三儿边说边往前走，待走到那黑影跟前，刚举起拳头要打下去，猛然间举起的手停住了，原来站在他面前的是他的二嫂子。二嫂子对三儿说："机灵鬼，你这是发啥神经呢！我听着有点像咱爹的声音，心里纳闷呢，你给我说说，你到底是干啥哩？"三儿先是支支吾吾，见二嫂非要问个明白不可，就把事情的来龙去脉说了。三儿最后说："咱可得对咱爹负责呀，可不能让那骚女人勾引咱爹！"二嫂说："咱别说了，快到前边看看去！"

叔嫂二人顺着荷花塘朝前走去，走着走着猛然间隐约发现前面池塘土坡上有个红火一亮一亮的，他俩赶紧猫着腰慢慢往前走了一会儿，终于看清了，果然是一男一女坐在土坡上。那男的果然是他爹，他俩还想再往前看看清楚，但又怕暴露目标，只好趴在地上，瞪大了眼珠子盯着那对黑影。

半个多钟头过去了，那红火还在一闪一闪的，三儿等得不耐烦了，他刚想和二嫂说话，只见那红火不见了，两个身影慢慢地靠到一块儿了！两人的脸越靠越近，好像要接吻。二嫂马上对三儿说："三儿，快上去！"说时迟，那时快，两人"噔噔噔"几步冲上土坡，嘴里大喊着："好个不要脸的东西，竟敢勾引我爹，这回可让我们抓住了吧……"

这一喊，把那对人影给惊散了。那女的羞得背转身去，用双手捂着脸；那老葛头被这突然袭击弄晕了头，过了好大一阵子才回过神来，浑身颤抖着大吼了一声："混账东西，你们睁大眼睛看看这是谁？！"那女人慢慢地转过身来，叔嫂一看：啊！这不是别人，正是老葛头的老伴，三儿他娘。三儿一下子扑到了娘的怀里，二嫂不好意思地低下了头，慢慢地走到婆婆身边嗔怪地说："娘，咱说好了的，吃了饭去看戏，您怎么跑到这来了？"婆婆难为情地说："她李大妹子托人给捎了个信叫我在这见见你爹，"说罢像是要为自己遮羞似的一手拉过三儿问，"三儿，想娘不？""想，我天天都想你，俺爹他净打我！"

听了三儿的话，他娘的脸上滚落下泪珠。过了好大一阵子，二嫂才对爹说开了话："爹，您咋发那么大脾气呀？有啥心里话您就说吧。"老葛头憋了半天才说道："分家的时候，你们就给你娘和我留下了做棺材的钱，这钱你们都分了吧。要记住我的一句话，我和你娘死后火葬，骨灰要放在一块儿！"二嫂听了公公这话，她琢磨了半天也没猜出这话里的意思，就问公公："莫非我们做儿女的有不孝之处，让您老受委屈了？"老葛头没好气地说："不孝，就是不孝！"这下子二媳妇可受不了，她哭着对娘说："娘，您说说我对您老人家咋样?"娘说："孝顺，孝顺!"儿媳妇又问公公："是不是大嫂对您不好哇?"老葛头急忙说："你别冤屈人家，大媳妇对我可不错。"二媳妇弄不懂了，又问："那我们到底是怎么不孝顺呢?您有啥心里话就直说吧。"老葛头给难住了，他哼哼唧唧了半天才开了口："嗨，我这老脸也不要了，说就说!自打分家后，你们两家小日子过得是热闹红火的，可我们老两口倒活活地给拆散了。别以为人上了岁数吃好穿好就行了，老年最怕的是孤单哪!"

听到这里，二儿媳才恍然大悟，她突然"咯咯"大笑起来，边笑边拉着三儿的手说："原来咱爹还挺'那个'，我就盼着你二哥出门去，我才心静呢。"三儿听她这么说，撇撇嘴说："得了吧嫂子，上回俺二哥到这村里来办事，才住了三天你就找他来了，我还看见你跟俺二哥……"老葛头忙追问："干啥哩?"三儿眨着大眼看看爹娘，又看看二嫂说："我看见他俩跟刚才你和妈一样抱着亲嘴哩。"一句话说得三人脸都红了。老葛头举起手吼道："你小子再胡说，看老子不撕破你的嘴!"三儿嘻嘻笑着又躲到娘的怀里……

（郝荫柏）
（题图：张恩卫）

你是我的哥哥

刘军很小的时候，妈妈就患乳腺癌去世了，留下刘军和爸爸相依为命。一个大男人一个小男人在一起生活，家里乱得像个狗窝。

一晃好几年过去了，刘军都读初三了。这天晚上，吃晚饭的时候，爸爸跟刘军说："军军，有件事我得跟你商量一下。我给你找了个新妈妈，明天她想到咱家来看看，你说行吗？"

这没有什么不行的，这么多年来，爸爸又要上班又要料理家务，里里外外一把手，确实不简单，刘军理解爸爸，他点了点头。

但爸爸继续说："你的新妈妈是个离过婚的女人，她也有个孩子，跟你同年同月出生的，细算起来，比你要大八天，今后他就与我们一起生活，你得管他叫哥哥……"爸爸的话还没说完，刘军顿时就不高兴了，将饭碗重重地往桌子上一放，叫了起来："找个妈妈就找个妈妈，怎么还找个哥哥来了？又是妈妈又是哥哥的,我在这家里还排老几？"他"呼"地站起来，转身就往门口走，气呼呼地一摔门，出去了。这么多年，没个妈妈管教，刘军的性子变得特野，在学校也是调皮捣蛋得让老师头痛。不过，他们班上的几个差生倒都挺喜欢他的，管他叫"哥们"。

刘军出门后，心里憋着一口气，就去了他的同学李歪点家。李歪点是他的哥们儿，有一肚子的聪明才智，不过没用在读书上，却专门用在怎样捉弄人欺负人上，同学们都说，他的一肚子聪明就是一肚子的坏水、一肚子的歪点子，所以得了个"李歪点"的绰号。

刘军找李歪点诉苦，将爸爸明天要领个妈妈和哥哥进门的事说了，末了，便说："你说这算哪档子事呢？找个妈妈还带个哥哥来，那么我在家里变成是最小、最没地位的。我这还活个啥劲呢？"

李歪点听了，说："要说，你爸帮你找个新妈，这也不是坏事，她可以帮你做饭洗衣呀，坏就坏在那个哥哥身上。你想想，你没哥哥的时候，冰箱里有两支雪糕，你可以吃两次；有了哥哥呢，你就只能吃一次了。而且还得看这哥哥要不要横，万一他要耍横，比你厉害，只怕你一次也吃不上了。而且还有许许多多事，譬如……"

"得得得，你就别雪上加霜了。"刘军气恼起来，"我已经够烦的了，你就帮我想个招吧，看有什么招能不让那个见鬼的哥哥进我家的门。"

李歪点眨巴着眼睛想了半天，说："这样的招我还真想不出来。你想想，要让他进门是你爸的主意，你能拗得过你爸？"

刘军的火气上来了，站起来气呼呼地说："亏你还叫李歪点，一个狗屁招都想不出来，还歪啥子点？"说着，就要往外走。李歪点却一把拉住他，说："你别急嘛，不让他进门的招没有，整治他的招我可多的是。

依我看，你与他的关键问题是谁当大哥谁当小弟，明天你就给他一个下马威，让他知道你的厉害，管你叫哥。当大哥的使唤小弟就像使唤一只狗，多爽！"

刘军一听，有道理，于是便与李歪点合计起来。

第二天是周末，新妈妈带着她的儿子上门来了，爸爸带着刘军在门口迎接。大家见了面，新妈妈就赶紧从口袋里掏出一个红包，塞到刘军的手里，说："你拿去买点学习用品吧。"刘军一边伸手接着，一边心想：这新妈妈还算不错，见面就给红包。但他还没高兴完，就见爸爸也从口袋里掏出一个红包，塞到新妈妈带来的那个男孩的手里，也是那句话："你拿去买点学习用品吧。"

嗨！这真应了李歪点的那句话，本来该一个人享受的好处，今后就是两个人拿了。刘军顿时忿忿不平起来，不由仔细打量起面前的这个男孩，只见他与自己一般高大一般粗壮，生得黑脸蛋亮眼睛的，怎么看都不像个好欺负的主儿。

越是不好欺负越要欺负！这是关系到自己今后在家中地位的大问题。刘军伸手就去拉对方，说："到我房里去。"爸爸却伸手一拦："你还没叫哥哥呢。"刘军撂下一句话："你们大人跟大人说话吧，别管我们。"说着，就拉着那个男孩进了自己的房间。爸爸要跟过去，新妈妈却高兴地说："由他们去吧，看他俩一见面就挺投缘的，这是好事呀。"爸爸只得作罢。

刘军关上房门，粗着嗓门，摆出一副恶狠狠的样子，问对方："你叫什么名字？""我叫梅小海。"对方老老实实地回答。

刘军说："梅小海，你给我听着，从今以后，我是你的哥哥，你凡事都得听我的……"刘军话还没说完，梅小海就打断了他："不对，应该我是你的哥哥。我妈说，我要比你大八天。"

"放屁！"刘军又吼了起来，"是我比你大八天，明白吗？我是你的哥哥！"梅小海看了看刘军那瞪得圆圆的双眼，无奈地说："好吧，就算你是我的哥哥。"刘军得意了，又说："我告诉你，今后，我说的话你一定要听，明白吗？"梅小海想了想，说："说得有理我就听。""没理也得听！"刘军吼了起来，一把揪住了梅小海的衣领，"你现在就将我爸给你的红包交出来！"

梅小海看了看刘军揪住他衣领的手，说："你这是干嘛呢？"刘军蛮横地说："我叫你交出来你就得交出来。""可、可总得有个理由呀！""要什么理由？我是你哥，你就得听我的！你没看过电视吗？"梅小海的脸涨红了，"吭吭哧哧"地说："可那是黑社会呀！我俩，是一家人，怎么能……"

看来，不给点厉害这小子瞧瞧，他是不会服软的。刘军伸手捏了一把梅小海的脸颊："你敢跟我顶嘴？快把红包交出来！"

梅小海犹豫了一下，哭丧着脸说："你怎么能这样？咱俩是兄弟呀。"刘军来火了，"啪"朝梅小海脸上打了一巴掌："兄弟又怎么了？我问你，到底交不交？"梅小海的眼泪都快流下来了，他从口袋里掏出了那个红包。

刘军松了手，接过红包，得意地笑了，梅小海则低着头，一声不响地走出了刘军的房间。

晚上，为了庆祝这个新家庭的建立，爸爸带着一家人去酒店吃饭，还邀了几个最要好的朋友。席间，梅小海一直郁郁寡欢，一声不响。刘军看着梅小海的表情，起初心里非常得意，但这得意劲过不了多久就消失了，渐渐被一种不安所取代："人家来时可是高高兴兴的，现在这么一副蔫头耷脑的样子，这都是自己给害的。我做得是不是太过分了？"毕竟都是十五六岁的孩子，刘军的心地其实也挺善良。

为了补偿自己心里的这种亏欠，吃完饭后，刘军主动说要带梅小海去打游戏机，梅小海却直摇头。"那，买书怎么样？我陪你去买书。"梅小海仍摇头，说："我没钱。"

刘军大大咧咧地拍了拍梅小海的肩膀，说："嗨，你那50块钱的红包不还在我这里吗？你以为我真要你的钱呀？我只是要让你知道，我是哥哥，你是弟弟，弟弟得听哥哥的。"

梅小海顿时笑起来："我就知道你不是坏人。"于是晚饭后，两个人高高兴兴地去了街上的书摊。

左挑右选地看了好一会儿，梅小海最终选中了一本金庸的武侠小说。回家途中，为了走近道，刘军带着梅小海走进了一条黑暗的小巷。两个人正说说笑笑地走着，冷不防一个人从黑暗中蹿出来，晃着一把微微发光的刀子，拦在他俩面前："你们这两个臭小子听着，乖乖地将身上的钱掏出来！"

刘军吓得尖叫了一声，站在那里一动不动。梅小海好像也给吓糊涂了，一声没吭。只见那人逼上一步："妈的，耳朵聋了？快把钱交出来。"

刘军颤巍巍地从口袋里掏出了新妈妈给的那个红包，递给了那个人。就在那个人伸手来接的时候，说时迟，那时快，只见梅小海双手向前一探，一把锁住了那人拿刀的手，用力一拧，身子一旋，一个"鹞子翻身"，"嗨——"嘴里一声喊，只见那个人就直直地从梅小海的肩头飞了出去，重重地摔在地上。

刘军看呆了，站在那里一动不动。梅小海却一个跃身跟了过去，一屁股骑在那人身上，回头对刘军喊："哥，你还愣着干嘛？喊警察去呀！"刘军这才回过神来，忙向巷口跑。等刘军带着警察赶到时，梅小海已经解下了歹徒的腰带，将歹徒捆了个结实。

　　警察将歹徒带走了。刘军两只眼睛一眨不眨地盯着梅小海，说："真想不到，你还这么厉害。""那当然。"梅小海得意地昂起了头，"你不知道，我读的可是武术学校哇！"

　　刘军顿时蔫了，结结巴巴地说："可、可是先前在家里，我欺负你，你怎么就……"

　　"嗨！"梅小海拍了拍刘军的肩膀，真诚地说，"你是我哥呀，咱们不是一家人吗，我怎么能……"

　　刘军脸上火辣辣的，他一把挽住梅小海的胳膊，深情地说："不，你是我的哥哥！"

（方冠晴）

（题图：黄全昌）

一分都不少

　　冯容三十出头，是骆驼岭小学的一名代课老师。她老公赵刚在外打工，每年到了过年才回来。平日里，冯容一边教书，一边带着儿子和婆婆一起过。

　　这天是小年夜，一大早，冯容刚醒来，婆婆就站在门外嚷嚷道："村里家家都办年货了，就你还睡得着！"

　　冯容赶忙起床，打开房门说："妈，这办年货的事，您不要急，赵刚不是还没回来嘛！"

　　"赵刚赵刚，你就指望他一个人。"婆婆把脸往下一沉，说，"你好歹也是个人民教师，一年到头忙下来，总得有点工钱吧？"

　　婆婆话音一落，冯容脸就红了。原来，骆驼岭小学地处偏僻山区，原先在这里执教的几个老师都找关系调走了。乡教育组王干事就找到冯容，让她在骆驼岭小学当了唯一的代课老师。这一代就是三年，原先说好一个月补助 280 块钱，可三年下来，冯容一分钱也没拿回来！

冯容低下头，轻声说："我的工资……不是还没发下来嘛。"

"还没发下来？怕又黄了吧！"婆婆嚷嚷道，"你说说看，就是过去在地主家打长工，到了年关也得结个账吧？不行，我得找王干事要去。"

冯容拉住婆婆："妈，您别这样。"

"我怎样了？"婆婆生气地说，"当官的说话不算话，我就要出他洋相！"

"妈——"冯容一下子哭了出来，对着婆婆喊道，"这钱，就算我这三年得病花了。明年，我不去做这个代课老师行了吧！"

听到这话，婆婆停下脚步，回过头望着冯容，问："你真舍得不去做代课老师？"

冯容抹着眼泪说："妈，要说舍得，我肯定舍不得。您也知道，我喜欢教孩子们读书。可是，我也知道，一家几口吃饭，光靠赵刚一人挣钱，也不现实。我决定了，明年一开年，我就跟赵刚一起出去打工。"

婆婆点点头，说："这是你说的，我可记在心里。"说完，走开了。冯容回到自己的房间，伤心地哭了。

也不知过了多久，冯容忽然听到外面传来老公赵刚的声音。她忙擦干眼泪出来，只见赵刚提着大包小包进了屋。婆婆见儿子回来了，高兴地接过包，张罗着给他做饭去了。

赵刚见冯容脸色不好，忙低声问："怎么啦？怪我回来迟了？"

听赵刚一问，冯容又忍不住掉下了眼泪，把一早起来婆婆对她说的那些话，都说给赵刚听了。末了，冯容说："过完年，我就和你一起去打工，不做代课老师了。"

赵刚笑着说："我妈这人，你又不是不知道，她就是刀子嘴豆腐心，过完年就没事了。"

冯容态度坚决地说："我说的是真的。做了三年代课老师，一分钱也没拿回来，你妈不说我，我也不好意思。你快点把钱给我，我好去镇上买年货。"

赵刚忽然犹豫起来，好不容易从身上掏出一百多块钱，支支吾吾地说："实不相瞒，我今年的工资，老板说开了年才发……我为了回来陪你们过年，也就剩一个路费……"

见赵刚没带钱回来，冯容气得一下跳了起来："没带钱回来，那还回来过什么年……"

这时，只听厨房里"哐当"一声，一个碗打翻在地，婆婆伤心地说："这年没法过了，没法过了……"说着，气冲冲地往外走，不料和一个人撞上了。婆婆抬头一见来人，冲着对方就嚷开了，"你还有脸上我家来？这大过年的，我媳妇给你打了三年工，你到底还给不给工资？"

来人尴尬地笑笑说："我这不是来发工资了嘛。"

听到有人说话，冯容和赵刚忙跑了出去，原来是王干事来了。王干事把手提包打开，从里面拿出一包沉甸甸的东西，递给冯容，说："不好意思，这是你这三年代课的工资，给你发迟了。一共10080块，一分都不少。"

发工资？三年的工资？冯容颤抖着接过王干事递过来的包裹，小心翼翼地打开，看到一张张红彤彤的伟人头像，她有些不敢相信地问："真发工资了？是不是真的发工资了？"

婆婆和赵刚也都乐坏了，一家人的气氛顿时缓和了下来，高高兴兴地开始采办年货。

转眼就到了正月初六，这天赵刚该回城里打工了。一大早，赵刚见冯容闷闷不乐地收拾着行李，就笑着说："算了，你也别装了，我知道你喜欢教书。工资尽管少点，但一分也没少给我们，还是去当你的孩子王吧。"

冯容抬头看了一眼赵刚，说："可我跟妈是说过狠话的。"

这时，婆婆忽然在门外接过话，说："算了，老赵家几代也没出过秀才，好不容易赶上个教书先生，也算给赵家长了脸面。"

冯容意外地望着婆婆说："妈也同意我继续做老师？"

婆婆叹了口气，说："这乡下人也没什么指望，就指望孩子读个书，将来有出息。你就好好教你的书吧。"

冯容一下子扑到婆婆怀里，感动地说："妈，您放心，我会好好教的。"赵刚在一旁看着，欣慰地笑了。

吃过早饭，赵刚赶到镇上的汽车站，远远地看见王干事正等着自己。赵刚赶紧跑过去，叮嘱道："王干事，我那一万块钱，你可要答应我，除了我和你，千万不能让第三个人知道。"

原来，赵刚年前回来，没有直接回家，而是先去了王干事家里。听说冯容的代课工资还没着落，就把他打工赚的一万多块钱，交给了王干事，让王干事代发冯容的工资。

王干事点点头，叹了口气说："你们两口子真是不容易啊！我没办法给冯容发工资，心里有愧啊！"

赵刚忙安慰道："千万别这么说，这事也不能怪你。"顿了顿，又有点不好意思地说，"王干事，我还有件事要拜托你！今年，冯容的代课工资，我每月会按时打给你。我知道她太喜欢教书了，村里的孩子也离不开她，临走前我又好不容易做通了我妈的思想工作，所以我就是在外面多打一份工，她的代课工资，我也要一分不少地赚回来！"

王干事的眼眶顿时红了，他上前一把握住赵刚的手，郑重地说："你放心，我今年就是拼着这个干事当不成，也要把冯容的代课工资，一分都不少地搞下来！"

（程小成）

（题图：张恩卫）

情满洛杉矶

　　美国洛杉矶的一所公寓里，住着一位年近花甲的中国妇女，她姓刘，在美国已经侨居多年，丈夫病故后，一直与独生儿子王宁相依为命。王宁今年二十四岁，是个高大英俊的小伙子，在一个高能物理研究中心供职。研究中心离洛杉矶有一百多英里路，他每个星期只能回家一次。

　　这是一个非常晴朗的早晨，与母亲共度了周末的王宁早早地起了床，同母亲共进早餐后，利索地收拾好东西，便准备出门。别看王宁是个搞自然科学的技术人员，却非常重感情，而且富有情趣，每次与母亲道别都别出心裁，譬如变戏法似的从身后取出一束清香袭人的鲜花啦，给老人留下一包包装精美的中国风味小吃啦……总之，每次都有新花样。今天，他同样不例外，走到门边突然停住脚步，调皮地眨着那双黑溜溜的眼睛问："妈妈，知道我今天要给您留下什么吗？"刘老太太笑着摇了摇头。王宁说："那您听好了。"于是就轻轻地唱起一首歌："世上只有妈妈好，有妈的孩子像块宝，投进妈妈的怀抱，幸福享不了……"

这是台湾故事片《妈妈再爱我一次》中的主题歌。前些天，王宁听一些中国留学生说，这部影片曾在中国大陆风靡一时，几乎家喻户晓。他就想方设法借来这个录像带，周末之夜与母亲共饱眼福。此刻，在儿子的吟唱声中，影片中那一幅幅催人泪下的画面，像走马灯似的在刘老太太的脑海里转动起来，她慈祥地走到儿子跟前，双手托起儿子那张容光焕发的脸庞，贪婪地看了又看……

刘老太太将儿子送下楼，王宁钻进一辆火红色的轻便小轿车，像往常一样，小轿车潇洒地绕着花园转了一个大弯，王宁从车窗里探出身子，扬手给刘老太太送来一个飞吻，便疾驶而去。

整整一个上午，刘老太太一直沉浸在与儿子共度周末的喜悦中。就在她准备吃午饭的时候，电话机的蜂鸣器突然响了起来，这一定是儿子打来的，他每次都是这样，一回到研究中心就立即打电话向妈妈问好。可是当刘老太太一拿起话筒，却像遭了雷击一般，脸"唰"地一下变了颜色……

电话是市急救中心打来的，王宁一小时前惨遭车祸，伤势十分严重，正在抢救，要她立即赶去。

刘老太太被这飞来的横祸吓蒙了，她记不清自己是怎样跌跌撞撞地跑下楼，也记不清是怎样坐上出租车来到急救中心的。她闯进抢救室，落入眼帘的是这样一幅惨景：王宁直挺挺地躺在抢救台上，整个脑袋和五官全被绷带裹住，各式各样的电源线从旁边的医疗仪器中伸出来，插入了他身上的许多部位。刘老太太泪水滂沱地扑到王宁跟前，连连呼唤着儿子的名字，然而他一点反应都没有。主持大夫斯诺教授是个满脸络腮胡子的中年人，他对刘老太太的到来似乎视而不见，只是不动声色地注视着仪器上那闪烁不定的指示灯。好一会儿，他才调转脸附在两个助手的耳边叮嘱了几句什么，随后便走出了急救室。

半个小时后，仪器上的指示灯急促地闪动起来，留在抢救室的两个助手互相交换了一下眼色，其中一个立即出去了，很快又领着斯诺教授走了进来。斯诺教授那双深邃的眼睛凝视了一眼仪器上的指示灯，低沉着嗓子对刘老太太说："没有希望了……"刘老太太一听，"扑通"一声跪倒在斯诺教授面前，声泪俱下地哀求道："大夫，请您千万想想办法，我就这么一个亲人了……"斯诺教授同情地将她扶起来，说："您的心情可以理解，可是现代医学的功能是有限的。"说着，他指了指仪器上的指示灯，"您看，这最后一次电休克治疗已经回天乏术，按照我国脑死亡的法定界限，您的儿子实际上已经……"刘老太太明白：此时医生的话具有绝对的权威性。最后一丝希望破灭了，她扑在儿子身上失声痛哭起来。

斯诺教授轻轻地拍了拍刘老太太的肩膀，充满感情地说："夫人，人死不能复生，请您节哀。"他停了停又说，"有件事本来现在不应该打扰您，可是又不能不说。"刘老太太抬起头，抹了一把眼泪："大夫，我不是那种不通情理的人，您有什么话尽管说。""那好吧。"斯诺教授扶了扶鼻梁上的眼镜，"借用中国人的一句成语，我们美国人说话喜欢'开门见山'。有一位名叫杰克的小伙子，正住在我们医院里，他患了严重的心脏病，已经活不了几天了，我们需要您儿子的心脏为他施行移植手术。我们理解您的失子之痛，但手术必须尽快进行。"

刘老太太一听，像被钢针戳了一下，"噢"地弹了起来，马上又紧紧地抱住儿子的身躯，生怕被人抢走似的连声喊道："不，不行，这太残酷！"

斯诺教授亲切地说："是的，生为人母，做出这种选择，感情上一时的确难以接受。不过，不知道夫人想过没有，一个人虽然死了，但他的心脏却在另一个人的胸腔里跳动，岂不是虽死犹生？儿子本来丧失了的生命，能继续在别人身上延续下去，这对一个母亲来说，不正是一种幸福么？"

斯诺教授这番话，竟产生了意想不到的效果。刘老太太停止了哭泣，思索片刻后问："你们医院像杰克这样的病人多吗？""不少，由于缺乏提供心脏的人，今年已经有两个病人相继死去，面对这些患者，手术组十多名工作人员，每天都处于临战状态，随时准备为他们施行手术。""这些患者全是美国人？""不，还有一些苏联、德国、中国等国家的人……夫人，您问这些干吗？"刘老太太没有直接回答，却悲痛地望了一眼抢救台上的王宁，一字一顿地说："我同意献出儿子的心脏，不过有一个条件。""什么条件？""他的心脏只能移植给中国患者。"斯诺教授愣了一下："有这种必要吗？在我们医生的眼睛里，所有的患者都没有国籍上的区别……""不！"刘老太太打断了斯诺教授的话头，十分固执地说，"什么都不必说了，如果你们不接受这个条件，我马上就把儿子运走。"

斯诺教授见没有丝毫通融的余地，沉吟片刻后说："既然夫人不肯让步，我们就尊重您的意愿，取消杰克的手术，安排一个中国患者上手术台。"站在他身旁的一个助手急了，忍不住插嘴道："可是……"斯诺教授一挥手打断了他的话："已经没有了选择的余地，一切按我的意见办，立即将王宁的遗体送往心脏外科手术室。"说完，他跟刘老太太紧紧地握了握手，迈开大步走了出去。

整整几个小时，刘老太太一直待在心脏外科手术室里，她目不转睛地守护着儿子那取走了心脏的躯体。二十四年来，她经常坐在熟睡的儿子身边，出神地望着他那生气勃勃的脸庞；王宁每次醒来，总是投给母亲一丝甜甜的笑意。可是现在，这一切都再不会有了。她的眼泪无声地淌了下来……

　　这时侯，刚从另一间心脏外科手术室出来的斯诺教授快步走了进来，又一次紧紧地握住了刘老太太的手，十分激动地说："夫人，手术非常成功，您的高尚行为挽救了一条年轻的生命，我代表病患者和全体医生谢谢您！"说完，他朝刘老太太深深地鞠了一躬。刘老太太脸上露出一丝艰难的笑容，她迟疑地问："这位中国患者的名字可以告诉我吗？"斯诺教授爽快地说："可以，他姓梅，叫梅江，跟您儿子一样，刚好也是二十四岁。""那我什么时候可以跟他见面？""噢，这……"斯诺教授想了想，委婉地告诉她，"夫人，这是一个非常棘手的问题，院方规定，医生不能支持器官提供者家属和接受移植者之间的接触。""这是为什么？""因为这会使病患者对另一个家庭产生终生的负债感。"接着他又用一种恳求的口吻说，"夫人，这样可以吗？为了补偿您作出的巨大牺牲，我们付给您加倍的酬金。"刘老太太一听这话，脸色顿时变得难看起来："这是什么话，母亲的爱难道可以用金钱去交换吗？不管怎样，我一定要见见那位年轻人，亲耳听听我儿子的心脏是怎样在他的胸膛里跳动的。斯诺教授，相信我吧，我一定会妥善处理好与他的关系。"面对一个母亲的恳求，斯诺教授思忖良久，终于作出了让步："好吧，为了您的母爱有所寄托，我就破这一次例。不过，小伙子刚动过手术，情绪需要绝对稳定，必须在一个月以后，我才能安排你们见面。"刘老太太没有过分使斯诺教授为难，点头答应了。

刘老太太回到公寓，含着泪操办了王宁的丧事。一个星期后，她拨通了斯诺教授家的电话："喂，您是斯诺教授吗，我是王宁的妈妈。""噢，您好，找我有什么事？""我想问问梅江……""我不是说过一个月以后你们才能见面吗？"刘老太太赶紧解释："斯诺教授，我没有别的意思，只想问问他的身体恢复得怎么样了。""请您放心，一切正常。""那就好，那就好，谢谢！"打这以后，刘老太太每天都要跟斯诺教授通一次电话，通话的内容几乎每天都一样，先是询问梅江的身体情况，接着充满感情地复述儿子生前与她的许多有趣的事，尤其对那日在家与她最后一次道别的情景，更是描绘得有声有色。她觉得只有这样，失子的空虚感能才有所弥补。好在斯诺教授善解人意，每次都耐着性子听完，而且从不打断。他宁肯赔上一些宝贵的时间，也不愿去伤害一颗母亲的心。

　　一个月终于过去了，刘老太太像捱过了一个漫长的世纪，直到斯诺教授告诉她：不必再打电话了，明天他一定会带着梅江登门拜访。这天夜里，刘老太太躺在床上一遍又一遍地设想着她与梅江见面的情景，整整一宿都没合眼。

　　第二天上午，她正在整理房间，门铃响了，她下意识地按了按怦怦乱跳的胸口，连忙迎了上去，一开门却愣住了：与斯诺教授同来的是个美国人。刘老太太忙问："斯诺教授，梅江怎么没来？"斯诺教授意味深长地笑了笑，望了一眼他的同伴，说："喏，他就是梅江。""什么？"刘老太太简直不相信自己的耳朵，她极力瞪大眼睛，直愣愣地盯着这个陌生的小伙子，只见他金发碧眼，高鼻子，深眼窝，是个地地道道的美国人。刘老太太急了："这、这是怎么回事？"斯诺教授从容地点燃一支烟，说："还是引用一句中国人的老话吧，'纸是包不住火的'，我不能再瞒您了，这位小伙子就是杰克，那天他的手术并没有取消。""啊……"

刘老太太像突然掉进了冰窟里，全身上下都凉透了。她重重地跌坐在沙发上，顺手拿过放在茶几上的儿子的遗像，贴在脸庞上，悲痛地呜咽起来……

斯诺教授十分愧疚地说："夫人，这件事很对不起您，但实在是迫不得已。当时杰克已经危在旦夕，很可能头天夜里睡着了，第二天就永远醒不过来，而您又坚持儿子的心脏只能献给中国患者，如果当时真的有一位中国患者的病情跟杰克病情一样严重，我们一定会遵从您的意愿的，遗憾的是实在没有。为了不贻误杰克的医疗良机，我只好欺骗了您，后来又替杰克编造了一个中国人的名字。夫人，我侵犯了您的合法权益，您完全可以到法院去控告我，我心甘情愿接受法律制裁，但我依然不后悔，因为我虽然与杰克素昧平生，但直觉告诉我，他是一个非常善良、诚实、可爱的小伙子。"

是的，作为一个身处异国他乡的中国母亲，祈望儿子的生命能在同样是黄皮肤、黑眼睛的炎黄子孙身上得到延续，感情上的确是一种莫大的寄托。现在这一切都不可能了，从今以后，刘老太太将在大洋彼岸形影相吊，身边连跟她说句中国话的人都没有了，她只能是一个操着满口英语的亚洲人，这对她心灵上的打击实在是太大了。然而，刘老太太一句话也没说，失神的眼睛只是迷茫地望着杰克，空气终于凝固了。

许久，刘老太太的目光才从杰克身上移开，用一种缓慢而枯涩的声调对斯诺教授说："什么都不必说了，你们走吧，权当是一场梦……"斯诺教授还想说几句什么，刘老太太像要拂去什么似的，不停地挥着手，"我不要听，走吧，走吧……"斯诺教授无奈，只好拉起杰克往外走。

走到门口，脸上一直挂着腼腆微笑的杰克突然调转身子大喊一声："不!"他的脸庞涨得通红，嘴唇困难地噏动着，却出不了声……

刘老太太暗暗吃惊，不知他要干什么，一时不知所措。

终于，清晰的声音从杰克嘴里吐了出来："世上只有妈妈好，有妈的孩子像块宝，投进妈妈的怀抱，幸福享不了……"他虽然唱得很轻，中国话也咬得不准，但却十分动情，眼眶里噙满了晶莹的泪花……

这熟悉的旋律，使刘老太太的脑海里重现出那日王宁与自己告别的情景，杰克那张年轻的脸庞在她眼睛里渐渐幻化为儿子的形象。她听着听着，激动得全身哆嗦起来。斯诺教授附在她耳边轻轻说道："这些天，杰克从床上爬起来的第一件事，就是练唱这支歌。他还对我说，以后一定要把汉语学会，因为他有一个中国妈妈……"

刹那间，因国籍、肤色、语言不同而形成的鸿沟被人类崇高博大的爱填平了。刘老太太再也无法控制自己，一把将杰克拉到身边，耳朵紧紧地贴在他胸前，神情肃穆地聆听起来。突然，她老泪纵横地喊了起来："听到了，听到了，我的宁儿，他的心在跳，在跳啊……"杰克也紧紧地拥抱着刘老太太，泪花闪闪地用刚学会的中国话喊道："妈妈，我就是您的宁儿……"

望着这感人肺腑的一幕，从不轻易动感情的斯诺教授眼眶湿润了，脸上露出了欣慰的笑容……

（龙江河）

（题图：胡国强）

穿越亲情

有凤来仪

陈川在网上结交了一位女朋友，她叫王晗，他俩相识，是从陈川佩戴的一块玉佩开始的。

王晗的网名叫"只爱佩玉男生"，她在视频里一看到陈川脖子上的玉佩，就主动与他搭话，他俩在网上聊得十分投机。

这天网上，两人在聊天时，王晗突然提出，说她后天要到陈川所在的城市出差，想顺道到陈川家看看。

约见面，这是个很暧昧的信号，何况是女方主动提出的，这让陈川高兴得神魂颠倒。可是他高兴之后，又犯愁了，他愁的是他的哥哥陈原。

陈原今年三十整，是个弱智患者。父亲陈仓满，快六十岁了，在家里照顾着陈原。陈川不敢将哥哥陈原的情况告诉王晗，只说自己是独生子，生怕说了，王晗会离他而去，因为陈川以前谈过五个女朋友，都是因为知道实情后离他而去的。陈川想，怎样才能让王晗不与哥哥碰面呢？哥哥那么大个人，藏是藏不住的，沉思良久，他猛地想起一个人。

那是三个月前的一天，陈川带哥哥出去散步，遇到一个中年人，他自称老李，是做生意的，想请人糊纸箱子，这是最简单的活儿，傻子都会做，要是让陈原去他那里做事，他管吃管住，说着还把电话号码留给了陈川。

当时，陈川只是一笑置之，现在想起这件事，陈川有了主意，他打算先将哥哥送到老李那里，这样王晗就不会与哥哥碰上面，等到王晗与自己见过面后，双方交往多了，条件成熟了，再向王晗介绍哥哥的情况。

主意已定，第二天天刚亮，他趁父亲上街去买菜的机会，来到哥哥陈原的房间，催他起床，帮他穿好衣服后，就带他出门。陈原难得上一次街，高兴得一路手舞足蹈，呵呵傻笑。

来到老李家，陈川甚至没顾上观察干活场所以及了解如何操作等细节，只是与老李谈定，先让哥哥在这里试试，要是哥哥待不惯，他还是要将哥哥接回去的，对此，老李一口应承下来。

办妥了这件事，陈川了却一桩心事，他赶回家，一进门，就见父亲满脸焦急，一见陈川劈头就问："你哥呢？你哥哪去了？"陈川只得将王晗明天要来家里的事告诉了父亲，他没敢说他把哥哥送到老李那里，撒谎说，为了不让哥哥在家里把事儿闹黄，他将哥哥送到同事家去待两天。

父亲听了，叹了一口气，说："我知道，你哥难为你了，害得你……唉！"他顿了一顿，就喜形于色道，"既然明天有女孩子上门，那得好好准备一下。"说罢，他就又是抹桌子又是拖地板，忙得不亦乐乎。

事情总算办利索了，陈川的心情格外好，时间也就过得飞快，转眼间一天一夜就过去了，王晗该上门了，父子俩就眼巴巴地在家里等着。

王晗终于如约来了，哪知她一进门就掏出两张名片，一人递了一张。陈川不由一愣，他瞅了瞅王晗的名片，只见上面印着"琪瑶有限公司业务主管"的字样。他将名片收好，正想挨着王晗坐下，王晗微笑着说话了："陈川，你能不能将你的玉佩拿来，再让我看看？"

陈川又是一愣，敢情她不是来看人，而是来看玉佩的？不由一股失望之感涌上心头，只得默默地从脖子上取下玉佩，递了过去。

王晗将玉佩接在手上，翻过去倒过来看了半天，渐渐地，双眼放光，脸上露出兴奋之色，当即从沙发上站了起来，走到陈仓满面前，一把握住他的手，激动地问："阿伯，我能不能与您单独谈谈？"陈仓满惊疑地问："单独谈谈？和我？"

王晗不由分说，拉住陈仓满的手，就走进里面房间，并随手"砰"的一声将房门关上。

陈川傻了，他坐在沙发上，茫然地睁大了眼睛，望着紧闭的房门：这到底算怎么回事？约个女网友上门，人家不与自己待在一起，反而与老头子关起房门嘀咕去了，真是邪门！

陈川在门外焦躁地等了半个多小时，房门终于开了，王晗出来时笑意盈盈，陈仓满更是满面红光，兴奋得不得了。他一见到陈川，就嚷起来："川儿啊，好事呀，来，快、快叫妹妹！"说着就将陈川往王晗身边拉。

王晗兴奋地望着陈川的脸左看右瞧了一阵，然后伸手拉他到沙发上坐下，说："我这次，就是为了你的这块玉佩来的。"说着，将那块玉佩交还给陈川，继续说道，"是这样，我有个哥哥，很小的时候就走失了，我妈找他找了二十多年，一直没有找到。你知道我的网名为什么叫'只爱佩玉男生'吗? 我其实是在找我哥。我哥走失时,脖子上戴了一块玉佩,就是你这块。"她一边说一边从自己的脖子上解下一块玉佩,递给陈川,说,"你看看,两块玉佩一模一样。只是,你那块上刻的是'琪'字,我这块上刻的是'瑶'字。这是我外婆送给我妈的两块陪嫁玉佩,我妈生了儿子后给了儿子一块,生了我后又给了我一块。玉佩上的'琪'和'瑶',其实就是我妈的名字,她叫林琪瑶。"

听了王晗一番话,陈川怔怔地嘟哝道:"这是怎么回事呢?"他看看父亲,又看看王晗,"你是说,我是你的哥哥?"

王晗点了点头:"我在视频上无意间看到了你的玉佩,就在猜想你是不是我走失的哥哥。我将这事跟我妈说了,我妈让我来验证一下。现在看来,八九不离十了。"

陈川当即就笑了起来:"这不可能,我是我爸亲生的,怎可能……"他的这句话还没说完,陈仓满走过来拍了拍他的肩,说道:"你不是我亲生的,你是我和你妈捡来的孩子,这话我们一直没告诉你,怕你心里有想法。今天王晗来找我,我才将实情都告诉了她,看来,你真是她的哥哥。现在好了,你总算可以与自己的亲生母亲团聚了。"

意料之外

陈川脑子一时还没转过来,他真的无法接受这个现实,他叫了二十多年的爸爸,竟然不是他的亲生爸爸!

王晗这时站了起来,不好意思地说:"我妈的意思呢,为了稳妥些,最好做个亲子鉴定。做亲子鉴定的时间越快越好,我妈都等不及了。你们看,什么时候方便,就照名片上的号码,给我妈打个电话。"

陈仓满说："其实不用搞得那么复杂，我可以担保，这事儿错不了。"

王晗说："亲子鉴定并不复杂，再说，这也不仅仅是家人团圆的事情，我们家家大业大，还关系到财产等诸多方面，所以……"陈仓满一听就明白了，人家开有大公司，就冲着财产也会有人赶着去认妈的，于是说："中，你说什么时候做鉴定吧！"

就这样，双方敲定，三天后王晗和她妈妈赶过来，与陈川一起去做亲子鉴定。

王晗走了，陈川愣怔着，觉得这一变故太出乎他的意料了，陈仓满却高兴得不得了，一直摇着陈川的肩膀，兴奋地说："孩子，你的苦日子总算到头了，你有个当董事长的妈妈，这日后就成公子哥了。"他顿了顿又说，"对了，你可以将你哥领回来了，你现在是大老板的儿子，再不用将你哥藏着掖着了。"

陈川点点头，直到走在去老李家的路上，才渐渐从这突然的变故中醒过神来。他摸出林琪瑶的那张名片，看了又看。"琪瑶有限公司"这名字他很熟悉，电视上经常有琪瑶公司打的广告，那可是一家大公司呀！想不到自己竟是这家大公司老板的儿子，而且，自己很快就能与亲生妈妈见面了！终于，一种激动、兴奋和期盼的感觉渐渐充满了整个身心，越来越强烈。

当他走到老李家门口时，他的脸上已全是笑意，他一想到自己是林琪瑶的儿子，整个思维便活跃起来，他暗暗对自己说："等母子相认了，看还有哪个女孩子敢嫌弃我？我一定在第一时间将这消息告诉那五个鼠目寸光的女孩，馋死她们，让她们后悔去吧！"他就在这样春风得意的情绪中按响了老李家的门铃。

来开门的，是一个他从未见过的胖女人，胖女人问他找谁，他说他找老李，胖女人说："你找老李呀？他曾经租我家的房子住过，可今天他突然提出不租了，搬走了。"

"搬哪去了？"陈川还没从自我陶醉中醒过神来，漫不经心地问。

胖女人说："他上出租车时我好像听他对司机说，去长途汽车站，他大概离开这座城市去外地了吧！"

"去外地？"陈川彻底醒过神来，吃惊地问，"那我哥呢？就是昨天早晨我送来的那个人。"

"是那个傻乎乎的人？"胖女人说，"跟老李一起上车走了。"

"啊？"陈川顿时惊得目瞪口呆，他赶紧掏出手机打老李的电话，屋子里立即响起电话铃声。胖女人说："别打了，老李给你的，就是我家的座机号码，你打他手机吧！"

手机？他哪知道老李的手机号呀！他傻了眼。

陈川怎么也没想到这个老李会将哥哥带走，万一哥哥有个好歹，自己既对不起弱智的哥哥，也对不起父亲呀！现在已不比以往，以往父亲有两个儿子，现在父亲只有哥哥一个亲生儿子，而自己现在竟然将父亲的亲生儿子弄丢了，这哪对得起父亲二十多年来对自己的抚养之恩啊！

他不敢将这个消息告诉父亲，他也不明白，老李带走哥哥陈原的意图。为了赶快将哥哥找回来，他立即打电话报了警。

警察很快赶来了，陈川担心地问他："那个老李会不会是人贩子？"警察一听就乐了："就你哥哥那种情况，哪个人贩子会贩他？"陈川一想也是，但老李为什么要带走他呢？而且连租的房子也退掉了，这是为什么呢？

警察也觉得这中间有疑问，但有一点是肯定的，人贩子是不会要像陈原那样的弱智患者，按理陈原不会有什么危险，但在陈川一再央求下，他还是同意跟陈川一起去长途汽车站找找看。

两个人来到长途汽车站，问了售票员，又问了车站的管理人员，得知他们搭乘了去武汉的班车。

知道哥哥去了武汉，陈川不敢怠慢，立即乘车赶到武汉去找。

傍晚的时候，陈川乘坐的车子还没到武汉，陈仓满就打电话，问他这么晚了怎么还不回家，陈川哪敢说实话呀，只得撒谎说，单位临时有事加班，晚上回不去。陈仓满问："那，你哥呢？"陈川忙说："要不，让哥在我同事家里再待一天吧！"

陈仓满说："这不成，不能老麻烦人家。你说，你同事家在哪里，我接你哥去。"陈川慌了神，匆匆说了一句："不必了，明天我就带哥哥回去。"说完，就关掉了手机。

愧疚寻兄

车到武汉后，陈川几乎是见人就打听，一直到下半夜，才从车站出口卖饮料的大妈口中知道，她见过这么个人，但后来去了哪儿，她就不知道了。

此时，陈川又急又悔，他骂自己鬼迷心窍，也不打听一下老李是什么路道，竟把不懂事的哥哥交给他，武汉这么大，要想找到哥哥陈原，无异于大海捞针！

陈川急得不知如何是好，这时父亲陈仓满的电话又打来了，他要陈川立即将陈原送回家。陈川知道，再瞒也瞒不住了，只得吞吞吐吐，将发生的事告诉了父亲。陈仓满听了，"啊"地惊叫一声，电话那端好半天没了声响。陈川吓坏了，他担心父亲会被这突然的消息吓出事来，哥哥毕竟是他老人家唯一的儿子呀! 为了安抚老人,他只得对着手机一边检讨,一边郑重承诺:"爸,你别急,我一定会找到哥哥,一定会! 万一找不到,我也永远是你的儿子,我会尽孝心的。"

"尽你个大头鬼!"陈仓满在那边吼了起来,"你在汽车站等着,我这就赶过来!"

到中午的时候,陈仓满就赶到了,他脸色铁青,见了面就将陈川骂了个狗血喷头,陈川心中有愧,只得耷拉个脑袋,怎么骂也不敢回嘴。

骂了一阵后,陈仓满才从怀里掏出几张陈原的照片,起草了一份寻人启事,然后拿到文印店里复印了几百份,到大街小巷四处张贴。

即使这样,一眨眼两天过去了,还是没有陈原的任何消息。陈川急,陈仓满更急。

到了第二天晚上,陈川想到,明天就是与王晗约定的做亲子鉴定的日子,眼下自己身在武汉,回去不了,得告诉对方一声。他就将这个想法跟陈仓满说了,哪知不说倒罢,这一说又像捅了马蜂窝,陈仓满火冒三丈,吼起来:"你就做你的春秋大梦吧,还惦记着去当有钱人家的儿子呢? 我告诉你,你不把你哥给我找回来,你什么都别想!"

听到陈仓满这么严厉地骂他,陈川感到十分委屈,他真的不是惦记去认生母,他是想告诉人家一声,免得人家白跑一趟,哪知惹得陈仓满发这么大的火,唉! 养子就是养子啊!

陈川只得避开陈仓满,躲到厕所里,偷偷给林琪瑶打了电话。但让他没想到的是,林琪瑶接电话时语气非常冷淡,只是淡淡地说了一句:"好吧,什么时间有空再联系。"说罢就挂了电话。这让陈川一下子就愣住了,这哪是一个母亲和一个失散二十多年的儿子通电话的语气? 王晗不是说,她母亲非常急迫地要与儿子相认吗? 陈川的心里顿觉空落落的,有一种失望的感觉，而更多的，是不解。陈川却只得把失望和不解埋在心底，继续和陈仓满在武汉寻找陈原，这一晃就是五天。

到第六天，一个路人认出了陈原的照片，说他在汉口区看到一个乞丐，跟照片上的陈原很相像。一听这话，陈川和陈仓满激动起来，两个人当即打的赶往汉口区，来到那人所说的那条街道。

这是一条商业街，有超市、菜场，街道两边全是大大小小、各种各样的商店。街道上极少车辆，但人流如潮、熙熙攘攘、十分热闹。两人放眼望去，只见街道一角，果然有个乞丐，瘫坐在安有轮子的木板上。他头发蓬乱，脸又脏又黑，只露出一对呆滞的小眼睛，身上衣服又脏又破又单薄，手脚弯曲着，身上露出累累伤痕。他可怜巴巴地朝行人磕头作揖，眼泪汪汪地边哭边咿咿呀呀说着什么，不少行人见了，都怜悯地往他面前的破铁罐里丢钱。

陈川定睛一看，不错，是哥哥！见哥哥如此惨状，陈川的心都碎了。他飞奔过去，一下扑倒在陈原身前，把他抱在怀里，哭喊着："哥哥，哥哥，是我害苦了你呀！"

陈原也认出了弟弟和父亲。他傻乎乎地，说不清楚是哭还是笑，一边说着什么，一边紧张地往人行道上张望。陈川顺着哥哥张望的方向望过去，一眼就看到了躲在一张广告牌后面的老李。老李见自己被陈川发现，撒腿就跑。陈川骂道："兔崽子！看你往哪跑！"骂着拔腿就追。陈川在上大学时是百米冠军，用了不到两分钟，就追上老李，像老鹰抓小鸡一样，揪住他的后衣领，一用力，就把他摔倒在地。

倒在地上的老李反倒镇定下来，他轻描淡写地说："其实这也不是什么大不了的事，要不，我补贴你一点钱。"陈川一听就怒吼道："你将我哥哥拐来当乞丐，还不是大事？"老李死皮赖脸地说："我这也是在帮你呢！谁家摊上这么个废人不堵心？我帮你带出来你也清静了是不是？"陈川气得一巴掌抽在老李的脸上，抽得他双手捂住脸，再也不敢吭声。

这时，陈仓满和一些行人都赶过来了。陈川让他们押上老李，他背起哥哥陈原，来到附近派出所。

经检查，陈原身上青一块紫一块，都是老李逼他乞讨时殴打所致。在事实面前，老李这才交代了一切。他家在农村，他又是个好吃懒做的主儿，后来跟着村里人到城里打工，却吃不得苦，于是租了一间房子住下来，然后穿得破破烂烂的出外乞讨，但他毕竟不是老人，又好手好脚，讨不到多少钱。那天他看到陈川带着陈原上街，他见陈原又傻又残，觉得这样的人一定是家里的累赘，家里人都嫌弃，自己倒可以利用这一点，让陈原帮自己行乞讨钱，这种白痴到自己这里就变成了摇钱树。当他达到目的后，为了不让陈川发现，就立即带着陈原来到了武汉。

变化莫测

老李被派出所拘押了起来，而陈川和陈仓满终于找回了陈原，一家三口便离开武汉回家。看到哥哥身上的累累伤痕，陈川心里满是愧疚，一路上上车下车，他总是抢在陈仓满前头背起哥哥，似乎想以此来弥补自己的过错。陈仓满看在眼里，喜在心里，他眉开眼笑、乐呵呵地对陈川说："这下好了，你哥找回来了，你现在可以去做人家老板的儿子，过好日子享福了。"听了这句话，陈川心里有一种说不出的滋味。

回到家里，陈仓满就催陈川给林琪瑶打电话，约她定下做亲子鉴定的日子。陈川掏出手机，想到上次与林琪瑶通话时对方那冷淡的语气，心里就很不舒服：难道有钱人就是这样，重金钱，轻亲情？要真是这样，认这个妈又有什么意思?

他思前想后、犹豫再三后，决定将电话打给王晗。

王晗接到陈川的电话，兴奋得不得了，当即就与陈川约定，第二天见面做亲子鉴定，这让陈川的心里又温暖了许多。

打完电话，陈仓满走了进来，在他的床边坐下，看上去似乎是满腹心事。陈川见他这副模样，就问他有什么事，陈仓满迟疑了片刻，还是开了口："明天林琪瑶要过来与你做亲子鉴定，她一定会有一些问题要问你，所以我想交代你几句。如果她问你今年多大，你就说你今年三十岁，还有……"

没等陈仓满把话说完，陈川惊讶得睁大眼睛，打断他的话说："我今年三十岁?可我明明二十六呀!"

陈仓满说："你按我教的说，没错。"

陈川皱起眉头，略一思索，然后试探道："爸爸的意思，我不是林琪瑶的儿子?"

陈仓满郑重地点了点头："对，你千真万确是我的亲生儿子。"

"这不是胡闹吗?"陈川生起气来，接着，他又忍不住开心地、孩子似的笑起来，"弄了半天，我不是捡的，我是爸爸亲生的!"说着，上前一把搂住陈仓满，"爸，你干嘛硬要将自己的亲生儿子送给人家呀?世上哪有你这样的傻爸爸?"

陈仓满眼泪流了下来，他抚摸着儿子的脸，长叹一声："我都是为你好。你想，林琪瑶是大公司的董事长，家产上亿，你做了她的儿子，你的苦日子也就到头了。"

陈川没料到老头子会有这样幼稚的想法。他笑了起来，说："你以为这是过家家呢，人家说认就认了?人家是要做亲子鉴定的。"

陈仓满却胸有成竹，不紧不慢地说："亲子鉴定，你也是她的儿子！我早想好了，明天做鉴定时，带你哥一起去，你一直将你哥带在身边，医生抽血时，就偷偷让你哥伸出胳膊。"陈川双眼一下子睁得老大，怔了好半天，才小心翼翼地问："你是说，我哥才是林琪瑶真正的儿子？"

陈仓满点了点头，接着就讲述了一件尘封二十五年的往事。

二十五年前，正是中国改革开放的初期，当时的陈仓满家在农村，但他不甘心脸朝黄土过一辈子，所以，他成了最先来到城里打工的农民。他来到城里，买了一辆三轮车，每天踩着三轮车载客，谁知他只踩了不到两个月，就发生了一起事故。

一天，他载着一位客人，在经过一段有下坡路的街道时，突然有个四五岁的小孩子横穿马路、冲到他的车头前，他一时刹车不及，将小孩撞倒了，三轮车从小孩的身上辗了过去，小孩当即昏了过去，他也几乎吓傻了，愣了愣之后，他就将孩子抱到车上，送到一个小诊所，诊所医生一看，孩子的手脚都断了，得送大医院。他问医生："送到大医院得花多少钱？"医生说："最低得五六千，还要看治疗的情况，也许还会留下后遗症。"

医生的一番话将陈仓满吓坏了，他踩了两个月的三轮车，才积攒下几百块钱，显然是不够孩子疗伤的，他更担心的是，孩子的父母会找他没完没了索赔，那样的话，自己踩一辈子三轮车，也不够赔这个孩子呀！几经考虑，他做出了一个昧良心的决定，那就是：逃！

他原想将孩子扔到医院门口，自己逃掉，但才到医院门口，孩子醒了，哇哇大哭不止，引来不少人的目光。在众目睽睽之下，他不敢扔，就想找个僻静点的地方扔了后，自己逃回老家。但他在城里兜了好半天都没扔掉，心想：孩子伤成这样，丢在这里没人管，万一死了，那自己的罪过就更大了。他终于没能忍下心扔下孩子，又担心耽搁久了会被孩子的父母找到，情急之中，抱着孩子上了回家乡的汽车。

回家后，陈仓满觉得县城正规医院去不起，就请村里的赤脚医生帮着孩子接骨。赤脚医生哪会这样的事呀！左折腾右折腾，孩子的手脚没能治好，也错过了治疗的时间，等他攒了一点钱再送孩子去县城医院时，医生也无能为力了。

陈仓满起先还有打算，那就是等孩子治好了再送回他父母那去，结果，孩子的手脚都废了，人变得痴痴傻傻的，他这才知道，自己不但撞断了孩子的手脚，连孩子的大脑也给撞坏了，他哪还敢将孩子送回去？只能留在身边当儿子了。

这孩子就是陈川的哥哥陈原。

直面良心

听完陈仓满的讲述，陈川痛心地问："爸爸，你真做得出来！你将哥哥伤害成这样，居然还让我来夺取本该属于他的财产和幸福？你心里，就没有一丝愧疚吗？"

陈仓满低下了头，当他再次抬起头时，已是老泪纵横，他哽咽着说："我当然有愧，我为什么对你哥比对你还好？我们家从乡下到城里，搬了几次家，好日子过过，苦日子更过过，但我什么时候丢过你哥哥，让他受过苦？但是，不管怎么说，我亲生的儿子是你呀！我当然希望你过得好，只要你认了林琪瑶这个妈妈……"

"够了！"陈川激动地站了起来，"这个福我享不起，太昧良心，我这就给林琪瑶女士打电话。"

他刚刚拿起话筒,陈仓满慌忙伸手将话筒按住,可怜巴巴地说:"你别忙着打电话,你听我把话说完,我这不仅仅是为了你,也是为了我们一家子人!"

陈川苦笑道:"一家子人?也包括哥哥?"他真的不明白父亲在说些什么。

陈仓满继续说道:"是呀,你与林琪瑶相认了,你就是她的儿子,你自己的生活好了不说,你有了钱就可以接济我们,我用这些钱请好保姆照顾你哥,一定让他吃好玩好,让他过得幸福,这是对大家都有好处的事呀!"

陈川被父亲说得一时没了主意,他慢慢放下话筒,吞吞吐吐地问:"即使我愿意与人家相认,可人家要做亲子鉴定,这鉴定严格得很,能糊弄过去?"

陈仓满见儿子松了口,急忙连声道:"这你就不用操心,我自有办法。"可陈川还是拿不定主意,他说:"你让我再好好想想。"

这晚,陈川躺在床上整整一夜没合眼,他再三权衡,对他们一家人来说,父亲的主意确实不错,但良心呢?自己这样做了,良心能安吗?自己占有了本不该属于自己的财产,欺骗了一个已经受伤害了几十年的母亲,还要一直欺骗下去,这与当初父亲抱着哥哥逃回乡下,又有什么区别?

上午十点左右,王晗领着她妈妈林琪瑶来了。林琪瑶五十多岁,在陈川的想象中,像她这样的大老板,应该保养得很好,但见了面才知道,林琪瑶显得苍老而憔悴。

林琪瑶进了门,就一直打量陈川,然后仍像上次通电话时语气冷淡地问:"就是你吗?你叫陈川?"陈川表现得异常冷静,语气平静却断然地说:"不是我,是我的哥哥。"

此话一出，林琪瑶愣住了，王晗也愣住了，陈仓满惊得双眼圆瞪，差点晕倒。陈川依然平静地将两人带到陈原的房门口，推开了房门。房间里，三十岁的陈原像孩子似的坐在床上，正在玩积木，林琪瑶一见，止不住泪水直流，"咚"的一声扔了手中的包，叫一声"我的儿啊！"就扑了进去。

王晗惊呆了，指着床上的陈原，结结巴巴地问："是他？怎么会是他？他是我哥？"

"是的，就是他，他就是你哥！不会错，不会错！"林琪瑶边说边不停地用手抚摩陈原的脸，吓得陈原不知所措，林琪瑶这时发现陈原一只残废的胳膊，惊叫起来："怎么回事？我孩子的手怎么回事？"

事已至此，陈仓满再也瞒不住了，他只得愧疚地走上前去，低着头，将二十五年前的那件事，点点滴滴讲了出来。林琪瑶听得一愣一怔的，一直用牙齿咬着自己的下唇。

陈仓满讲完，愧疚地说："都是我害了你的儿子，我愿意承担责任。"

林琪瑶伤心地点点头，又摇摇头，叹了口气，说："我儿子的手和脚，的确是你害的，但，也是我间接造成的，可他的脑子，跟你没关系。"在场的人都愣住了。

林琪瑶接着说："我这孩子，脑子先天发育不全，治不好，我们夫妻俩都要做生意，哪有时间照顾他？后来我们狠狠心将他领出去丢了，但是，孩子毕竟是娘的心头肉啊！而且我们也意识到这是犯罪行为，因此在丢了他的当天，我就后悔了，四处找他，这一找就是二十五年……"说着，林琪瑶已经泣不成声了。

听到这儿，陈川这才恍然大悟，难怪自己与林琪瑶通电话时，她那么冷淡，因为自己是个正常人呀！林琪瑶根本就不相信自己是她的儿子。

林琪瑶擦干眼泪，这才过来拉住陈川的手，说："我能见到我失散二十五年的儿子，要感谢你! 晗儿一直跟我说你如何帅气如何有学问有深度，说得眉飞色舞，我现在明白了，她说的确实是实情!"

王晗的脸一下子就红了，娇嗔道："妈，你说什么呢!"

林琪瑶笑道："这下不更好吗? 你总是跟我说，你宁愿他不是你哥哥，现在真的不是了。"说着又面对陈川，恳切地说，"我要向你道歉。说实话，晗儿跟我说你是我儿子时，我心里清楚，你不是，所以，我以为你是那种想攀高枝的人，现在看来，我误会你了。"

一句话将陈川说得不好意思起来，他心里明白，自己也动摇过，差点就听了父亲的话，来冒充陈原。现在看来，自己的决定才是最正确的，而让自己做出这个正确决定的，不是与哥哥一起生活二十多年的亲情，而是良知。

（方冠晴）

（题图：杨宏富）

诺言·痴情

nuoyan chiqing

痴情的人对爱的追求总是过于用力，尽管最终收获了幸福，也难免有些苦涩。

老姑娘约会

　　傍晚，海关钟楼响了六下。离约会时间还有半小时呢，欧沁园已来到指定地点——海滨公园的八角亭前。她那高挑身材在玫瑰色晚霞中清晰地勾勒出一幅优雅的剪影，漂亮的杏仁眼一闪一闪，楚楚动人。

　　一般来说，总是小伙子等姑娘的，何况又是第一次见面。然而，欧沁园却不这么认为，谁等谁还不一样？一个月前，姨妈拿了一张照片给欧沁园看，那小伙子挺帅，尤其是那双眼睛给她留下了深刻的印象。可照片不一定靠得住，照片毕竟有些艺术加工，欧沁园可不是那种容易轻信的姑娘，不过她同意见见面。本来是定在半个月前的，可快到约定的日期，姨妈跑来说，那小伙子要出差，不能来了。欧沁园说没关系。于是就约了第二次，结果又没成。姨妈说那小伙子正忙着自学考试，又不能来了。欧沁园能理解!

晚霞渐渐隐去,八角亭上的灯在暮色中闪着柔和的光。一对对年轻的情侣手挽手经过,欧沁园有种温馨的感觉,两个相爱的人在一起多么美好啊!欧沁园抬手看看表,六点十八分,她心跳有些快,脸也有些发热。我这是怎么啦?还有十二分钟呢……

欧沁园本是一家丝织厂的挡车女工,前些年因工厂倒闭,她也下了岗。下岗后就意味着重新开始选择生活,以前在一块儿的小姐妹不是嫁了人就是忙于做生意,欧沁园却选择了自学这条路……是啊,这些年的奋斗,文凭是拿到了,还得了个硕士学位,在一家大公司任会计师,然而,一次次的约会欧沁园都错过了。当初曾有好多个小伙子追她,她也有过像现在这样心跳的感觉,但往后小伙子们觉得欧沁园是个一心钻在书本里的姑娘,一个个都泄气了。如今整整八年过去了,青春的年华即将逝去,欧沁园已然是个地地道道的老姑娘了。想到这里,她心头不免掠过一丝苦涩。

欧沁园又看看表,六点半还差五分,心跳又加快了。欧沁园开始朝公园门口的方向张望。这时,一个身材高大的小伙子向她走来。"啊,是他。"欧沁园一眼就看到了那双与照片上一模一样的眼睛。她脸上又一阵发热,不由得低下了头。

"对不起,请问,你是欧沁园吗?"一个浑厚的男中音问道。

欧沁园抬头望了小伙子一眼,一双很有男子气的眼睛对视着她,眼神有力而坚定。欧沁园就喜欢这样的眼神,有一种绝对的可靠和安全感。欧沁园朝小伙子笑着点点头,并自顾转身朝公园里面走去。"哎,请你等等。"小伙子叫住欧沁园。欧沁园转过身,有些诧异,小伙子说:"我想跟你谈谈。"欧沁园温和地说:"我们边走边谈吧。"

"不，就在这儿谈吧，因为我的女朋友还在门外等着呢。"小伙子似乎有些抱歉但又很坚决。

欧沁园呆住了，顿时，突突的心跳震遍全身。欧沁园眉头紧皱，有一种被人捉弄的屈辱，同时，取而代之的是一种愤怒，泪水在眼窝里滚动，她强忍着不让泪掉下来。

"我很对不起你!"小伙子歉意地说。

"有什么对不起的，像你这种人根本不用说对不起。"欧沁园转身就要走。

"哎，请你等等，我想求你帮忙!"小伙子又叫住欧沁园。

欧沁园停住了，回身以冷漠的口气问道："怎么，还想开玩笑?"

小伙子走近几步专注地望着欧沁园，欧沁园面对小伙子的目光，不知为什么有些慌乱。小伙子说："我不是跟你开玩笑，我确实需要你帮忙，因为这事是我父母和你姨妈安排的，开始我一点也不知道。"

"你父母也不知道你有女朋友?"欧沁园问道。

"知道，可他们不同意。"小伙子的眼神闪出一丝忧郁。

"为了什么?"

"她曾失过身，那是几年前的事了——那时她年轻，上了坏人的当，就糊里糊涂失了身。我认识她后，觉得她是个非常善良、非常可爱的女孩子，她也很信任我!我们真诚地相爱了!"

欧沁园紧皱的眉头慢慢松开了。

小伙子继续说："我父母不同意我跟她来往，我们只有偷偷地相爱。跟你约会的事是我父母安排的，我母亲与你姨妈是同事，前两次我想法改掉约会，可这次不行了!"

欧沁园说："你就这么怕你的父母?"

小伙子摇摇头，说："我父亲已经70多岁了，又有严重的心脏病，不能生气。我不想让父母担心，可我也不想失去现在的女朋友。"

怒气完全消失了，欧沁园的睫毛又开始一闪一闪的，并温和地望着小伙子问道："那么，你要我帮什么忙？"小伙子说："就跟你姨妈说，你没有看中我，谢谢了！"说完，他转身要走。

"哎，你等等！"这回是欧沁园叫住了小伙子。小伙子问道："还有事吗？"

欧沁园本想说几句安慰和鼓励他的话，可忽然又觉得这是多余的。她微笑着说："要是我说看中了你呢？"小伙子慌忙说："别，别这样，这怎么可能呢？大姐，你一定得帮我这个忙。"

欧沁园还是微笑着说："说实话，我真的看中了你，你是个好男人！可我知道，这种事得有缘分！我想咱们还可以成为好朋友，我真诚地愿你们幸福！"

小伙子感动了，说："我和女朋友都感激你！我们也祝福你！"说完，他匆匆走了。

晚风轻轻吹拂，夜幕下柔和的灯光闪闪烁烁。望着小伙子离去的背影，欧沁园心底升起一种柔情，同时又有一种莫名的惆怅。她默默地为他祝福！

（沈　宏）
（题图：安玉民）

玫瑰园的秘密

　　美琳达得了一种皮肤病，她的脸上长满了红色的疙瘩，奇痒无比，令她痛不欲生。

　　丈夫海蒙寻到了一个偏方，把红、黄、白、粉、蓝五种颜色的玫瑰花瓣放在一起炼制，制出的精油可以治好美琳达的皮肤病。由于这五种颜色的玫瑰很难同时凑齐，海蒙便在自家庄园里建了一个很大的玫瑰园，种植了各种颜色的玫瑰。除了平时的工作，海蒙大部分时间都待在玫瑰园里。

　　看到丈夫整日在玫瑰园里忙碌，人又黑又瘦，美琳达很心疼，她劝丈夫不要这么劳累了，有些事情可以交给仆人做。海蒙听了，总是深情地说："只有亲自管理我才放心，这些玫瑰花不仅能治你的病，还能让你看到我对你的爱。"美琳达得病后情绪很低落，海蒙平时总是尽量安慰她，让她开心。

然而，尽管海蒙为玫瑰园倾注了大量的心血和精力，玫瑰花也渐次开放，红色、白色、黄色、粉色，却唯独没有蓝色。

海蒙很着急，错过了今年的花期，制作精油只能等明年了。他四下托人打听哪里有蓝色玫瑰，却一点消息都没有。

这天，海蒙一大早就匆匆出去了，说是要去办一件重要的事情。说来也巧，海蒙走后不久，美琳达有事去镇上，路过咖啡店时，她看到了一个熟悉的身影：海蒙! 更令美琳达惊异的是，坐在海蒙对面的是一个女人，海蒙似乎在恳求女人什么，目光很热切。女人低头喝咖啡，若有所思。一会儿，女人抬起了头，微笑着，那是一张十分漂亮的脸……

看到这情景，美琳达不禁抚摸着自己脸上疙疙瘩瘩的皮肤，心头一酸，眼泪忍不住落了下来。

美琳达办完事后就回家了，一会儿，海蒙也回来了，美琳达装作不在意地问：“今天去了哪里？”

海蒙神色有点疲惫，说：“有个生意上的伙伴，一定要请我喝酒。”

“哦，是吗? 那你今天一定很开心了。”想到丈夫在撒谎，美琳达心里很难受，可她没有揭穿丈夫的谎言，她是爱丈夫的，不想让他难堪。

下午，美琳达一直想着心事，她回想着那个女人的脸庞，觉得有点熟悉，似乎在哪里见过。她突然想起了什么，便独自去了玫瑰园。

玫瑰园西面有一座旧阁楼，古老、陈旧，里面放的全是一些不用的杂物，平时很少有人上去。美琳达登上了阁楼，从角落里拖出一个旧藤箱，这箱子是海蒙的，里面是他小时候的一些东西。美琳达打开箱子，找出一本相册，翻出了里面的一张照片，照片上是一群朝气蓬勃的年轻人，挨着海蒙的那个女孩，就是咖啡店里的女人！

看到照片，美琳达记起来了，海蒙曾对她说过，这个女孩叫温蒂，是他年轻时的初恋女友。

一瞬间，美琳达的心变得冰凉，海蒙不仅瞒着自己跟初恋女友见面，还面不改色地撒了谎，他是不是不爱自己了？阁楼不透气，美琳达被灰尘呛得咳嗽起来，她推开窗户，大口呼吸着外面的新鲜空气……

窗外就是玫瑰园，美琳达从来没有站在这么高的地方俯看那片玫瑰，五颜六色，真是漂亮，也就在这一刻，美琳达突然发现那不仅是一大片玫瑰，凝神一看，上面竟然还有图案：白色玫瑰打底，红玫瑰拼成两颗连在一起的心，每颗心上分别有一个用黄玫瑰拼成的字母，隐隐约约的，像是"W"和"H"！

"W"、"H"，这是什么意思呢？H，难道是海蒙？那W是谁呢？她突然想到一个人——温蒂，是的，是温蒂！

美琳达黯然神伤，失魂落魄地走下了阁楼。

海蒙见美琳达闷闷不乐，以为是皮肤病的缘故，他温存地安慰着妻子："亲爱的，打起精神，我很快就能为你制作出玫瑰精油了，开心点，好吗？"

美琳达用力挤出一点笑容，胡乱地点着头。

后来的日子里，美琳达总是彻夜难眠，每当她闭上眼睛，眼前总会浮现出咖啡店里那张微微笑着的、十分漂亮的脸，是的，她简直嫉妒得要死，那么一大片玫瑰，拼出这么清晰的图案，那要费多大的心思啊！可是，嫉妒有什么用呢？她长着的是一张什么脸呢？每当美琳达站到镜子前，心里就不禁一阵颤抖，镜子里的女人像个丑八怪，不用说丈夫了，自己看着都嫌弃。终于，美琳达做了个决定：蓝色玫瑰，这世上根本就不存在，自己的皮肤病可能永远也治不好了，再过两天就是自己的生日，跟海蒙过完这个生日就离开他，成全他和温蒂的恋情。

两天后，突然有人上门，美琳达出去一看，大吃一惊，来人竟然是温蒂，她还挽着一个男人，男人手里捧着一盆花，含苞欲放，那是蓝色的……

温蒂笑吟吟地说：“我的父亲是一位花匠，好多年前曾培育出蓝色玫瑰，只不过在他去世后，那些玫瑰也都枯萎了。那天，海蒙找到我，说他妻子需要蓝色玫瑰治病，他请求我帮忙。他对妻子的爱感动了我，我翻阅了父亲生前的养花笔记，在丈夫的帮助下，终于嫁接出了这盆蓝色玫瑰。”

说到这儿，温蒂与丈夫深情地对视一眼，她从丈夫手中接过那盆蓝色玫瑰，又把花交到美琳达手中，说：“夫人，您的丈夫这么爱您，您的病一定会治好的，您会重新美丽起来的。”说完，他们便礼貌地告别了。

美琳达捧着那盆蓝色玫瑰呆站在那儿，不相信眼前发生的一切。一会儿，海蒙回家了，他得知温蒂送来了蓝色玫瑰，高兴地跳了起来，一把抱住美琳达，说：“亲爱的，太好了，有了蓝色玫瑰，我就可以为你炼制玫瑰精油啦！”

说着，海蒙又牵起妻子的手，向对面的小山跑去，一边跑，一边说是要给她一个惊喜。美琳达不知道发生了什么事情，不知所措地被丈夫拖着跑。他们爬上了山顶，海蒙让美琳达先闭上眼睛，说：“亲爱的，我要送给你一件特别的生日礼物！”说着，他让美琳达侧过身子，睁开眼睛，向前方望去，就在这时，她不禁惊异地捂住了嘴巴……

展现在眼前的，是那片美丽的玫瑰园，只不过像变魔术似的，原先美琳达看到的"W"、"H"，竟然变成了"H"、"M"。其实道理很简单，那阁楼在小山的对面，由于换了角度，字母就颠倒了。此刻，从山顶望去，灿烂的阳光下，玫瑰的颜色愈加艳丽，图案愈加清晰，令人震撼！

海蒙说："今天是你的生日，所有的玫瑰在今天全部为你开放了。这是我用心为你准备的礼物，H是我，M是你，无论发生什么事情，我们的心永远连在一起。"

巨大的惊喜让美琳达激动得说不出话来，她在心里不断地庆幸没有错失丈夫的爱。幸福有时就在不幸的对面，伤心难过时，转个身，换个角度看，一切都可能会有所不同……

（岩朵朵）

（题图：佐　夫）

家花和野花

哈林开了一家公司，自任总经理，平时自恃财大气粗，觉得没有什么事情是他办不成的。结婚才一年，他就嫌自己的结发妻子不够年轻漂亮，与她离了婚，接着闪电般地与一个叫芬妮的年轻演员结了婚。

刚结婚时，两人倒还亲亲热热，谁知没过多久，芬妮突然像变了个人似的，对哈林不冷不熟，甚至拒绝与他过夫妻生活。哈林怀疑芬妮有了外遇，气愤至极，心想：你算老几，竟敢背叛我，就凭我有那么多钱，什么样的女人弄不到手？

这天夜里，哈林来到他经常光顾的一家酒吧。接待他的是一个新来的女服务员，名叫索菲亚，今年20岁，是个衣着暴露、身材丰满的性感女郎。哈林这个情场老手，凭着屡试不爽的"金钱外交"，很快与索菲亚打得火热。

当他得知索菲亚的丈夫正在服刑时，心中大喜。从那以后，一有机会，他就去索菲亚家，和她鬼混。

一天夜里，他俩正在亲热，突然传来一阵剧烈的敲门声，一个吼声如雷的男人叫索菲亚赶快开门，索菲亚一听，顿时脸都白了，惊慌地说："天哪，他，他怎么回来了，难道他又越狱了？"

哈林一怔，问："谁？"

索菲亚带着哭腔说："还能有谁？我那个死鬼。他是个疯子，如果他发现你在这里，肯定会杀了你。快，你赶快到衣帽间躲一躲。"说着，索菲亚就把哈林推到一旁的衣帽间里。

不一会儿，哈林透过一条细缝，看见一个脸上有条长刀疤的男人，正揪住索菲亚的头发，跌跌撞撞来到房间，嘴里骂骂咧咧地说有人告诉他，他老婆与别人有一腿，又见索菲亚披头散发跪在地上，说她再也不敢了，求刀疤脸饶她一命。可刀疤脸哪里听得进，拔出枪来就朝索菲亚"砰砰砰"连开三枪，索菲亚惨叫一声，立即倒在地上不动了。

哈林三魂吓掉了两魂半，身子瑟瑟发抖。幸好，刀疤脸只是用眼扫了一下房间，然后怒气冲冲地把门一甩，扬长而去。

等到一切平静下来之后，哈林才哆哆嗦嗦地从衣帽间爬出来。看到倒在血泊中的索菲亚，他既不敢去救，又不敢报警，失魂落魄地逃了出来。

半夜时分，当哈林坐出租车回到家中时，老婆芬妮还没有入睡。她见哈林回来，便神色紧张地对他说，昨晚有个刀疤脸找过他，看样子来者不善，好像随时都会杀人似的。哈林一听，顿时吓得倒在沙发上，一句话也说不出来。他没料到，刀疤脸这么快就找上门来了。他想了又想，觉得眼下只有三十六计，走为上。

于是他告诉芬妮，那个人跟他有仇，他这两天还是要出去避避风头。在他离家的这段时间，公司的一切事务都交由芬妮打理。说完，哈林提着一个皮箱从后门溜了出去。

芬妮目送着哈林消失在黑暗之中。等确信哈林走远了，她回到卧室拎起电话，激动地说："亲爱的，他走了，临走前他还给我留下了一份授权书，也就是说，从现在起，我随时都有权将他的公司转让出去。小宝贝儿，我等不及了，你赶紧过来吧！我现在就想与你一起分享我们的成功！"

大约半小时后，一个人推门进来了，此人竟是被刀疤脸枪杀的索菲亚！芬妮和索菲亚一见面，便情不自禁地又亲又吻，拥抱在一起。芬妮说："宝贝，你干得很漂亮，哈林完全被你的演技给蒙骗住了。"

"不，应该说是你导演得好。如果没有你提供的那些道具，以及那位请来充当我丈夫的男演员，那这出戏无论如何也无法演得如此逼真！"

芬妮若有所思地点头道："是啊，我这辈子几乎没有演过一部像模像样的戏，但这一次是例外。可怜的哈林，他当初娶我，还以为我是真心爱他的。可像我这样的人，又怎么会爱上一个男人呢？"

索菲亚说："我也一样。"

芬妮兴奋地说："下一步，我会把这里所有值钱的东西变卖掉，然后，我们俩一起远走高飞，选择一个允许同性恋结婚的地方住下来。"

说到这儿，两个女人情不自禁地再次拥抱在一起……

（弌　森）

（题图：箭　中）

爱不用说出来

　　单风翔和妻子感情不好，这也难怪，他俩的父亲是老战友，当年指腹为婚定下了亲事，可是两人在性格脾气上有很大差异，这些年都是貌合神离地凑合在一起。

　　单风翔在外面认识了一个女孩子，叫顾茜茜，两个人发展起了地下情。顾茜茜真心爱着单风翔，明知他是有妇之夫，还是满心巴望他能离婚跟自己走上红地毯。可是单风翔考虑到对家庭的责任，一直没有向妻子提出离婚。

　　这天晚上，离下班还有半小时，单风翔发了一条短信给顾茜茜，约她晚上六点半去"唐人街火锅"吃饭。可是两分钟过去了，对方没有回复。单风翔不放心，又重发了一遍。

不一会儿，他的手机居然收到两条回复的短信，一条是顾茜茜的，她说起初没看到短信，一定准时到；另一条单风翔却做梦也没想到，是他妻子回的，也是欣然应他的邀约。原来单风翔心急失蹄，第二次竟然把短信错发给了妻子。

同床异梦是不争的事实，但像其他男人一样，情人归情人，家归家，两边都相安无事才是福。单风翔一瞧情势不妙，就迅速权衡了利弊，觉得还是迁就一下老婆这边的好，免得她生疑而节外生枝。至于顾茜茜，只好谎称临时有场应酬，委屈她一下了。他一下班，便给顾茜茜挂了个电话，好说歹说，才把她安抚住。

晚上六点半，单风翔带着十二分的不情愿，驾车把老婆接到了"唐人街火锅"。火锅店处在黄金地段，生意出奇的红火。单风翔径直进去，眼睛一扫，居然没瞧见空桌，他只好带着老婆，一前一后往里走，看能不能找个空位。他眼珠子四处打量，心里却盘算着找不着位子的话，就可以溜之大吉，去顾茜茜那儿。冷不防，他瞅见一个人，一个再眼熟不过的女人，差点没把他魂儿吓飞了——只见大门旁的一张桌边，顾茜茜正气鼓鼓地瞪着他呢！她身边还陪着几个女友，看来是被单风翔放了鸽子之后，约了一群朋友一起出来的。

单风翔一瞅这阵势，三十六计走为上。他赶忙以客满为借口，对老婆说改天挑人少的时候再来光顾，便慌慌张张朝大门口逃去。顾茜茜正好坐在靠门这边，今晚单风翔骗了她，她一心想着小惩大戒，哪肯轻易放走他们。眼看单风翔朝自己走来，她随手抓过一根香蕉，三口两口吞下肚，手心捏着香蕉皮不丢，想趁单风翔老婆经过时扔到她脚下，叫她来个倒栽葱，以解心头之恨。

单风翔也晓得顾茜茜爱使小性子，何况今晚是自己做亏心事在先，她准会跟自己没完，所以在经过顾茜茜跟前的时候，他提高了一百分的警惕，以免闹出什么笑话。可他千算万算，还是棋差一着。只在一刹那，他眼见顾茜茜将香蕉皮装作不经意地掷向老婆脚下，赶忙来个快速踢腿，一点儿不显山露水地将香蕉皮向后扫出一米开外。他正为这一腿洋洋自得哩，岂料他们身后偏巧走来一个女服务员，手里端着一盆火锅清汤锅底，不偏不倚一脚踩上了香蕉皮，身子当即一晃，还好，没趴倒，可整个清汤锅底一下子全倒在了单风翔夫妇的裤子上，惊得他俩同声尖叫。那个女服务员被吓愣在当场，所有客人的目光齐刷刷瞄过来。

单风翔妻子的裤子湿了，顾茜茜自然不会放心上，可单风翔也遭了殃，要是烫伤了怎么办！顾茜茜慌忙抓过餐巾，半蹲着替他擦拭，心里头为自己的任性懊悔不已，一急，竟然禁不住啜泣起来。她浑然忘记自己身处大庭广众，而且单风翔的老婆正对他俩虎视眈眈呢，她一边擦拭还一边柔声道："怎么样？怎么样？没烫伤吧？"明眼人一眼就能瞧出两人关系暧昧。

幸好锅底的汤不算烫，单风翔没什么大碍，他偷眼瞥了老婆大人一眼，她正又惊又恼地瞪着一双杏眼呢。他连忙很客气地对顾茜茜说："不用擦了，没事，没事，谢谢你啦！"他还特地把"谢谢你啦"拔高声，生怕老婆听不见似的。顾茜茜也意识到了自己的失态，窘迫地起身回座，单风翔来不及多想，拉起老婆，逃也似的出了火锅店大门。

夫妻两人一刻钟后回到了家。换好衣服之后，单风翔一屁股坐在了沙发上，一直高悬的心儿，终于落下了。

"我们离婚吧。"坐在对面的妻子劈头一句，犹似一声惊雷把个单风翔轰晕了，"那女孩看来是打心眼里喜欢你、关心你……"

单风翔张口结舌地掩饰着："你这是哪的话，莫名其妙嘛！"

妻子的语调异乎寻常的平静："何必再隐瞒呢，有什么事逃得过同床共枕了七年的枕边人的眼睛呢！你们的事，我早在背地里了解得一清二楚了，只是没有捅破这层窗户纸。我想，只要你不说，我也就这么耗着。今天晚上，你突然请我吃火锅，我就明白到摊牌的时候了。我们有多久没一起在外面吃饭了呀！"妻子沉默了一会儿，接着说，"只是我没想到，你们精心导演了这么一出戏来暗示我主动退出……我看得出来，那个女孩子对你是真心的。我或许还该感谢你们给我留了面子，没说狠话令我难堪呢。我们在一起是一个错误，既然不能幸福，又没有孩子的拖累，不如好聚好散，我祝福你们……"

（式　森）

（题图：刘斌昆）

爱的就是你

　　孤山小学是全学区最偏远的小学，地处海拔一千多米的孤山半腰不说，还不通公路，上下得走一级一级石阶，生活极为不便。因此学校挂牌五年来，没有一个女老师，清一色的男教员。日子过得实在太单调了，四个教员便向校长吕祥和提出，今年无论如何得请学区派个女老师上来，如果她嫌条件差待遇低，他们自愿从自己的工资里每人挤出五十元来，发给愿意上来的女老师。吕校长以前多次向学区主任提出派一名女老师，学区主任非常重视，可就是派不动人。这回大家这么齐心，他觉得有把握了，自己也拿出五十元，不过他要求大家要严守秘密。接着吕校长跟大家告辞下山往学区去了。

　　学区主任听吕校长一说，见孤山小学的决心这么大，要求这么强烈，就连哄带劝将新分来的一个师范生派上了山。吕校长带着女老师上山时，被一个老师发现了，他们马上在校门口站成两排，等新老师一走进校门，他们就有节奏地鼓掌欢迎，弄得新老师面红耳赤，一个劲说谢谢。吕校长悄悄告诉他们："你们不是嫌日子太冷清了吗？这回不会了，她是教音乐的，唱得一口好歌，以后我们学校天天在热闹中了。"

新老师姓杨，叫杨翠兰，她不但人长得漂亮，而且性格非常活泼、大方，她上课教学生唱歌，下课就自己一个人哼歌，使学校增添了许多生气。她来以后，还悄悄改变了许多东西，比如江老师爱睡懒觉，现在不睡了；王老师爱讲瘆话，现在不讲了。吕校长有一天夸她："你比我这个校长还有本事呢！我批评他们不奏效，你一言不发，他们什么坏习惯都改了。"杨老师很不好意思，但还是开玩笑说："如果学区年底把我们学校评为文明学校，还不是你校长的功劳？你就不要酸溜溜嫉妒我了。"

都是年轻人，也都不曾婚配，每天面对着这么美丽的女孩子，自然容易产生爱情。大家都喜欢杨老师，其中有两个老师把喜欢变成了暗恋，但因为自卑，因为她是大家花钱请来的，才没有说出口而已。吕校长也爱上了杨老师，但同样的，这种爱也只能藏在心里，可偏偏杨老师也爱上了他。

一次吕校长下山采购东西，杨老师嚷着要跟他同去，吕校长拗不过她，就让她一路同行了。走到半路上，杨老师见四下无人，突然绕过他的身子走到前面，低下头说："吕校长，我想跟你说一件事，你同意，就'嗯'一声，不同意，你就沉默，但是今后你要像什么都没发生过一样。"吕校长从她的神色中已经猜出她要说什么了，他的心"咚咚"跳了起来，只听见她说："我爱上你了，你呢？"吕校长没法作声，一分钟、两分钟、三分钟过去了，沉默，还是沉默，杨老师心里的酸楚再也忍不住了，她蹲下去掩面哭泣起来……

从第二天起，杨老师像变了个人似的，除了上课教学生唱歌以外，下课她再也不哼歌了。几个老师见她成了木头人，就关心地问道："是不是吕校长欺负你了？怎么下了一趟山人就不对头了？"尽管她拼命地摇头，然而却止不住泪水直流。江老师从她的表情中看出了问题，忙把几个老师喊到一边，说："你们看杨老师那委屈难受的样子，一定是吕校长不安好心，这次带她下山在路上欺负了她，她一个女儿家，又怎么好再说出口，我们找吕校长算账去！"大家认为他分析得有道理，于是一起把吕校长围住了，直骂得他一佛出世，二佛升天。直到他们骂累了，吕校长才跺脚道："你们为什么不听我说一句话再骂呢？事到如今，我只有实话实说了，我告诉你们，杨老师她说喜欢我，但我一个人不能独占她的爱，便狠心拒绝了。"吕校长说了这几句话，两个没有爱上杨老师的老师立即道了歉，而那两个同样爱上了杨老师的老师却低下头一脸尴尬和痛苦地走开了。

当天晚上，那两个没有爱上杨老师的老师就把真相告诉了杨老师。他们说："吕校长也是希望我们每个人永远都高高兴兴，才狠心拒绝了你的。据我俩观察，江老师和王老师也爱上了你，你想想，吕校长能伤了他们的心吗？所以吕校长也是没办法呀，你就原谅他吧。"

杨老师非常感谢他们如实相告，两个老师走了不久，她就做好了下山的准备。天一亮，她就提起东西去向一个一个老师告别，她一脸悲伤地说："我要走了，得不到吕校长的爱，我待在孤山小学也没有意思了。"向所有老师告别后，她就毅然下山了。其实，她向其他老师告别时，吕校长正站在窗户边，看得清清楚楚的，原以为她还要来向自己辞行，谁知她正眼也未瞧就走了。杨老师真的走了，其他老师心里顿时空落落的，忙跑到吕校长屋里报告，并要他去劝她回来，他们说："你就接受她的爱吧，我们没意见。那五十元钱，我们继续出。我们只有一个要求，你吕校长要好好待她，让她重新快乐起来，给我们学校带来生气。"

吕校长激动得不得了，说："既然大家没意见，我就去把她劝回来。你们放心，我吕某人有了老婆，不会忘了你们的，下一步就帮你们一个一个解决问题。"说完，他感激地看了众老师一眼，扯起脚就往山下跑。

杨老师并没走远，她知道吕校长会来留她，就慢慢儿往前走着。见校长到了身后，她又故意加快了步子往前走。吕校长靠近她后，一把抓起她的手，深情地说："杨老师，我接受你的爱。你留下来，好吗？"杨老师喜极而泣，一头扑进他怀里说："我哪里想走啊，我这是用的激将法，就为了逼你说出这句话啊！"其实杨老师真的不想走，她提的几大袋东西全是废旧报纸，而真正用的东西全留在房里……

吕校长结婚那天，学区主任来喝喜酒，他的礼带得非常重，除带了个大红包外，还带了两个女老师来。司仪请学区主任讲话时，他开头的一句话就把吕校长和孤山小学的老师们惊呆了："今天，我是来参加吕校长和杨老师——同时也是我的亲侄女的婚礼。孤山小学老师每人自掏五十元向学区要求派一名女老师上山，给了我的灵魂以极大的震撼。恰好我的侄女师范学校毕业分到我们学区来了，我派不动别人，只好让她上山了。她上来后在工作中跟吕校长建立了感情成了幸福的一对，我当叔叔的打心眼里感到高兴。今天我上山来祝贺他们的婚礼，没带什么礼物，就把每月从他们工资里扣的五十元退还每个老师。我留着这笔钱，原打算给另外一名准备派上山的女老师的，现在用不着了。得知我把自己的亲侄女派上了山后，全学区的女老师觉得我杨某人还是大公无私的，纷纷报名要求上山来了。受编制的限制，我暂时只批准了两位年轻女老师的要求，今天我就把她们带上山来了。从今以后，我想我们孤山小学的各位老师将再不会感到孤独了！"

他的讲话博得了阵阵掌声。他讲完话后，把大红包拆开，里面是五个小红包，他先给吕校长一个，然后给其他四个老师一人一个。可四个男老师拿到手里后马上又塞到了杨老师手里，杨老师不肯接，他们就都生气了："这都是我们自愿掏的，就算是我们给的贺礼吧。"杨老师见实在推托不了，才收下了。

吕校长从来没有想到过自己的顶头上司会是这么一个好心肠的人，更不会想到自己娶的会是他的侄女！于是端起酒杯，恭恭敬敬地走到他面前，哽咽着说："叔叔，于公于私我都要敬你一杯！于私，你支持你自己的亲侄女嫁给了我；于公，你又给我们派了两名女老师来，安定了人心，壮大了孤山小学的师资队伍，因此我诚心诚意敬你一杯！"说完就仰脖喝了，酒一下肚，脸全红了，真是满脸的幸福和甜蜜！

（吴 为）

（题图：黄全昌）

木板车的爱

　　三年前，黄一飞的妻子过世了，当时，他哭得死去活来。黄一飞是个性情中人，这三年来始终不肯续弦，爹娘就劝他："你一个大男人，无儿无女的，将来可怎么办？"没想到，他隔天就从福利院抱养了一个女婴，对爹娘说："将来，我就指望她了！"黄一飞给女婴取名叫"水莲"，对她非常疼爱。

　　眨眼间，六年过去了。黄一飞的水果生意越做越好。此时，他已经拥有了几十万的资产。而水莲也到了入学年龄，黄一飞将她送到了最好的学校，每天亲自接送她上学放学。

　　那天，水莲刚被接回家，就关上房门号啕大哭。黄一飞赶紧跟过去，问："水莲，你这是怎么了？"水莲红着眼睛，说："爹，为什么我没有娘？"

原来，今天是母亲节，老师要求每个孩子准备礼物。水莲没有娘，当场就哭了起来。黄一飞心如刀绞，当晚，他躺在床上，彻夜未眠。

第二天清早，黄一飞拎着烟酒，找到了邻居赵大婶，支支吾吾地说："婶子，我……想求你一件事……"

赵大婶是个热心肠，赶紧问道："大侄子，有事你就直说。"

黄一飞红着脸，犹豫了半天才说："我想……求你做个媒。水莲……她不能没有娘！"

赵大婶笑了，说："放心吧，大侄子！以你的条件，那还不是一抓一大把啊！这事，就包在婶子身上！"

然而，事情并不顺利。赵大婶接连介绍了两个对象，黄一飞一个也没看上。原来，黄一飞的相亲方式很特别，别人都去看电影、逛公园，可他却从库房推出一辆破旧的木板车，说是带对方去兜风。

第一个对象，是个老姑娘，三十好几没谈过恋爱。那天，她打扮得花枝招展。黄一飞说要带她去兜风，老姑娘喜上眉梢。她心里暗想：真没想到，这水果老板都买了轿车！谁料，推出来的是一辆肮脏的木板车。老姑娘差点气晕，当即拂袖而去。

第二个对象，是个离异的女人。她倒没嫌木板车脏，一屁股就坐在了后面。女人知道，那是在考验她呢。黄一飞笑了笑，上车蹬起了轮子。女人始终微笑着，静静地坐在身后。一圈兜下来，黄一飞说："我看，咱俩还是不合适！"那女人一听，焦急地问："为啥？"黄一飞有点尴尬："不为啥！"女人火了："你有病啊？拿我寻开心！"说罢，扬长而去。

赵大婶得知后，脸上有点挂不住了："大侄子，有你这样相亲的吗？你再这样，我可不管你了！"

黄一飞低着头，愣是不走，低声说："婶子，求你……再给介绍一个！"

赵大婶摆了摆手，说："好吧！不过我丑话说在前头，这可是最后一个！"

　　黄一飞无奈地点了点头。

　　第三个对象，是个瘦小的寡妇。黄一飞抬头一看，她长得挺秀气，穿着也朴素。没说几句话，黄一飞又推出了那辆木板车。寡妇不吭声，从怀里掏出一块手绢，先在黄一飞的座位上擦了擦，接着，又在后面擦了擦。一路上，两人没说一句话。

　　上坡的时候，女人轻轻跳下了车，黄一飞的轮子蹬在半空，正觉得吃力的时候，寡妇帮着推了一把。下坡的时候，经过一片田野，女人轻声说道："你……等一下！"黄一飞觉得很纳闷，停下车看她干什么。很快，寡妇手里抱着一束野花，红着脸追了上来。

　　不知不觉，又一圈兜了下来。黄一飞红着脸说："大妹子，你是个好人！可是，咱俩还是不合适！"寡妇抬起头来，说："嗯，那……你把这束野花带给水莲吧！"说罢，转身要走。

　　黄一飞心头一热，忍不住追了上去，说："大妹子，我……对不起你！可是，我忘不了死去的妻子！"

　　这个陌生的女人，有一股奇特的亲和力，黄一飞当着她的面，将藏在心里的话全说了出来。

　　原来，当年黄一飞只是个卖水果的街头小贩，每天清早，他踏着这辆木板车去城里进货。那时，他的新婚妻子就坐在车后，不论刮风下雨，一路跟随。那天，迎面驶来一辆汽车，情急之下，女人用粗壮的臂膀将他推了出去，自己却倒在了血泊中。

　　黄一飞眼中噙着泪，说："我妻子很胖，有整整150斤。这六年来，我始终无法忘记她的重量。每次，她坐在木板车上，我的心里就踏实了！"

寡妇明白了，这样一个痴情的男人，让她顿生好感。寡妇抬头望了望黄一飞，羞涩地说："大哥，三天后，能再让我坐一回木板车吗？"黄一飞觉得很诧异，可是，又不忍拒绝。

三天后，女人如约而至。

黄一飞将木板车停在门口，叹了口气说："上来吧！"寡妇乞求道："大哥，你……别回头看我！"黄一飞点了点头，真的不看她。过了好一会儿，寡妇说："大哥，好了！"黄一飞蹬起轮子，突然觉得有点异样。六年前那种熟悉的感觉仿佛又回来了，可是，她不可能在三天之内变成150斤，这究竟是怎么一回事？

黄一飞忍不住回头，只见木板车后，寡妇的怀里抱着水莲，两人正灿烂地朝他笑。凝视间，黄一飞突然泪流满面。寡妇和水莲加起来，依然没有150斤。原来，那重量并不重要，他忘不了的只是对妻子的爱。可是，生活仍要继续，遗忘伤心的过去，才不会错过当前的美好。

这时，水莲笑嘻嘻地说："爹，快蹬车呀！"黄一飞擦了擦眼泪，说："好咧！"那辆破旧的木板车载着一路欢笑，幸福地朝远处奔去……

（张春凤）

（题图：安玉民）

墙上有个洞

　　老憨和柱子从小一起长大，如今又成了邻居，两家仅隔一堵墙，隔开的却是两重天：老憨长得实在对不起观众，看上去傻里傻气，三锤打不出两个屁，三十出头还是光棍一条；柱子一表人才，聪明能干，娶了个如花似玉的小媳妇，日子过得红红火火。

　　不幸的是，柱子当新郎没几天，就生起了怪里怪气的病，吃什么药都没用，人瘦得只剩一把骨头，半年后就一命呜呼了，临终之前他给秀秀留下了一句话："隔壁老憨会照看你的……"老憨和柱子情同手足，自然义不容辞，为柱子的丧事忙得团团转。丧事总算办完，老憨累得往床上一倒，脑袋还没挨到枕头，一个激灵又爬了起来：奇怪，床头上方怎么莫名其妙地冒出一个墙洞来? 老鼠打的? 不像不像，老鼠只喜欢在墙角打洞呀!

老憨对着墙洞一看，惊出一身冷汗：墙洞正对着柱子的洞房，那个叫秀秀的新媳妇坐在床头呜呜咽咽地哭泣，贴在红纱帐里的"喜"字清晰可见……做邻居这么久，老憨还没敢正眼看过新媳妇，现在想怎么看就怎么看，尽可大饱眼福。秀秀真漂亮，就是哭的时候也楚楚动人，唉，可惜柱子没福气，让这么漂亮的媳妇独守空房。看着看着，老憨心里像爬进一条毛虫，咬得他浑身燥热，心痒难耐。正想入非非，咚，脑袋碰到墙上，一下将他撞醒了——别说秀秀成了寡妇，就是成了老太婆，也轮不到你老憨!

这一夜，老憨翻来覆去睡不着，总觉得墙洞像一只眼睛，老盯着他看，看得他心里发毛。像谁的眼睛? 对，像柱子的眼睛! 不行不行，要是让外人知道，以为是我故意打的洞，那我不成了流氓? 他没做贼心也虚，赶紧找来一只臭袜子，急忙把墙洞塞上。

墙洞是塞上了，但肚子里的毛虫却时常咬啊拱啊，闹得他心里痒酥酥的，忍不住又想凑近那只臭袜子；更恼火的是，以前倒在床上什么也听不见，而今一倒下就听见隔壁传来各种诱人的声音：嗒嗒嗒、叽叽叽、吱吱吱……每一种声响都像美妙的音乐，能引起人无穷的联想，哪还睡得成什么鬼觉?

这天晚上，从墙洞传来的声响格外动听：哗啦啦……哎，新媳妇在干什么? 老憨止不住好奇，扯下臭袜子一看，眼珠猛然定住：秀秀赤身裸体，正坐在大木盆里，不紧不慢地洗澡! 她洗得那么投入，一丝不苟，双手在玉体上搓来揉去，身上的水珠缓缓流下，在灯光的映照下像一粒粒珍珠……老憨头一次看到女人的裸体，啊，原来不穿衣服的女人更好看!

老憨正看得如痴如醉，一阵微风吹来，眼睛里吹进了一粒细沙，他一边揉眼一边想，女人偷看不得，会遭老天爷报应哩！什么时候弄点灰浆，把墙洞堵死吧，免得管不住自己！老憨正想塞上臭袜子，突然听见秀秀惊恐地叫了一声："谁？你是谁！"

老憨以为被秀秀发现了，吓得差一点滚下床来，可这一瞬间他正好看见洞房门口出现了一个身影，噢，是村主任，挂着一脸淫笑……老憨刚落下去的心马上又提到了嗓子眼：这个老色鬼，这么晚了贼脚贼手摸来，一定没有好事！秀秀看清是村主任，从木盆里一跳而起，顺手抓起床头的浴巾，紧紧捂着胸口，花容失色："你……你怎么进来的？想干什么？"村主任嬉皮笑脸："小声点！莫紧张，我随便走走看看，看你一个人怪孤单，就想关心关心群众。"

秀秀一步步往后退："你莫过来！柱子死了还没一百天，你就想打歪主意……畜生！"村主任步步紧逼，垂涎三尺："小美人，莫怕莫怕。我这是关心你嘛，不忍心看你独守空房，过来陪陪你……以后你有什么难处，一句话，天塌下来我替你扛着！"

老憨明白了，村主任色胆包天，图谋不轨！如果不是村主任，是另外一个人，老憨也许会挺身而出，来个"英雄救美"，可村主任是一手遮天的人物，老憨平时见了他就小腿抽筋，眼下哪敢用鸡蛋去碰石头？不过，别看村主任作威作福，见了女人就流口水，他也有短处——怕老婆，听见"河东狮吼"准吓得阳痿！老憨急中生智，跑到院子里抓起一块石头，朝隔壁的房门"咚咚咚"就是几下。这叫敲山震虎，严重警告：你已被发现，说不定就是你老婆跟踪你，看你怕不怕？果然，村主任很快惊慌失措跑了出来，夹着尾巴溜之大吉。

这件事之后，老憨改变了主意：墙洞不能堵死，这是一个观察哨，可以随时监视"敌情"，任何好色之徒的阴谋休想得逞！如此一想，老憨的心里就坦然了，于是每天睡觉之前都要理直气壮地观察一番，啊，秀秀的睡姿真美，活脱脱一个睡美人！

有了这个墙洞，老憨的生活发生了神奇的变化，变得多姿多彩，有滋有味。一天傍晚，从墙洞里突然传来了"哎哟哎哟"的呻吟声，秀秀生病了？老憨"观察"后看到，秀秀有气无力地躺在床上，伸手去拿床头的水杯，一失手，叭，杯子摔碎了。看样子，病得不轻！老憨顾不得过多考虑，翻过院墙，背上秀秀就往卫生所跑……医生说，秀秀得的是急性阑尾炎，小手术，不过要是拖到明天，小病酿成大病，弄不好就有生命危险。

秀秀出院后，老憨顺理成章，当上了"男护士"，尽管他笨手笨脚，但尽心尽力，恨不能摘下满天的星星煮给秀秀吃，补养身子。没想到，秀秀不但不感谢，反而提出了一个难题："哎，你怎么会知道我病了？"老憨支支吾吾，想说谎话，可一张口却是实话："我……墙上有个洞，我是从墙洞里偷看到的。"

这一来，秀秀不依不饶："你说啥？墙上有个洞？你是不是天天偷看？老实交代，你都偷看到些什么？"老憨无地自容，出了一头汗水："我……偷看到你梳头、睡觉、洗澡，还偷看到村主任……那天，就是我朝你门上砸石头，才把村主任吓跑的。"

秀秀一点不领情："看你平时老实巴交，原来一肚子坏水，竟然胆敢在墙上打洞，偷看女人洗澡，你这是……耍流氓！"老憨急得面红筋胀："不不不，那个墙洞不是我打的，我该死，不该偷看你洗澡，不该耍流氓……我不是好人！我改，马上改，我马上去把墙洞堵死……"说着，他转身就要走。

秀秀一把拉住老憨，杏眼闪动："话没说清，不许你堵！我问你，我的身子被你看遍了，你说，该如何赔偿损失？"糟了糟了，还要赔偿损失？老憨哭丧着脸，说："我……没有钱。"

秀秀"扑哧"一笑，声音变得温柔多情："你看了我的身子，就得为我负责，对不对？你没有钱，有……人。你是好人，我喜欢你……偷看我……"老憨再傻，也听出了"话外音"，一时激动得手足无措："你，喜欢我……偷看你？"

秀秀把头埋在老憨怀里，脸颊红得像个苹果，她想起了柱子在临终前说的那句话："隔壁老憨会照看你的……"莫非这洞正是柱子打的，是他打了洞要老憨"照看"我？

柱子在冥冥之中有意留下的一条红线，使秀秀终身有托了……

（吴　天）

（题图：黄全昌）

一米八二

　　东城市歌舞团有一位女演员，名叫张娟，二十五岁了，还没有交上男朋友。据说，她挑男朋友有个标准：身高必须是一米八二。多一毫米嫌高，少一毫米嫌矮。不少求婚者，都在她的钢卷尺下被淘汰了。

　　话说去年四月，从西城市歌舞团来了两位男演员，协助东城歌舞团排练节目。这两位男演员都姓王名健，年龄都是二十七岁，面貌也长得十分相像。要说区别，就是一个个头高，一个是中等个儿。

　　由于节目上演日期逼近，团里决定分组排练，两个王健各带一组，张娟被分在大个儿王健的那个组。

　　第一天上排练场，张娟就对大个儿王健发生了兴趣。对方的音容笑貌，一举一动都使张娟百分之百地满意，真有一见钟情的味道。但是，还有一点使张娟心里不甚踏实，那就是对方的身高是不是一米八二。为此，张娟可真费了一番脑筋，经过一天一夜的苦思冥想，她终于想出了一个好办法。第二天一到排练场，她就借故绕到大个儿王健背后，悄悄举起胳膊，大个儿王健的头顶正好和她的手腕子儿一般齐。她的这一举动似乎被大个儿王健感觉到了，见他笑吟吟地转过头来，张娟急忙缩回胳膊，装作在自己头顶别发夹，总算掩饰了过去。

不等排练结束，张娟就溜回宿舍，取出钢卷尺，站端立直，从地板量到手腕子，嘿！不多不少，正好一米八二。张娟的心里别提有多高兴了。

可是，高兴归高兴，却不知道人家有没有女朋友，更不知道人家喜欢不喜欢她张娟。一连几天，她都想直接同对方接个火，进行一番火力侦察。但是一来怕落个轻薄冒失，二来排练十分紧张，始终没有一个合适的机会。

很快一个礼拜过去了。突然间，西城歌舞团拍来了电报，说是有重要演出任务，两个王健便匆匆地离开了东城。这一下，对张娟无疑是一瓢冷水。她恨自己太没有勇气，才失去良机。

两个王健回到西城，当天就随团赴京演出去了。半个多月后从北京返回时，小个儿王健在火车上生了病，一下火车，大个儿王健就送小个儿王健住进了医院。

大个儿王健返回歌舞团，刚走进大门，老传达就递给他一封信，信皮上用秀丽的钢笔字写着：西城歌舞团王健亲收。落款地址是：东城歌舞团。大个儿王健当时想也没想，便拆开了信口。当他拉出信纸时，一张二寸带彩色的半身照片落到了地上。他拾起来一看，是位大姑娘，好生面熟：鸭蛋脸，高鼻梁，大眼睛，双眼皮，加上两个俏皮的酒窝，给人一种笑眯眯的神气。噢，想起来了，这不就是那天在自己身后别发夹的那位女演员么？她写信来有什么事呢？还寄来一张照片，这就更使大个儿王健成了丈二的金刚。

接着，大个儿王健展开了信纸，那是一张十分精致的信笺，上方写着王健同志，下方写着张娟，当中写了一个娟秀的"爱"字，一旁还打了一个"？"号。大个儿王健开始还看不懂，他捉摸来捉摸去地思索着，猛然他领悟了这信的含意，不由大吃一惊。因为他去年就结了婚，现在已经是一个小妞的爸爸了，怎么还会有姑娘向我求爱呢？大个儿王健拍着脑袋，拧着眉毛想了半天，才想起了他的好朋友——小个儿王健至今还是光棍协会会员，肯定是他在东城搞上了对象，这封求爱书，无疑是寄给他的。

想到这里，大个儿王健不敢久停，便一路小跑着赶到了医院。一进病房，就大喊大叫起来："伙计，信！不不，是求爱书，还有照片。你这家伙，在东城才七天，就被姑娘看中了，真有你的。好漂亮的美人儿，不错，不错。"

这一阵起火带炮，轰得小个儿王健晕头又转向。当他看了这奇怪的信后，也觉得摸不着头脑，对照片上的这位姑娘，他脑子里模模糊糊有个印象，但是在东城七天，双方连句话都没有说过，这到底是怎么回事？

但是无论小个儿王健怎么解释，大个儿王健就是不相信。加之小个儿王健嘴拙舌笨，一时说不出个子丑寅卯，今天好事找上门来了，大个儿王健岂能不加倍成人之美？大个儿王健又是个乐于助人的热心肠，何况小个儿王健又常因婚姻问题而烦恼，便逼着小个儿王健，立即写回信表态，而且信一定要写得热情、真挚，充满着爱慕之情。小个儿王健经不住朋友的撺掇，当下就写满了两张信纸，表示同意和张娟建立通信关系。大个儿王健嫌这样写太冷淡，非要在信尾加上一句：愿我们的友谊如松柏长青。信由大个儿王健送到邮局，发了挂号。

张娟接到这封回信后，觉得自己打听的情况还是可靠的，不由暗暗为自己的大胆试探所取得的成功而兴奋。从此，两人书来信往如流水不断，毋须多说其中奥妙。

只说两个月后的一天，小个儿王健接到了张娟的第五十一封来信，信中要他寄一张照片过去，小个儿王健自然有求必应。但是，他虽然有不少剧照，却很少照过生活照，进照相馆吧，得几天才能冲洗出来。于是，就在自己仅有的几张生活照中，挑拣出一张和大个儿王健在北京拍的合影照，觉得唯有这张合影还比较理想，便随信寄了出去。

照片到了张娟手里，她虽然心里埋怨不该寄来一张有别人的合影照，但看到照片上大个儿王健风度翩翩的样子，也就不多计较了。她把照片带回家，指着大个儿王健，向家里人作介绍："看，就是右边这个大个儿，我用钢卷尺量过的，一米八二，绝对没错。"

时间一天天过去，很快到了来年四月。在这期间，由于双方忙于外出演出，两人虽然一次面都没见过，但因为几乎一天也没有间断过的书信来往，终于使他们的爱情成熟了。双方达成协议，五一国际劳动节结婚，结婚地点定在西城。四月二十八日凌晨两点，张娟带着领结婚证的介绍信，登上了西去的列车。

列车运行了八个小时，于二十九日上午十时到达西城车站。

张娟刚走到车门口，一眼就看见大个儿王健站在月台上的人群里。张娟自在极了，心里说：还是一米八二好，优越性儿多，站在那里，就像鹤立鸡群，多醒目。

两人一见面，大个儿王健就笑呵呵地伸出右手，紧紧握住张娟的手，连声说道:"欢迎!欢迎新娘子。"如果不是车站上人多,众目睽睽,张娟真想拥抱上去。

此时的西城歌舞团大院里,更是一番热烈的气氛。张娟和小个儿王健这种特别的恋爱方式,使大家感到十分新鲜,都想早一点见到新娘子,以饱眼福。终于,张娟在大个儿王健的陪伴下,走进了歌舞团大门。不知谁喊了一声:"新娘子来了!"好家伙,整个院子都沸腾起来了。人们一拥而上,一边鼓掌,一边把张娟拥进了新房里。

大家哄闹了一阵子,便都散去了,大个儿王健也不知去向了。新房内只剩下张娟和小个儿王健两人。小个儿王健"嘿嘿"笑着问:"娟,累了吧?"张娟一听这人称自己为"娟"心里就不舒服,这样的称呼岂是你使用的!虽说咱们认识,但也不能乱来呀。但是,她又不好发作,便从桌子上抓起一把糖递过去:"请吃糖。"小个儿王健还是"嘿嘿"一笑,把糖推过去,连连说:"你吃,你吃。"张娟也不勉强,便剥开一块奶糖,投进自己嘴里,目光浏览着新房里的摆设。

大约一个钟头过去了,两个人最多能对话三次,而且尽是些闲话。张娟渐渐地感觉到了疲劳,她想上床躺一会儿,但小个儿王健却还没有离开的意思。张娟开始讨厌这个不知趣的人了。又过了半个小时,张娟终于很客气地下了逐客令:"你还不回家吃饭?"小个儿王健一听,急忙说:"对对,吃饭,我这就点炉子,给你下挂面。"说着就点燃了煤气炉。张娟见这人这么心实,不知趣,更产生了一种厌恶感,于是就脱鞋上了床,装出要休息的样子,心想:这一下,大木头该知趣了吧。谁知小个儿王健见她上了床,便急忙跑过来,忽啦一下拉开被子,给她盖在了身上。

这一下张娟可受不了啦,"呼"一下坐起来,目光直逼着对方:"你想干什么?"小个儿王健"嘿嘿"两下,说:"不盖会着凉的,你休息吧,休息好了，下午咱就去登记。""登记？登记什么？"张娟觉得不对劲了。"领结婚证呀！"小个儿王健好容易才把这句话说出口。"啊！"张娟一抬腿就溜下了床，越急越结巴：“你，你是，是谁？""嘿嘿，照片都给你寄去了，还不认识？我就是王健。""不——"张娟几乎不相信自己的耳朵：“我的王健身高一米八二，他在车站上接我来的。你，你有一米八二吗！"

小个儿王健一听这些话，知道事情坏了，便实话实说：“那个王健已经结婚，生下一个小妞了。"

“你骗人！"张娟的声音更响了。

“谁骗你是四条腿！张娟同志，你别生气，咱们还没有领结婚证，你要不愿意，还能挽救。你，你稍等一会儿，我这就去喊那个王健来。咳，坏就坏在一个团有两个王健。"说着，小个儿王健就跑出了新房。

小个儿王健找到大个儿王健，如此这般地说了一遍。大个儿王健想了一想，说：“你先别急，是你的爱人飞不走，不是你的爱人留不下。你除了身高不是一米八二，业务上什么都比我高，成与不成，咱先试试看。"

接着，两个王健一同回到了新房里。大个儿王健见张娟哭得像个泪人儿，便笑吟吟地说：“张娟同志，婚姻不成友谊在，你既然已经来了，就住几天，晚上我们团演出《丝路花雨》，你看看吧。至于你们俩的事情，缓缓再说也无妨。"

事情已经到了这步田地，张娟也懊悔自己在打听时，只问了姓名，没具体讲明身高，才出此洋相，现在又想不出好办法，只好暂且住下了。到了晚上，大个儿王健的爱人陪着张娟进剧场，直到演出结束才回到了新房里。新房里没有人，但沙发前放着一盆热水，茶几上放着一碗荷包蛋，碗底下还压着一张纸。张娟抽出纸一看，上边写着：“张娟同志，请你不要生气，千万别闹出病来。咱们俩的事情，既然从误会和轻率开始，就让它从尊重事实结束吧。我的身高距离你所要求的一米八二的理想高度差七厘米，这是爹妈的责任，我没有办法拔高。但是我所追求的理想高度，并不在于身躯，而在于事业。张娟同志，你我并未登记，木未成舟，天马行空，来去自由。小个儿王健。"

这几句留言可谓简短，但是张娟却整整看了一个晚上，她失眠了。舞台上神笔张的娴熟舞姿一直在她眼前晃动，剧场内为神笔张喝彩的掌声，一直冲击着她的耳鼓。神笔张的扮演者，正是小个儿王健。

第二天一大早，小个儿王健就来找大个儿王健，问这件事到底怎么办，大个儿王健狡黠地挤着眼说："傻瓜蛋，快去吧，新娘子等着你去登记哩。"

原来，大个儿王健也是一夜未睡，拂晓时，在新房的窗外窥视窃听，他从窗户缝里窥视到，张娟换上了一身新衣，又是拖地板，又是抹桌柜，不是好兆头是什么！

中午十一点，婚礼开始举行了。大个儿王健即席赋诗一首：

小个王健配张娟，

一米八二把线牵，

虽然身高不理想，

事业促成美姻缘。

（倪运宏）

（题图：裴向春）

团　圆

　　这是一件让我刻骨铭心的往事……

　　1943 年，我十九岁，在沈阳的一家小酒坊当学徒。有一天晚上，临睡前，我在靠街的房门前撒尿，这时候一个人从暗处慌慌张张地走来，对我说："小兄弟，救救我，有人在追我……"我赶紧把那人领到我住的屋里，借着昏暗的油灯，我看到那人四十岁开外，浓眉大眼，胡茬子老长，满脸血迹。我打来一盆清水，那人洗了脸，他让我用烧酒给他擦洗和衣服相粘的血痂，我看到豆大的汗珠从他额头上滚落下来，可他一声没吭，真是一条汉子……

　　这时，外面传来了无数"屁驴子"的声音，"屁驴子"就是日本人的摩托车，当时老百姓都是这么叫的。我想，这又是日本宪兵在抓人了。

看着眼前这条汉子，我绝不相信他是坏人，我也没有时间去多想，就把一条干净的床单撕成了条条，给他往身上缠，算是包扎了伤口。第二天天没亮，那人便醒了，穿上我的一套半旧的蓝布开襟衣服，朝我一抱拳，说："小兄弟，多谢了！后会有期，来日必当厚报！"说完他便急匆匆地走了……

天亮了，听街上人说，昨晚有一个政治犯，打死两个日本宪兵后逃跑了。我想到昨晚的那人，不觉一乐，心想毕竟自己做了一件对得起祖宗的事，当然，这事不能和任何人说。

三个月后的一天，我正在干活，老板把我叫到客厅，只见椅上坐着一个西装革履的人，他见我进来，马上站起来说："小兄弟，还认识我不？"我一眼认出他正是那天我救的人。那人说他姓郑，现在伤口都已好了。看来，老板已经知道了我救人的事。

老郑这次是专程谢我来的，他把我和老板请到了街对面的"悦来酒楼"。到了一处雅间，那里早有一个和我年龄相仿、一脸秀气的姑娘等着，老郑介绍说这是他的干女儿，姓田叫小凤。我们寒暄几句之后，小凤便出去了。

这时，老郑便说为了答谢我的救命之恩，想把小凤给我做妻子。我一听，脸都红了，连忙推却。老郑对老板说："我看这小兄弟为人诚实，心地善良，所以，把干女儿给他，我一百个放心。我已经把这事和小凤说了……"老板急着问："小凤怎么说的？""小凤说，如果见面之后她一直没动身子，这事就别提了；如果她走出门去，就是有意了。"

老板一听这话，马上把他手上的金戒指摘给了我，要我亲手交给小凤，作为定情之物，我连连摇头说使不得，可是老郑却说："婚姻大事，哪有你说话的份儿，听着便是了。"说得我们三人都笑了。按照当时的规矩，婚姻大事都是父母做主，我父母死得早，是一个在沈阳做事的叔叔介绍我到这里来当学徒的，老板和叔叔是磕头弟兄，所以这事就这样说定了。

不大工夫上菜了，小凤也进来了，看来刚才她是在门外偷听来着，一进屋，脸蛋红红的。趁这当口，我便把金戒指给小凤戴在手指上……

老郑又给了我一些钱，并拜托老板，一定要把我的婚事办好。老板夫妇为我们收拾了院里的一间厢房，选了一个黄道吉日，我做梦似的结了婚，有了一个聪明、漂亮的妻子。

小凤识文断字，我呢？斗大的字认不了几箩。每天白天，小凤和老板娘在前屋卖酒，晚上，我俩就坐在油灯下，小凤教我认字、写字。灯火如豆的小油灯前，我同小凤度过了年轻时最幸福的时光。

有一天，老板娘告诉我："总有人来找小凤，很神秘的样子，说不准，这丫头有点来头。"她要我多加小心。我怕什么？从前是光棍一条，现在刚混出点人样来，小凤和我恩恩爱爱，就是她真遇上了什么危险，大不了我随她一起去，人生一世还不是一死？更何况小凤已经怀孕了，她的肚子里正怀着我的骨肉呢！

冬天了，记得那天晚上，天上下着鹅毛大雪，老郑派人来，要小凤马上跟那人走。那人拿一个包裹，里面是一个铁匣子，用锁头锁着，他要小凤托付我保管好。小凤泪流满面地对我说："很多事，一时也说不清，等以后再和你细说吧！"她再三嘱咐我，"这个铁匣子一定要保管好，三个月内一定会有人来取，暗语是'我上衣扣子上有一个田字'，如果来人不说这句暗语，这铁匣子千万不能给他，而且，那人走后，你一定要马上离开这里，切记！"

来人一再催促，要小凤快走，小凤和我洒泪而别。我立在门外，征怔地看着两人的身影消逝在大雪茫茫的夜幕之中……

想到那个铁匣子，我马上进屋把它藏好。这时，外面传来急促的砸门声，我打开门，一群日本宪兵由一个中国人领着，把我的房间翻了个底朝天，什么也没翻着，便把我带走了。到了宪兵队，这顿打就不用说了，他们问我是怎么认识田小凤的，我说是老板娘卖酒时认识的，是她给我介绍成的亲，这话是老板娘和我早就商量好了的。我被捕了，小酒坊也被查封了。在宪兵队关了大约两个月，老板在外面疏通了一些关系，这样，我被放了出来，不久，小酒坊也照常开业了。

家里人去楼空，小凤渺无音讯，后来，我就抱着这个铁匣子四处漂泊，再后来又到了乡下……

从此以后，很多人为我的婚事操心，可都被我拒绝了，因为我想小凤总有一天会找到我的，就这样，一直等到沈阳解放……

1972年的夏天，我在沈阳的叔叔到乡下来看我，我便讲起了小凤的事。叔叔临走时把铁匣子带走了，他说要交给有关部门，也许可以打听到一些关于小凤的消息。送走了叔叔，我又暗自大哭了一场。

9月21日这天，我家门前来了一辆北京吉普，从车上下来一男一女，男的手里拿一件衣服，问我："老伯，这衣服的扣子上有一个字，您一定知道。"我当时大吃一惊：三十年了，真是刻骨铭心、荡气回肠啊！我的血一下子涌了上来，说："是一个'田'字。"这时，那一男一女异口同声地叫了我一声："爸……"原来站在面前的这一对双胞胎兄妹，竟是我的亲骨肉！儿子很像当年的我，女儿的脸上活生生地透出一个当年的小凤来，越看越像。我百感交集，一下子抱紧了一双儿女……

很久，我问："你妈，她好吗？"于是，女儿便讲起了她的妈妈：

小凤和我结婚前，是共产党满洲省委一个机构的报务员，婚后那小酒坊就成了地下党的联络站，老郑就是她的领导。那年冬天，由于出了叛徒，老郑便派人通知小凤紧急转移。小凤离开我的第二年，农历六月二十八日，这一双兄妹出生在辽宁的彰武。小凤四处找我，可因为我离开沈阳回乡下了，竟无缘相逢。小凤经常在睡梦中哭醒，说是她连累了我……

1970年的秋天，组织上内查外调，了解到当年有一个铁匣子，里面装着一部电台，另外还有一些重要文件，那些东西是小凤保管的，由于不知下落，便怀疑落到了日本人手里，并由此怀疑小凤历史上可能被捕变节。老郑在解放战争中牺牲了，这样，就无人能证明小凤的清白，她被扣上了叛徒的罪名而锒铛入狱，可就在这时候，铁匣子从天而降，还了小凤一身清白……

女儿满脸是泪，说："爸，妈断定您还活着，您在等着她，今天，妈让我们来接您回家……"听到这里，我已经哭得说不出话来了，这么些年来，我等待的不就是这一天吗？

（张　扬）

（题图：杨宏富）

中　计

　　碧溪乡有个姑娘叫影影，今年22岁，长得细眉凤眼，清秀白净。可是最近，影影被男朋友阿强抛弃了，气得她整天钻在被窝里嘤嘤哭泣，滴水不进。父母知道后怕她出意外，急忙去找女儿的知心朋友李丽商量，要她想办法帮助影影正确对待失恋，千万不能钻牛角尖。

　　李丽闻听此事，心头一跳，因为她知道影影对阿强十分痴心，如果不讲点方法，单靠嘴皮子劝说是不奏效的。怎么办呢？她沉思良久，忽然眼前一亮，生出一个计来，于是急匆匆赶到影影家中。一看，影影钻在被窝里，面容憔悴，泪痕斑斑，酷似电视剧里害了相思病的林黛玉。李丽走到她身边，二话没说忽地搂住她"咯咯"大笑起来。影影被她她笑得心里发怵，颤声问："你、你笑什么？"李丽收住笑，弯腰低声说："你看你呀，气成这副样子，怕什么，小伙子有的是，重新谈一个嘛！""啊，不不，我坚决不找，再也不谈了。"影影神经质地从床上直跳起来。李丽伸手按她坐下，继续说："影影，留得青山在，不怕没柴烧，世界上好的男人多得很，为什么一定要捆在那棵树上呢？这样吧，我给你介绍一个。保证各方面胜过阿强，怎么样？"

这番话又刺激了影影的心，只见她眼泪夺眶而出，一个劲地摇着头喃喃说："别别，我知道，世界上没有人比得上阿强，除了他我谁都不嫁。"

李丽见影影钻在牛角尖里出不来，忙附在她耳旁低声说："傻瓜，我有个妙计，保险叫你那位宝哥哥乖乖地回到你身边来。""真的？"影影一下子来了精神，但很快又沮丧起来，"不、不，要他回心转意不可能。"李丽突地凑到影影耳朵边，神秘地说："我这条妙计保险行！""到底什么妙计呀？"李丽顿了顿才说："你先假装和他人谈恋爱。"影影听了大吃一惊："啥？谈恋爱还能假谈吗？""当然能！"李丽不紧不慢地吹嘘起来："我懂得心理学，如果你跟别人谈恋爱，阿强就会有醋意，而且，你谈得越热络，他心里越难受，最后醋性大发，一把将你夺回去。"

影影一心恋着阿强，但又无法使他回心转意。听了李丽此计，觉得似有道理，心里刚有点欢喜，又一想此事难办，不由叹气，自言自语地说："唉，做假戏谈恋爱，谁肯当这样的角色呀？"李丽胸有成竹地说："这不用你担心，我自有办法。不过，你一定要主动出击假戏真演，无论如何要进入角色，而且绝不能让对方察觉，你演得越真，效果越好，懂吗？"影影听后顿时来了精神，答应一定使出浑身解数，狠狠刺激一下阿强。

当天晚上，李丽果真带着一位名叫丁文的小伙子跟影影见面了。影影抬头一看，见对方长得潇洒大方，气宇不凡，走进门来一副初恋约会的谨慎模样，不禁暗自好笑。不过再一想，自己马上要假扮恋人，同这位陌生的小伙子谈情说爱，不由羞赧着脸低下了头。丁文倒也大方，他掏出两张舞票，彬彬有礼地说："影影，今晚我请你去爱之梦舞厅跳舞，乐意吗？"听对方邀自己去爱之梦跳舞，影影可乐坏了。原来她那位恋人阿强是个舞迷，几乎每天晚上都上爱之梦舞厅，这么一来，正是一个表演的极好机会，因此满口应允说："好吧，我很喜欢跳舞，走！"

影影随着丁文来到爱之梦舞厅。一看，舞厅里彩灯闪烁，人头济济。她顺着软席包厢看过去，只见阿强果然早早坐在那里了，身边还带着一位浓妆艳抹的年轻姑娘。顿时，一股又恨又怨的情绪从心底升起，暗想，好吧！你有妙龄女郎，我有奶油小生，咱们走着瞧。这时正巧一曲"华尔兹"奏响了，影影顾不了应该男士主动邀请女士的规矩，"霍"地站起身来扯着丁文翩翩起舞。一圈、两圈、三圈……她同他配合默契，跳得洒脱自如。影影一边跳，一边带着幸灾乐祸的神情朝阿强瞟了几眼，果然，此刻阿强也正用火辣辣的目光死死盯着自己，影影更加得意了，不由精神亢奋，一股胜利的自豪感袭上心头。曲终，影影故意挽起丁文，紧靠着坐到一旁歇息，她跟他亲热地依偎着，谈笑风生，完全进入了角色。

就这样，影影假戏真做表演出色。为了刺激阿强，她每天一下班，就主动约丁文一起跳舞、溜冰、看电影、逛商店，真可谓形影不离，旁人看来，活脱脱一对如胶似漆的恋人。影影还在暗中尾随着阿强，故意让自己跟丁文亲密相处的镜头，在他眼皮底下一次次曝光，这一着果然奏效，阿强见影影如此闪电式恋爱，非常吃惊，特别每逢看到他俩的热络镜头，眼中就会闪出嫉恨的光来。

时间过得真快，一晃两个月过去了。一天傍晚，李丽急匆匆找到影影门上，喜滋滋嚷道："影影，阿强中计了，他马上就要登门向你正式求婚。怎么样，我这个锦囊妙计还管用吧？""啊？"影影听到这个消息，不但没有高兴，反而面孔发白，一下子呆愣着说不出话来。原来，经过两个月的频繁接触，她感到现在这位男友丁文知书达理，温柔可亲，不知不觉对他产生了爱慕之情。同时，对恋人阿强印象越来越淡漠，甚至感到此人卑鄙、自私，不愿再见到他了。但是，眼下弄假成真，阿强终于经不起自己挑逗，中了李丽的圈套，并且鬼使神差上门求婚来了。这，这可怎么办呢？

一时间影影急得手足无措，她知道戏不能再演了，急忙从实招来，向李丽袒露了心迹，求她帮忙帮到底，再想一个妙计，一定要将阿强拒之门外。李丽听后秀眉紧蹙，生气地一挥手说："影影，你不是说阿强是世界上最好的男人吗？如今大功告成，这乃一大喜事，岂能变卦呢？"

就在这时，"笃、笃、笃"外面传来敲门声。影影急得心直往喉咙口蹿，她拽住李丽不让她开门，李丽哪里肯听，用力一搡推开影影，一个箭步上前将门打开，影影急忙爬起来，慌乱地抬头一看，一下愣住了，原来门外站着的不是阿强，而是自己心中的白马王子丁文！这时，丁文已笑盈盈跨进来，把一束鲜花递到影影手上，柔声说："影影，我对你早就有了爱慕之心，但见你与阿强好上了，不敢有夺人所爱之想。如今好事多磨天随人愿，今天有李丽做红娘，我正式向你求婚来了，愿你我永结同心，白头偕老。""啊，你？"影影听了丁文这番话，一下如坠五里雾中。半晌，她抓住李丽困惑地问："李丽，快说说清楚，你到底要我演什么戏，是谁中了计啊？"

李丽笑得前俯后仰，指着影影的鼻子娇嗔道："今天你配合我演了一出双簧戏，阿强没有中计，中计的是你。"

"我？"影影蒙住了。

"对，你要知道，人的感情是可以培养的。我见你失恋后钻牛角尖，才用这一计策帮助你从失恋的自我烦恼中解脱出来，妙否？"

"你！"影影一下恍然大悟，羞赧地对丁文瞟了一眼，一把将李丽搂住撒起娇来。

（陈桂娣）

（题图：李 加）

沉默·隐情

chenmo yinqing

那些未能说出口的话，终于随着时间的流逝，消散在风中……

爱大山的女子

    刚子和杜鹃是在县里举行的一次业余美术作品大奖赛中认识的,刚子的作品《黄河惊涛》得了一等奖,杜鹃的作品《泰山日出》得了二等奖,一来二去,两人竟从画友发展成了夫妻。

    其实两人都没去过什么名山大川,泰山和黄河只在电视里才看到过。

    结婚后刚子放弃了画画,去省城做了木匠,他每个月给杜鹃寄回八百元钱,让她一心学画画,争取早点画出点名堂来。每次刚子打电话回家都说:"我在这里挺好的,别惦记!"可杜鹃总是哭着说:"我一个人在家太寂寞了,要不,你回来吧!"刚子总说:"那怎么行啊!我是和人家工程队签了合同的,违约是要负责任的。再说了,不拖欠民工工资的单位很难找的。你一个人要是觉得无聊,就随便找点事情做。"

直到有一天，杜鹃打电话给刚子："文化馆新来了一位姓韩的美术老师在搞讲座，水平很高的，我想拜他为师。"刚子说："好啊！既学习了画画，又充实了生活，我支持你！"

此后杜鹃的生活真的充实了起来。她每天上午到文化馆上课，下午美美地在家睡一觉，晚上或者看电视，或者和画友们搞一些联谊活动。刚子每月都会按时寄钱回家，杜鹃的生活看上去真的是无忧无虑。

年底的时候，刚子回家了。外出的这一年，刚子赚了一万多元钱，除去两个人的开销，还剩余了三四千元。刚子骄傲地对杜鹃说："亲爱的，这些钱怎么花，完全你说了算！"没想到杜鹃听了这话，一点不兴奋，反而发愁起来："我们最缺的就是房子，可是那需要好几万呢，这么一点钱也不顶用啊！"刚子忙点了点头："那是那是，我的想法就是我打工先赚钱，确保咱们的生活，将来你成了大画家，一幅画卖他个好几万，到那时候还愁房子么？别说房子了，汽车咱还得挑挑品牌呢！"

杜鹃不明白刚子怎么总是如此盲目乐观，伸手摸了摸刚子的额头："不发烧啊，怎么还在说梦话？像咱们这样水平的人全国有成千上万，许多美术学院毕业的高才生都一生默默无闻，你还真的期望我能成为一个大画家啊？"这个时候，刚子已经无话可说了，他何尝不明白这个道理，说这些宽慰的话，只是想让杜鹃开心地画画，不想让她也被残酷的现实困扰了。他低声怯怯地问："你该不会后悔嫁给我了吧？"不想杜鹃却说："不是后悔嫁给你，而是有些后悔自己根本就不该那么早就嫁人！"刚子不是很明白她这么说的意思，却觉得莫名的失望。

就这样，他们在一起度过一个沉默的夜晚。第二天清早，杜鹃起床后发现刚子已经不见了，直到吃早饭的时候，刚子才气喘吁吁地从外面赶回来。杜鹃有些气恼地问他："这么早你干什么去了？"刚子扬了扬手里的两张火车票："赶紧收拾一下，我要带你去看泰山！"杜鹃吃了一惊："什么，你要带我去山东？"刚子点点头："对，我想好了，你最喜欢的就是大山，这次我一定要让你看看五岳之尊是什么样子！"说完，他不待杜鹃再问什么，就催促道："赶紧找身份证，再晚就来不及了！"

三十个小时后，刚子和杜鹃来到了泰安。他们不顾旅途的疲惫，立刻开始登山。到达中天门的时候，杜鹃还是忍不住问了刚子："你到底是怎么想到要来泰山的？"刚子嘿嘿一笑："那天晚上你在睡梦中说你喜欢大山，真的喜欢大山，我就猜到你肯定想把这笔钱用来旅游，可又不好意思说，所以我就独自拿了主意，不等你醒来，先去火车站买了票，现在高兴了吧。"刚子只顾着傻乐，没发现杜鹃的表情在一瞬间凝固了。

两个人在中天门休息了一会儿，杜鹃说："我实在太累了，你带上东西到前面等我吧，我想一个人在这看看风景。"刚子夸张地说了一声"遵旨"，就挎起背包出发了。待刚子走远，杜鹃跟一个登山的小伙子借了部手机，拨通了一个号码："韩大山么？我是杜鹃。我们的事情我仔细想过了，我还是无法离开刚子，你也不要离婚了，我们到此为止吧！"

刚子和杜鹃费了九牛二虎之力，终于登上了玉皇顶。刚子说："几年前你就画过泰山日出，而今我们才来到泰山，真是委屈你了，应该早点带你来，你就不用在梦里都说想大山了。"杜鹃点点头："是呀，想象的东西看上去美，到最后还是不如实际的好。对了，我想和你商量一件事儿，春节过后，我想和你一起出去打工。"刚子点点头说："听你的。"

（陶柏军）

（题图：安玉民）

台风来了

尹二妹今年七十多岁，独自住在村里一间低矮的破瓦房里。不过，尹二妹的儿子大牛家，却新盖了一栋两层楼的小洋房，装修得可漂亮了。

这天上午，尹二妹的邻居赵大姐来她家串门，两人关系一直很好。只听赵大姐焦急地说："妹子，你听说没，三天后这里要刮台风了，风力据说有十二级呢。"尹二妹摇了摇头。

赵大姐抬头望了望破旧的瓦房，担忧地说："这台风真要来了，你可咋办呢？赶紧搬到大牛家去吧，他家的小洋楼结实啊！"尹二妹点了点头，心里却说不出的苦。原来，这大牛一点也不孝顺，平时对母亲不闻不问，只知道过来拿东西。

到了下午，大牛刚巧又来拿鸡蛋，尹二妹一边装鸡蛋，一边假装不经意地问："大牛啊，听说马上刮台风了?"大牛连头也没抬："台风怎么了?"

尹二妹红着脸说："没……没什么，听说，这次台风还挺厉害的。"谁知，大牛愣是没搭腔，拿好鸡蛋就回家了。

大牛走后，尹二妹不禁暗自流泪。不一会儿，赵大姐又来了，关心地问："妹子，刚才我看见大牛来了，是不是要接你去他家呀?"

尹二妹不想让儿子丢脸，只好假装高兴地说："是啊，大牛很担心我，说明天就接我过去。"赵大姐长舒了一口气："那我就放心了。"

第二天，赵大姐在尹二妹家做针线活，一直待到傍晚，终于忍不住问道："大牛咋还不来接你呀?"

尹二妹尴尬地说："可能他太忙了吧，台风明晚才来呢，不碍事。"

突然，赵大姐拍了拍脑袋，说："哎呀，瞧我这脑袋，干脆你搬我那儿去得了! 咱姐妹俩还能说说话，多好!"尹二妹却摇摇头，说："没事! 大牛明天一定会来接我的。"

其实，尹二妹心里的真实想法是，赵大姐是住在她儿子旺财家，如果自己搬去别人的儿子家避台风，这事要是传了出去，让儿子大牛的脸往哪儿搁呀。况且大牛是在旺财开的厂里上班，要是让旺财知道这事，对大牛的前途也不好。

到了第三天早上，村里各家各户开始忙碌起来，大家纷纷给自己的房子屋顶和门窗加固。只有尹二妹坐在门口，眼巴巴地看着门外。可是，一直等到傍晚，大牛也没出现。

晚上，尹二妹早早地躺在床上，两眼呆呆地望着屋顶，想着台风即将来临，说不定这房子会支撑不住塌了，她不禁老泪纵横。

突然，门外出现了一道手电的光亮，很快，传来了一阵敲门声："妹子，睡了吗？"原来是赵大姐。

尹二妹赶紧起身开门，诧异地问："赵大姐，这么晚了，你怎么来了？"赵大姐进屋后，一边脱衣服，一边说："我怕你一个人孤单，来陪陪你！"

尹二妹急了："这……这哪行啊，你赶紧回去吧。"可赵大姐铁了心："以前，咱姐妹俩不是总睡一张床吗？今晚，我非睡在这里不可。"

尹二妹眼泪快掉下来了："今晚不行啊！半夜要刮台风了，我怕房子顶不住害了你呀！"

赵大姐义愤填膺地说："我就知道，大牛这小子不是个东西！这么大的台风，竟然也不接你过去避一避。这房子真要塌下来，你还能活命吗？今晚你必须跟我走，赶明儿，我立刻让旺财辞了他，让这个不孝子喝西北风去。"

尹二妹一听，急了："赵大姐，求你别把这事告诉旺财。大牛要是丢了工作，可怎么养家糊口啊？再过几年，我腿脚不灵便了，还得靠他养活啊。"

赵大姐叹了口气，尹二妹说的也有道理，大牛是她唯一的依靠。可是，这样没良心的儿子，以后还能指望他什么呢？

沉默间，外边突然有人着急地大喊："娘，娘你睡了吗？"尹二妹简直难以相信自己的耳朵："是……是大牛，他真的来接我了。"赵大姐点了点头："这小子还算有点良心。"

尹二妹赶紧收拾东西，大声应道："大牛，娘还没睡呢，快进来吧！"谁知，大牛却大声问道："娘，旺财他娘来过没？马上要刮台风了，她不知道跑哪儿去了，旺财让我们全厂员工找她呢……"听到这里，尹二妹顿时呆住了，眼泪止不住地往下掉。这时，只听大牛又喊道，"她不在的话，我就先走了，还得去别的地方找……"

大牛走后，赵大姐再也忍不住了，火冒三丈地说："这小子不是人，我这就给旺财打电话，立马把他给辞了！大不了，以后我让旺财养你。"说罢，就要掏手机。

　　尹二妹赶紧去拦："赵大姐，别……别打！"慌乱中，尹二妹站立不稳，摔了一跤，疼得站不起来了。赵大姐赶紧打了120。接着，她又打电话告诉儿子旺财，今晚自己有事住外面了，让他通知员工们赶紧回家。

　　在镇医院，医生替尹二妹做了检查，包扎了伤口，幸好没有大碍。赵大姐守在病床前，安慰道："妹子，踏踏实实睡一觉吧，这里房子坚固，不会被台风吹倒的。"尹二妹握着赵大姐的手，感慨万千，她没想到，医院竟然成了唯一能待的地方。

　　出乎意料的是，当晚台风只是和小镇擦肩而过，并没有真的来临。可是，在尹二妹心里，早已经历了一场可怕的飓风。

　　第二天，赵大姐将尹二妹送到了家里。尹二妹呆呆地望着自家这间破瓦房，一旁的赵大姐叹息道："妹子，你放心吧，我不会把这事告诉旺财的。可是，以后如果台风真来了，你该怎么办呢？总不能每次都去医院吧？"

　　尹二妹无言以对，因为连她自己也不知道。

　　　　　　　　　　　　　　　　　　　　（张春风）

　　　　　　　　　　　　　　　　　　（题图：佐　夫）

天下本无事

　　这年夏天的一个晚上，天又闷又热，村民们熬不住，男人掂着苇席到打麦场睡觉，女人则在自家院里纳凉。大约半夜时分，突然一声女人的尖叫，把酣睡着的小村惊醒了。由于天黑，人们不知道是盗贼牵走了谁家的牲口，还是恶狼叼走了谁家的孩子，于是，大人叫，小孩哭，乱了好大一阵，最后问明白了，是满圈的老婆搂着儿子在自家院里乘凉，躺着躺着睡着了，半夜里猛地醒来，见铺边站着个赤膊男人，她吓得尖叫一声，赤膊男人不见了。

　　满圈的老婆遭此惊吓，人变得昏昏沉沉的，第二天连早饭都没起来做。这一下，满圈心里打了个结，想想这事非同小可，于是就出门找人讨教去了。

村里有个二大爷，是个杀猪的，每隔一天镇里逢集，他就去卖肉。二大爷平时见的人多，经的事广，是村里最有见识的人，满圈自然去找他。

"揍！"二大爷抡着油晃晃的胳膊说，"女人是辆破拖车，隔几天不修理准出事。"他瞪着一双看透世事的眼睛自问自答，"你知道昨天是什么日子？昨天是七月七，牛郎会织女的日子。为啥早不出事，晚不出事，偏偏七月七夜里出事呢？抓紧时间修理吧，现在还来得及。"为证明自己的论断绝对正确，二大爷按照小村人的习惯，讲述了一则发人深省的故事：

从前，城西有个女人，长得漂亮极了，但她是个不正经的女人，出嫁以后还勾引了一个又一个男人，丈夫一怒之下休了她。后来这女人又连嫁了五个丈夫，可五个丈夫都先后把她休了，于是女人的名声就坏了，没人肯再娶她。后来，有个杀猪的不嫌弃，花钱娶了她。迎亲那天，杀猪的牵匹老瘦马去接她，女人骑在马上，杀猪的在前边牵马，两人走到半路，要过一道水沟，杀猪的一跃就过去了，站在对岸拉住马缰绳，叫马也跳过去。那马太老，也太瘦，实在没有力气，任他怎么吆喝也不肯动。杀猪的火了，大声对马吼道："该杀的货，别说你是个畜生，你即便是人，敢如此不听话，老子也非宰你不可！"话音未落，杀猪的从腰间抽出一把杀猪刀，眼睛没眨一下，就把马脖子给抹断了，老瘦马倒在地上，那女人自然也跌了下来，杀猪的拿着滴血的刀子问女人："没马骑了，你咋办？"那女人吓白了脸，带着哭腔说："我能走路的！"她乖乖地跟在杀猪的后面，一口气走了五里地，进了杀猪的家。从此以后，女人规规矩矩过日子，再不敢胡来了。

满圈听完故事，暗自琢磨了一会儿，觉得二大爷说得挺在理。昨晚，一准是自己老婆勾引了野男人，不赶快修理是不行了。一怒之下他浑身便生出阳刚之气，将衣袖挽一挽，决定回家修理老婆。满圈正往家走，半道上碰见三婶子。三婶子见他杀气腾腾的，问他干啥哩，他就把二大爷的话学说了一遍。

三婶子两手一拍："我的傻娃儿哟，你幸亏遇见我，那个杀猪人凶狠凶狠的，怎么能学他呀？女人心眼窄，是打不得的，万一她想不开，喝了老鼠药，她娘家人不找你算账才怪哩！"

满圈没主意了："那咋办？"三婶子脸上露出无事不晓的神色，说："猫狗还识好歹呢，打的不怕敬的怕，你赶快回去，对媳妇好点，她一准对你真心。你若不听婶子的话，你们两口子怕要过到头了！"为证明自己的观点绝对不错，她也按照小村人的习惯，讲了一个耐人寻味的故事：

过去，县城里有个店铺掌柜，他妻子不知啥时候跟年轻的店伙计好上了。有一天夜里，掌柜讨账回来，听见妻子跟伙计在屋里小声说话。妻子说："你光得像面团。"伙计道："你软得像花筐。"掌柜气得要命，但想了想没声张，扭头走了。第二天，掌柜把店伙计的父亲请来，拿出一笔钱说："伙计这儿年干得不错，人也长大了，把钱拿回去给他讨个媳妇吧。"父子俩千恩万谢地走了。店伙计娶罢媳妇回店那天，掌柜夫妇设宴为他贺喜。酒席中间，掌柜开口说道："从今往后，各自有家，面团别再找花筐，花筐也别缠面团。"掌柜妻子和店伙计听得明白，真是既惭愧又感激。他们从此改邪归正，一心一意帮掌柜做生意。店掌柜既保全了面子，又收买了人心，后来，他发财了。

三婶子不是一般的女人，她有个外甥女嫁到了县城里，她去看外甥女，进过几趟县城，是村里见过世面的女人，她的话不可不听。满圈听完了故事，心里琢磨了一阵，觉得三婶子的话也有道理，老婆自打进了门，跟着自己风里来雨里去，不嫌苦，不怕累，这样的老婆怎么能说打就打呢？他的火气没有了，挽起的袖子又抹了下去。

满圈慢吞吞地往家走，边走边考虑怎样敬老婆。走着走着，迎面遇见了四秀才，四秀才念过两年书，村里人把念过书的人称作秀才，又因他排行老四，就叫他四秀才，四秀才见满圈面色不对，就问他有什么心事，满圈就把二大爷和三婶子的话都学说了一遍。四秀才听罢仰面长叹道："真是大老粗的见识啊！"

满圈疑惑地问："这是什么意思？"四秀才晃着脑袋，说："如果你老婆是清白的，岂不冤枉了好人？如果你老婆真有那事，岂不是斩草不除根，春来又复生？你应该抓住时机，查清根底，然后设计捉奸夫惩淫妇。此事宜速不宜迟，要知道，该断不断，必遭其乱，狠毒莫过淫妇心哪！"为证明自己的意见绝对无误，他也按照小村人的习惯，讲了个深入浅出的故事：

很久以前，城东有个在外地教书的先生，回来探家躺床上休息时，发现顶棚上沾着一点痰。先生懂得，只有仰面躺在床上的男人，才有可能把痰吐到顶棚上，看来，有别的男人在自家床上睡过。这个男人是谁呢？先生装作什么都不知道的样子，第二天告诉妻子说，他要外出访友，三日后回来。先生说完就出门走了，等到夜深人静的时候，他暗暗回来，爬到院内一棵大槐树上。第一天夜里，没发现什么；第二天夜里，先生刚刚在槐树上藏好，就见一个男人悄悄溜进院子，在窗外学了三声蛐蛐儿叫，屋门就轻轻开了，那男人钻进了屋子。先生设计查明根底后，狠狠惩治了奸夫和淫妇。

四秀才识文断字，他的话不可不信。满圈听完故事，认真琢磨了一会儿，觉得四秀才说得不错，要查清事情的真相，那就得学学教书先生。正好，自家院里也有一棵大树……

满圈边走边盘算，不知不觉到了家里，看见老婆、孩子还在沉沉地睡着，他想起二大爷、三婶子和四秀才出的主意，一个让打，一个让敬，一个让查，用哪个好呢？他琢磨了半天，彻底没了主意，只好打个哈欠，挨着老婆躺下了。

第二天早晨满圈醒来时，老婆已把早饭做好了。老婆这顿饭吃得特别多，几乎把昨天没吃的全补上了。吃罢早饭，两口子扛着锄头抱着孩子下地，一路上，满圈问："前天夜里，到底是咋回事？"老婆答："我睁开眼，见铺边有个男人，眨眨眼就不见了。"满圈说："怕是做梦看花眼了吧？"老婆道："我想也是。不过，那会儿你没在身边，真把我吓坏了。"

接下来一连数十天，平安无事。一直到他们的儿子学会走路、学会喊"爹"、"妈"的时候，他们一家三口仍然亲亲热热，太平无事，村里人便渐渐把这事忘了。后来，县里来了个扶贫干部，姓王，满圈跟他混熟了，成了无话不说的朋友。有一天身边没旁人，满圈想起了旧事，便一五一十向王干部叙说了一遍，然后请教他："老王，你说，当时我用哪个主意好？"老王盯着满圈看了半天，说："你呀，幸亏一个没用！"

哲学先生评曰：天下本无事，庸人自扰之，这是古人常用的一句话。初看起来，这话有一定的道理：因为是庸人，所以免不了有无事生非之嫌；而没事找事、自寻麻烦者，也必然是个庸人。但事实并非如此简单，如果我们看问题只盯住这个"庸人"，而不注意隐藏在其背后的其他人，可能会看不到无端滋事的全相。其实，左右一个人的行为的，周围人所形成的舆论环境往往会起到关键性的作用。

（吴庆安）

（题图：魏忠善）

要不要告诉女人

老泥瓦匠王福手艺好，在县城以南颇有名气。平日里东庄不请西庄请，在家的时间没有外出的多。他见多识广，积累了一肚子社会经验。在这一肚子经验中，让老人家终生难忘的只有一条：凡重要的事情千万不可告诉女人。

他咋会总结出这么一条经验呢？说来话长。王福以前有个师兄，叫赵二，师兄弟经常合伙给人建房。有一天，他们一起给邻村建仓库，站在高高的架子上砌砖。师兄大概喝多了茶水，中间下去小解了两次，他砌的一段就落了后。天擦黑收工时，别的匠人都下了架子，师兄为了赶上别人，就加了一会儿班。突然，他的手一软，一块砖从手里滑落，只听"哇"的一声，师兄低头一看，一个小孩儿被砸倒在地。他慌忙跳下架子，抱起一看，是个不认识的小男孩儿，被砸破了头，眼看没了救。师兄害怕了，左右看看没人，便一只胳膊夹住小孩儿又爬上架子。以前的屋墙一尺半宽，两边砌整砖，中间填碎砖和泥巴，称为"填馅儿"。也是情急生智，师兄把死孩儿往墙缝里一塞，上面压上碎砖，打一层泥巴，不显山不露水地把一场人命官司给盖住了。

如果师兄能守口如瓶，不随便告诉女人，这事一辈子也没人知道，人们就都以为小孩儿是掉到河里被水冲走了。可偏偏师兄爱在女人跟前喷大话，所以事情就暴露了。

那是一天夜里，师兄、师嫂心情好，躺在床上说闲话。师嫂说，村里某某人能说会道，数他有能耐。师兄不服气，说自己做过的事随便挑出一件，就能吓出老婆的尿来。师嫂说他吹牛，不让挨她。师兄忍不住就把几年前砸死小孩儿的事讲了一遍，果真吓得师嫂尿了裤裆。师兄告诫女人："这是人命关天的大事，对外人千万说不得。"师嫂捣了丈夫一指头："你当我傻呀？"

师嫂心里有事，就坐不安，站不宁。第二天等丈夫外出后，一个人越想越怕，越怕又越想。她在家里待不住，就到邻居二大娘家串门散心。二大娘见她一脸惊慌，神色不定，便问她出了什么事。她开始不说，后来又憋不住，觉得二大娘不是外人，就把丈夫砸死小孩儿的事一五一十全抖落出来，说完后再三恳求二大娘，看在多年老邻居的份上，千万别告诉外人。二大娘也吓懵了，哆嗦着指天发誓："告诉别人不得好死！"

可二大娘也守不住诺言，第三天就把这事儿告诉了一位"自己人"，于是很快就传扬开了，并拐弯抹角传到了外村。没过多久，来了几个带枪的人，把师兄抓走了。人家寻到藏死孩儿的仓库，扒开墙一看，果真有小孩儿的尸骨。师兄失手砸死人家小孩儿，又长期隐匿不报，被判了刑，后来病死在远方的劳改营里。

王福对这件事感受最深，想起来就直打寒战，所以他在自己病危时，把两个儿子叫到床前，再三叮嘱道："爹就要走了，爹有一件事放心不下，在走以前一定要交代给你们。你们要牢牢记住：成家立业后，凡重要事情千万别告诉女人。"待两个儿子一一点头答应后，老人才放心地闭上眼睛。

王福下世后，他的两个儿子相继成家，分开各自过日子了。有一天，老大王发去镇里赶集买猪娃，遇见初中时的一个同学。两个人叙了一会儿旧，同学把他叫到僻静处，问他想不想发财，要想发大财，可跟他合伙做买卖。做什么买卖？原来这个同学正在贩假钞，急需两个帮手，正好遇见王发，知道他诚实可靠，就约他一起干。王发怔了一会儿，一时拿不定主意，便说容自己考虑考虑再说，就带上猪娃回家了。

王发为人老实，有了女人、孩子后，早把爹的叮嘱忘记了，一家人过日子，什么事都给女人说，日子久了，就养成了习惯：凡事请女人定夺，女人点头就干，摇头就拉倒。王发从集上回来后，就把同学相邀贩假钞的事一五一十告诉了自己的女人，最后眼巴巴看女人点头还是摇头。没想到女人不点头也不摇头，却把一双好看的凤眼一瞪："嘿呀，看不出你学能耐了！"王发乐了，听一句自己女人的夸奖比喝杯二锅头都舒服。可没想到女人突然指着他的鼻子骂开了："我嫁的是清清白白的好人，不是坑国害民的坏蛋！你给我老实喂猪去，甭想学孬！"王发理亏，又有服从的习惯，就赶紧溜出去喂猪，边喂猪边琢磨：女人骂得没错呀，自己是堂堂正正的庄稼人，犯法的事不能干。他狠狠吐了口唾沫，算是彻底抛开了这个邪念。

再说老二王财这天也来镇上赶集，不过兄弟俩没有碰见。王发带着猪娃刚走，王财过来了，碰巧也遇见哥哥的那个同学。那同学跟王财也很熟，知道王财很精明，可以当自己的好帮手，就也把他拉到僻静处，约他合伙贩假钞，并说这是既省力又一本万利的买卖，包他眨眼之间发大财。那同学很诡诈，没有告诉约他哥哥的事。王财眼睛亮了几亮，可这毕竟是件大事，一时半刻也拿不定主意，就也说回家后考虑考虑。

王财是个有心计的人，他牢牢记着爹的叮嘱，重要事情向来不告诉妻子。时间长了，妻子摸透了他的脾气，就也养成了习惯：凡事随他的便。王财从集上回来后，一个人盘算是干还是不干，脑袋里像有两个人在吵架，一个说千万干不得，贩假钞犯法；另一个却说，撑死胆大的，饿死胆小的，法网再严，也有漏网的时候。争来吵去，到底钱的诱惑力太大，王财决定"该出手时就出手"。日有所思，夜便有所想，王财当天夜里就做了恶梦，吓出了一身冷汗。妻子关心地问他怎么了，他说受了点风寒。几天以后，王财对妻子撒谎，说要进城打工，他寻到哥哥的同学，一起贩假钞去了。

几个月后，就在王发一次卖出六头肥猪获得八千多元的时候，从城里传来消息：王财被公安局抓起来了！

（吴庆安）
（题图：黄全昌）

可悲的算计

　　赵都市内有条胡同名叫回车巷，巷里有座四合院，住着姓李的哥俩，哥哥李宝明和妻子杨慧文是市文物局的文博研究员，弟弟李宝成和妻子吴荷香在自行车厂当工人。

　　半年前李家哥俩的母亲去世了。最近，哥俩为了分家的事，摆了一桌酒席，把居委会主任老赵请到家来"主持公道"。

　　酒过三巡，了解了李家的财产情况后，老赵说："咱回车巷因廉颇和蔺相如的故事而闻名天下，有古赵遗风，历来邻里团结，家庭和睦。其实你们这个家最好分，宝明住在东厢，宝成住在西厢，东西是各自置买的，就不用动了。所要分的就是你们母亲留下的遗产：房屋三间一人一间半，存款四万元一人两万，金手镯一副一人一只，桌子椅子归宝明，木床归宝成。哦，还有一对旧花瓶，一人一个吧。你们觉得怎么样？"

如此分法绝对的公道公平，就连平时最爱挑刺的吴荷香也无话可说。老赵见双方没有意见，正要拿出纸笔立字据时，哥哥宝明说："我有个想法，我想把房子、存款、手镯和家具等都归宝成，我和慧文就要那对旧花瓶。"

此话一出，全屋皆惊。过了一会儿，弟弟宝成"噔"地站起来说："大哥大哥，不能不能，母亲留下的财产理应一人一半，我怎么能全都要了呢？"吴荷香听了大伯的话，心里暗喜，嘴里却说："大哥，还是一人一半对分吧。再说，即使大哥不在乎，还有大嫂呢。"

杨慧文在低头剥瓜子，一言不发。

老赵心想，分家的事你争我抢好断，这推推让让倒叫我为难了。他见宝明的妻子在一旁一直没说话，便问道："慧文，你有啥想法？"

杨慧文抬起头，甜甜一笑说："我们俩什么都是宝明说了算。常言说，争争抢抢不够吃，推推让让吃不完。宝成和荷香又不是外人，分了家难道还分了心？就按宝明的意见分吧，我同意。"

宝成夫妻听了感动得热泪盈眶："大哥大嫂，你们这样偏爱我们，我们说什么也不能接受，要不人家该说我们不仁不义了。"

就这样一方推，一方让，分家宴只好这样散了。

当晚，四合院里，东厢房宝明夫妻早早入睡了，西厢房的灯光一直亮着。宝成坐在沙发上一支接一支地抽着烟，他妻子吴荷香则在一旁想心事。突然，吴荷香的脑海里划过一道闪电，腾地站起来说："哎呀，宝成，咱差点上了大哥大嫂的当！"

宝成一惊："你说什么？""大哥大嫂在哪儿工作？""文物局啊。""文物局是干什么的？""研究文物哪。""得，这不就明白了，那对花瓶是文物。你想想，母亲的娘家是赵武灵王的后代，那对花瓶是有来历的。""对啊，小时候就见母亲对那对花瓶十分爱惜，花瓶底下还有篆字呐。"

吴荷香愤然地说："他们把我俩当猴耍呢！前天我还从报纸上看到，一个破碗能换一辆桑塔纳轿车，这对花瓶准是赵国时的文物，少说也能值个千儿八百万。"

宝成如梦初醒，他把手中的烟蒂狠狠地摔在地上。

"哼哼。"吴荷香冷笑一声，"宝成，他不仁咱不义，他放明枪咱射暗箭，就说咱和他们一样，什么也不要，专要那对花瓶，叫他们哑巴吃黄连，苦在心里说不出。"宝成咬咬牙说："对。"

第二天中午，宝成在院里截住下班回来的大哥大嫂，有些不自然地说："大哥大嫂，分家的事——"

宝明高兴地问："宝成，你同意我的意见了？"

宝成连忙说："不，我和荷香的意思是——"

慧文一脸慈祥地说："宝成，看你，有什么话就说吧。"

宝成终于张开嘴来："我们商量了，四万元存款、三间房屋、金手镯子，还有桌椅床等，一切都归大哥大嫂，我们只要那对花瓶。"

宝明吃了一惊，说："宝成，你说什么，你疯了？"

吴荷香从西厢房一步跨到院里，大声说："没疯，请大哥大嫂务必同意。"宝明急得出了一头汗："不能不能，宝成，我和你大嫂是真心实意地给你们，你不要赌这个志气。"

慧文也说："是啊，大哥大嫂不能让你们吃亏。"

荷香鼻子一耸道："大嫂，不让我们吃亏，你就不怕吃亏吗？我肚里有数。"

宝成的火性子上来了，一把拉住宝明的手，奔到北屋母亲的遗像前，"扑通"跪在地上："大哥，在母亲的面前，你要有我这个兄弟，就同意我的意见，我要花瓶，其他一切归你。你要不同意，咱兄弟的情分就从此到头了。"说着从袖口里拔出一把明晃晃的尖刀来，对准了自己的手腕。

宝明和慧文急忙拼命拦住。宝明痛心地说："兄弟，你是何苦呢，你怎么就这样不领会我的苦心呢？"说罢，"呜呜"地哭了。

荷香在一旁双臂抱在胸前，仰着头说："我们正是领会了大哥的苦心，才坚持这样分家的。"

慧文扶起宝明，说："宝明，既然兄弟和弟妹一定要这样，我看就暂时这样定吧，真要闹出人命来后悔也来不及了。"

宝成趁机说："好，一言既出，驷马难追，咱们这就去公证处公证。"

宝明无奈，于是四人一起来到市公证处，很快办完了手续。

从公证处出来，慧文拉着荷香的手，关心地说："弟妹，那对花瓶可要保存好啊！"

荷香一副胜利者的姿态拍拍慧文的肩膀，说："谢谢，不用大嫂操心，我会把它当作眼珠子一样对待的。"

过了些日子，宝成和荷香抱着一对花瓶到文物商店去让人鉴定，看到底能值多少钱。哪知一位头发花白的老人接过花瓶随便看了几眼，问道："你们想怎么样？"

宝成说："这是我们家传之宝，请老先生看看能值多少钱？"

老人摇了摇头说："这是民国年间本地彭城民窑烧制的，没有什么文物价值，最多能值四、五十元钱，而且本店不收。"

两人大惊失色。他俩并不死心，带着花瓶又跑到北京、南京等地求人鉴定，结果和那位老人所言大同小异。在一次上火车时，他们一不小心，两个花瓶跌在水泥地上，摔得粉碎。两人心情一激动，患了精神分裂症，双双住进了精神病院。

宝明在医院里抱住宝成痛哭流涕:"好兄弟,分家的事我是一心一意为你想啊,我和你嫂子都是高级职称,一月工资一千多,又没有孩子,要那么多钱和房子干吗?那对花瓶确实不值什么钱,我所以说要它,是因为咱中国人的传统,孝敬老人是对老人的尊敬,继承老人的遗产也是对老人的尊敬。我要一对不值钱的花瓶也总算我继承了老人的遗产,不至于让外人说兄弟一个独占了。兄弟啊,你怎么这样不明白!"

可是,宝明的妻子杨慧文对她最亲近的女友却说出另一番话来:"哼,吴荷香遇事爱玩心眼,总看着别人的碗大。那对花瓶不值钱难道我还不知道?我故意跟着宝明说分家只要花瓶,吴荷香必然疑心花瓶是宝贝而想方设法与我们争抢,这叫欲擒故纵。她果然就顺着我的杆子爬上去了,贪心不足蛇吞象,现在她后悔也晚了,公证处有公证。其实那对金手镯才是真正的文物,上面刻有龙凤图案,是当年赵武灵王赠给爱妃吴娃娘娘之物,无价之宝。"

古老的回车巷打破了往日的宁静,能经常听到一男一女在呼唤着:"我的花瓶,我的花瓶——"

哲学先生评曰:西方有哲学流派曰"存在主义"。它不相信人能改变世界,甚至不信人与人能沟通。人与人是否相通?如不相通,何为人类?人岂不与猪狗同类耶?真实的情境,恐怕是既通又不通,相拒而又相依,不可太信亦不可不信。宝成与荷香硬将相通之处认作不通,视可信之言为不可信,遂致大祸。慧文一向被看成贤惠之人,居然心存叵测,则是人与人不相通的一个显例了。

(徐扶民)

(题图:王志伟)

外遇真情

　　杰克想找个情人浪漫一回。这天他下班回家,半路上迎面走来一个女孩,大约二十二三岁的样子,高挑的身材,一头飘逸的金发,杰克心想:情人就该这样漂亮啊!

　　谁知那姑娘竟像明白他心思似的,走到他面前时停了下来,微笑地招呼他:"杰克老师,您好!"接着自我介绍说,"我叫兰丝,是您的忠实读者,能有幸跟您聊聊吗?"

　　杰克心里非常兴奋,平时闲下来他喜欢写写文章,也经常在报刊上发表,所以在当地颇有些名气。杰克故作矜持地看了一下手表,对女孩说:"那好吧。"

　　于是两个人走进路边的一个咖啡屋,一边喝着咖啡一边就探讨起写作方面的一些问题来。兰丝说她非常热爱文学，一直很崇拜杰克老师，还能如数家珍地说出杰克近几年来发表的几乎每一篇作品。杰克简直有点受宠若惊，想不到这样一位绝色美女竟然真的是自己的铁杆读者和难得知音。兰丝说："如果杰克老师愿意的话，我明天把我自己写的一些东西拿来请您修改，可以吗？"杰克正巴不得呢，当然连连点头了。最后分手时，兰丝含情脉脉地看着杰克，说："杰克老师，我非常有幸能认识您，您真是一个有才华有魅力的人，我……我能把您当作知己吗？"杰克来不及答话，心已经陶醉了。

就这样，杰克实实在在地拥有了一个理想中的情人，这种感觉真是太奇妙了，简直就像做梦一般。他们两个人的关系发展得非常快，但每次激情过后，杰克总是很不安，他觉得自己背叛了妻子。

一个星期后，兰丝要杰克陪他一起去西部格拉巴斯旅游，杰克很兴奋，这说明兰丝对自己的意思又进了一层，他立刻托辞向单位请了十天假。当晚回家，杰克对妻子丹妮说，公司里要派他出差。丹妮一边替他收拾行装，一边体贴地关照说："你平时很少出差的，我不在身边，你自己要多注意身体。"望着丹妮关切的眼神，杰克心底突然涌起了对妻子的一丝歉意，他躲着丹妮的眼光，心里对自己说："就这一次，就这一次，十天以后我就回来。"

第二天，杰克就和兰丝一起登上了飞往格拉巴斯的飞机。格拉巴斯州是一个风景非常优美的地方，不仅有蔚蓝的大海和银色的沙滩，还有神秘的原始森林，每天他们都在那美丽的自然景色中流连忘返。兰丝情不自禁地对杰克说："如果我们能一辈子相亲相爱地生活在这里，有山水和诗歌为伴，那该多好啊！"她见杰克低头不语，幽幽地说，"我知道你想着她。你虽然现在人和我在一起，可你的心还是会选择她的，是不是？”

　　"对不起，亲爱的，"杰克说，"要知道，她……她是一个非常善良的女人……"

　　"如果是她先背叛你呢？"兰丝追问道。

　　杰克微微一笑，摇摇头说：“那是不可能的。”

　　"你……"兰丝听杰克这么说，脸上充满了嫉妒的神色。"不许你提她。我只要现在，现在是我们两个人的世界。"说着，一头扎进了杰克的怀里。

　　浪漫的日子过得特别快，眼看就要到回去的时候了。这天，杰克和兰丝钻进了格拉巴斯大森林，那里有许多形态各异的参天古树，地上盛开着各种叫不出名的野花，兰丝和杰克一路说着笑着，一路采着花，开心极了。回来的路上，兰丝突然发现密密的灌木丛中盛开着一朵硕大的紫色花，隔很远就能闻到扑鼻的花香。她喜欢得不得了，杰克便帮她去采。谁知意外就在这时发生了，杰克的脚刚踏进灌木丛里，立刻感觉脚脖子被狠狠扎了一下，一条斑斓大蛇“呼”地从他的脚旁蹿过，一眨眼就无影无踪了。

　　兰丝一声尖叫，手里的野花撒了一地。她马上扶杰克坐下来，解下自己脖子上的丝巾，把他的小腿扎紧，然后仔细一看，发现杰克的脚脖子刚才显然是被毒蛇咬过了，有个带红点的伤口，并且伤口周围很快就开始肿胀泛青。兰丝毫不犹豫地将嘴凑上去，使劲吮吸着毒血。

　　杰克一把将她推开，说：“兰丝，别这样，会害了你自己的。”

　　兰丝摇摇头，吐出一口黑色的血，对杰克说：“电影里都是这样处理的，把毒血吸掉你就会没事的。”说完，俯下身去又接着吮吸。

　　一直到兰丝吮吸出来的血慢慢变成了鲜红色，可这时候，兰丝却“扑通”一声倒在了杰克的脚旁，嘴唇青紫，脸色灰白，头上冷汗直冒。“兰丝……"杰克喊着她的名字,抱起她就没命地跑,想快快跑出大森林,把兰丝送进医院。

可兰丝心里明白自己不行了,毒素已经随着血液流遍了她的全身。她拼命挣扎起来,睁开双眼,气息微弱地对杰克说:"杰克,没关系,为你去死,我不后悔。只是……有件事,我……我想告诉你,也许说出来你会很伤心,可我……我还是想告诉你。"

顿了顿,兰丝继续说道:"其实,从我们认识到现在的一切,都是你妻子丹妮的安排。"

"你说什么? 你……你什么都不要说了,我不想听,不想听!"

"亲爱的,你……你让我把话说完。是她雇的我,让我接近你,目的是设法让你这段时间离开她,因为她……她的旧情人就在这段时间要出差去看她。"喘了一会儿气,兰丝接着道,"我其实是私家侦探社的一个雇员,我本来只要完成你妻子交给我的任务就行了,可……可是看到你身陷妻子精心设计的圈套,却每天还要承受着对……对她的愧疚与自责,我心里真的很难过。你是一个多么好的男人,不应该……不应该被背叛的。亲爱的,你知道吗,这几天……这几天我有多么快乐,我……我多么希望,希望我们能有明天……"兰丝再也没有力气往下说了,她倒在了杰克的怀里。

杰克泪流满面地抱起兰丝,发疯似的往山下冲去……

(聂志红)

(题图:箭 中)

将心比心

刘庄有个刘春茂，今年二十九岁，是个干活不要命的年轻庄稼汉。他饲养一匹小马驹，赤红的毛色，膘肥体壮，昂头撅尾，嘶声嘹亮，谁见了谁喜爱。这牲口也有点美中不足，它撒起野来，像离弦的箭儿，狂奔乱跳尥蹶子，谁也治不了它。

这年刚开春，乡里修公路，刘春茂赶上六尺来长的大架子车，套上那匹心爱的马驹子，给修路工程队送礓石。

这天小晌午，刘春茂赶着装满礓石的车子跑得正欢，到了赵庄村头，下了坡，远远看见有个小孩在前头摆弄刚栽下的树苗子。春茂赶紧拽缰绳吆喝牲口，谁知枣红马正跑得起劲儿，不但不遵号令，反而兴致大发，"唉……"一声长嘶，四蹄生烟地向前飞奔。春茂急了，一边大声喊叫：“小孩儿，躲躲——”一边甩开鞭子"叭！叭！”照马身上狠狠抽打，想让它停下。那马驹子挨了揍，野性发作，猛一尥蹶子，挣脱缰绳，横冲直撞地往前狂奔。

那个在给树苗培土的小孩儿，约十来岁，听见喊声，扭头看见烈马拉着车子如狂风般卷压过来，早已吓得魂飞魄散，没了主意，不但没往路边躲，反而往路中间跑去。说时迟，那时快，马飞车过，一场大祸铸成了。

刘春茂扑上去，抱起孩子一看，死了！霎时神情痴呆，浑身打颤，大张着嘴，好半天说不出一句话。大路两边，正在地里干活的人见出了祸事，纷纷跑来观看。

好半天春茂才还过神儿来，他泣不成声地问："这、这……是、是谁、谁家的孩子？"

围观的人认出来了，忙说："哎呀！是赵青海的儿子小改啊！"

有人告诉他，这赵青海，人不赖，耕读教学二十载，是个知书达礼的人。可他的老婆脾气拐，外号叫“胡涂灶奶奶”。唉！这人命关天事情大，想了结，她失孩子你破财！

人们的这些话，算是给吓迷了的春茂头上浇了瓢凉水，使他清醒了许多。他两手托着孩子的尸首，往赵庄赵青海家走去。

赵青海刚放学回到家，正在屋里洗手。他的爱人李满月在灶屋里忙着生火做饭，一抬头见一个汉子托着自己的孩子走进来，迎上去刚要问话，仔细一瞅孩子满脸鲜血，身子僵硬，已经死了。她大叫一声："哎呀！我的孩子……" 一口气憋在喉咙里，当即昏了过去。

赵青海赶忙上去抱住老婆，又是揉搓咽喉，又是掐“人中”穴，嘴里一迭声喊着："满月，你醒醒，醒醒……满月，改他妈……"

看看妻子鼻子里有了气息，赵青海这才把她放到了床上。

春茂满眼含泪，断断续续地向青海叙说了牲口撒野、重车辗死孩子的经过。青海一边听一边抹泪叹息。过了一会儿，只听见满月喉咙里"咕嘟"一响，眼皮儿动了动，像是要醒。赵青海赶忙给春茂摆手："快走吧！你快走……她醒了，瞅见你，非得拼命不可！"

再说刘春茂的媳妇槐花，正在大门口坐着纳鞋底子，见枣红马拉着一车礓石跑回来，却不见男人的影子，心里就在犯疑。直等到晌午头，才见春茂失魂落魄地回来，他一说轧死了赵青海的孩子，便把槐花吓得晕头转向，嘴里结结巴巴地说："这……这可该咋办，得给人家偿命……得进法院……得……我的天哪……"

春茂说："轧死孩子丢条命，人家拿咱咋办，那只好凭人家做了。可人家养孩子费了十年工夫，咱不能叫人家人财两空。我想，咱多凑合几个钱，给他家送去，先安安青海哥和大嫂的心！"

槐花连连点着头。春茂想了想，打算将信用社存的那四百块钱取出来，再卖了一头大猪，和门外那两棵桐树，这样算了算账，总共才九百来块钱。春茂摇摇头："不够。要不……把咱这部电视机先转让了。"

槐花有点舍不得，寒着脸，噘着嘴，半天才嘟囔着说："一下子把家里掏这么空，日子还怎么过……"

春茂坐下来，开导妻子："槐花，咱往后多出点汗，多吃点苦，要不了三两年，这个亏空就填补住了。常言说，要想公道，打个颠倒。要是咱的孩子死了，你心里啥味儿？咱的小光才三岁，别人给你出一千块，你愿卖不愿？""一万块我也不卖！""是嘛，钱是身外物，儿是连心肉。咱就把整个家业都给了青海哥，只怕也治不住人家心上的伤痛……"

槐花淌着泪摆着手说："别往下说啦，都怪我糊涂。该多少钱，就是扒房子卖瓦也要凑够。"

夫妻俩当晚东找西借，总共凑了一千三百二十块钱。第二天早起，春茂将一千三百块的整数用手帕包好，又到供销社用二十块钱给小改买了一套衣裳，双手托着往赵庄而去。一进青海家院子，春茂"扑通"一声跪在地上，头顶着衣裳和钱，泪流满面地说："大哥，嫂子，兄弟没材料，将侄子糟蹋死了，我有罪过……您就是告到法院，兄弟抵命坐牢都毫无怨言。可眼下，得先把侄子的丧发了。这是我准备的几个钱，还有一身衣裳，太薄气了，您先用着，若不够，以后我再借……"

青海着急地埋怨一声："兄弟，咋能这么着……"说着就要上前拦挡。满月在一边沉不住气了，她一把将丈夫推搡老远，气昂昂地走过去，将钱和衣裳接到手里，说："刘春茂，念你是个明白人，打官司的事，咱暂且不说。你先招呼着把孩子给我埋殡了，免得叫我看着揪心……"没说完又儿呀乖呀地哭成了一摊泥。

就这样，春茂与青海张罗着，央求几位邻居给小改合了一副棺材匣子，将孩子埋葬了。临分手，青海对春茂说："兄弟，孩子死了，当爹娘的像挖了身上肉，咋能不伤心? 可也不能要你的钱。你嫂子马虎，等我慢慢开导她，过几天再把钱还给你……"边说边把春茂送到村口才分手。

谁知第二天又从赵庄传出一个消息，把刘春茂惊呆了。啥事呢?

原来，赵青海送走刘春茂回到家里，见媳妇满月躺在床上暗暗掉泪，就坐到床沿劝解起来。"遇啥事，不能拿斧子往一边砍。春茂的牲口野，轧死了咱的孩子，人家知道惭愧也就够了。听说他多害瘫痪，临死留下了一屁股债。一个庄户人，又没天大的本事，又不会钻歪门邪道，这一千多块钱，还不知是作了多大难才凑齐的哩! 咱接住了，人家就得喝'转坡水'，三年五年翻不过身来……"

满月越听越气不过，忽一下子把被子撂开，坐起来说："咋啦? 他毁了我的孩子，他不花钱，还想叫我倒过去赔他几个？我生孩子，十月怀胎，受多少辛苦？生下来后，擦屎刮尿，喂饭缝衣，十个年头，得费多少工夫？得用多少钱钞？一千三百块，连我孩子的一个脚指头也买不住！我还嫌少哩！我呀，打算今年要了明年再要，明年要了后年还要，要、要、要、要他个连年不断头！他押袜子卖鞋，他揭房子卖瓦，他倾家荡产，活该！谁叫他养了那么个扫帚星牲口？谁叫他造下这么大的罪孽！"

青海也气了，站起来跺着脚说："啊？弄半天你是想拿死孩子讹人家呀？那好，你要人家的钱吧，你随随便便地花吧！你买吃的，买穿的，谁问你，你就说是你高价卖死孩子挣的钱。你吃的是孩子的肉，你喝的是孩子的血，你穿的是孩子的皮！你，你……就忍心，就不怕坏你那副肝肺！"

这一番话，说得李满月又羞又恼又难过，她无言反驳，又蒙住头，号啕大哭起来。

真是祸不单行。青海家两口子只顾伤心，一天没动烟火，人没吃饭，自然更没心思喂牲口了。这天夜间，他家的一头黑毛大叫驴，饿得实在急了，从草棚子里挣开缰绳跑出来，拱开灶屋的门，见案板上放着半布袋黄豆，叫驴自以为得计，咯嘣嘣，咯嘣嘣，没息气地嚼下去一大半。吃饱了，渴呀，又跑到院里，拱开水缸盖，咕咚咚，咕咚咚，一口气把满满一缸水喝下去三分之一。这下可坏了！黄豆见水就发胖，吃到肚里又闷又胀，到天明青海起来一看，大叫驴四腿蹬直，直挺挺躺在草棚外边。青海一见驴撑死了，价值千儿八百多块呀，青海心疼得抱住头蹲在驴身旁直掉泪蛋子。

刘春茂听了这事儿，心里很难过，他想：全怨我，才让青海哥祸上加祸！他想把枣红马给青海送去，可又怕这牲口野性大，撒起野来不知又会闯出什么大祸来。他一时拿不定主张，焦急得在院里打转儿。妻子槐花说："我爹在镇口开饭铺，你去和爹商量着，借些钱再给青海哥送去。"春茂万般无奈，就往镇口走去。

刘春茂到了镇口岳父的饭铺门前，只见岳父老胡头，车了一头死驴，一路哼着坠子戏，咯咯噔噔，到饭铺前，向女婿打了招呼，又向老伴说了买驴的经过。

原来这死驴，正是赵青海家撑死的那只黑叫驴。李满月见驴死了，丈夫哭哭啼啼，她又心疼，又来火，吵着叫丈夫挖个坑把驴埋了，还要用草烧火在院里燎三圈，熏熏臊气。赵青海正扛了锹去挖坑埋驴，碰巧遇上了老胡头。他一打听驴是没病没灾撑死的，就出了一百元把死驴买回来了。

这回老胡头捋胳膊挽袖子，磨快宰刀，正要动手杀驴。忽听驴"呼嗤"一声吐出气来，吓得老胡头"踏踏踏踏"一连往后退了七、八步，高喊着："不好了，这驴游了尸了——"

刘春茂的丈母娘胡大母是个麻利的老大娘．她一听驴游了尸，忙走过来，掰开驴眼皮看看，笑骂道："老不死的，兔子胆！这驴死里逃生，又活过来啦！"

"真的？"老胡头凑上去一看，二话没说，扔下宰刀就往兽医站跑。到那里给驴抓了两剂消化药，回来交给老伴当即熬了。老两口加上刘春茂，忙得跟捻捻转儿一样，他们掰嘴拔牙，端碗拿勺，一点一滴给驴往嘴里灌。药到了驴肚里，就像大兵闯关，"咕咕咚咚"，"呼呼噜噜"，"哇哇啦啦"，响声好不热闹！为了帮助驴消化积食，三个人又是给驴揉肚子，又是给驴梳毛挠痒，忙乎到天擦黑，驴出气匀和啦，眼也睁开啦，精气神儿也来啦。这老两口那个高兴呀，活跟拾了个金娃娃差不多。

老胡头这会儿才想起了女婿，问他有啥事儿。刘春茂指着驴子说："是为它来的。"老胡头和胡大母听了这没头没脑的话，顿时愣住。刘春茂就这般长这般短地把前后事儿一说，老两口听了，大张着嘴巴半天合不拢。

刘春茂说："爹，妈，我本想向您老借点钱，到集上买头驴给青海哥送去，眼下这驴活了，就算我买下，先让我给青海哥送去，等我送礓石挣了钱还您。"

一向笑哈哈的老胡头，脸上没了笑容，嘴里没了词儿。胡大母见老头不言不语，就猜到他肚里在打小九九，是舍不得把飞来的千把块钱白白送了。于是开腔了："我说老东西，你咋不开腔？舍不得这外财是吗！你又被财迷了心窍了。你就不会翻翻手里，再翻翻手表？将心比心，凭凭良心？不冲着茂儿花儿，也得想想人家赵青海，死了孩子没了驴，三天遇上两场灾祸，日子咋过？心里啥味儿？咱咋能发这昧良心财？老东西，今夜你不能睡！牵着驴镇前镇后给我溜圈儿去！到天明我烧半锅稀米汤，把驴喂好，你乖乖儿地给人家送回去！"

这话说得叮当响，感动得春茂掉下泪蛋儿，他忙说："让爹歇息，服侍驴的事让我来吧！"胡大母的话，在老胡头听来，向来是金口玉言，自然不敢反驳；就呵呵一笑，和春茂一起牵着驴儿蹓跶去了。

第二天天刚明，翁婿两人，一个在前面牵，一个在后面赶，不一会就到了赵青海的大门外。赵青海夫妇为失孩子死驴痛苦了一夜，到天明，赵青海两口子刚起来，就听见大门外驴儿叫，开门一看，是刘春茂牵着一头黑毛大叫驴，后面还跟着个昨天买死驴的老头儿。青海愣住了，弄不清这是咋回事。

春茂说："青海哥，我给你送驴来了！"

赵青海似乎明白过来，忙拦住说："春茂兄弟，不行、不行！哪能再……"

没等青海把话说完，老胡头一捂嘴笑了："青海咋不把眼睁大，自家的叫驴认不清？"刘春茂说："青海哥，你再细看看，是你家的黑叫驴。"

青海一惊，围着驴仔细看看，果然是自家那头已经死了的叫驴，他惊奇地问："俺的驴不是死了！咋会又活了呢？"

老胡头说了这头驴死而复生的经过，末了添上一句："我买死驴为下锅，它活叫我咋宰割？因此牵来送还你。"

青海感动地说："大伯，这驴已经卖给你了，你救活是你的功劳，说啥俺也不能再要。你不忍心杀它，就牵城里卖了。"

老胡头假装生气地说："你说这话小看人，大伯没长贪财心。庄稼汉人有根本，将心比心凭良心！"

青海两眼湿润润地，连连重复着老胡头后头那句话："……对，是啊，将心比心，凭凭良心，这才是咱庄稼人做人的根本哪！"

老胡头斜眼看看依门框站着的李满月，弦外有音地启发青海："大侄子，这番话，可不是我胡诌的，这全是你大母归结出来的。十里八村，谁都知道大伯我怕老婆。怕老婆咋啦？老婆直正，知情达理；说话办事，公公道道。"说完一拍驴屁股，转身一拉刘春茂，唱着坠子戏扬长而去。

"大伯，大伯——春茂兄弟——"青海喊了两声，见刘春茂和老胡头头也不回地走了。他看看黑叫驴，说不出是高兴还是惭愧，再也控制不住眼里的泪水，竟抽抽嗒嗒地哭起来。

李满月耷拉着头，半晌没言语。后来她劝道："该欢喜的事，你哭个啥？没出息！"

青海擦去眼泪，感慨万千地说："……胡大伯说得真好！"李满月狠狠地"哼"了一声，柳眉一拧，瞪着一对杏眼喝问："你是说，我不正直，不讲理，不公道，不凭良心，你不该怕我，是吧?!"

赵青海叹口气，没有回答。

李满月不服气，"噔噔噔"跑回屋里，将那手帕包着的一千三百块钱拿出来，"啪"一声摔到青海面前说："我今儿个豁出去啦! 拿这一千三百块钱，非买你再怕我这一回不中!"

青海吓得心里一怵，身上长了一层鸡皮疙瘩，颤索索地问："这……你这是……?"

"我也学会了! ——将心比心，凭凭良心! 去，将这一千三百块钱，赶快给春茂送回去!"

"啊! ……"赵青海终于弄明白了。他慌忙拾起钱，乐颠颠地追出村去……

（李冬梅）

（题图：裴向春）

家有贤妻

山根盗子

有一对小夫妻，女的叫范春梅，男的叫罗山根。两年前，他们告别二老，离开家乡，千里迢迢来到南方的一个大城市谋生。春梅在一户人家当保姆，山根则到一家装潢公司打工。

这天半夜，春梅突然接到山根电话。山根的声音有些发抖，显得紧张又兴奋地说："那件事已经办好了，你把钱都带上，快出来，我在路边的电话亭等着你。"

春梅不敢怠慢，悄悄出门，一路小跑赶到那个电话亭，只见山根怀里抱着一个包裹。春梅一见那包裹的形状，心就怦怦狂跳起来，她一把抓住山根的胳膊问道："你……你真的弄到了?" 山根一脸紧张地看看左右无人，才小心地打开包裹，顿时，一张婴儿的小脸露了出来。春梅见孩子两个月大小，胖嘟嘟的，见了她，竟小嘴一咧笑了。喜得春梅小心翼翼地抱过孩子，然后伸出右手往小孩胯下一摸，顿时眼都笑细了，情不自禁地在小孩的脸上亲了一亲，泪水随之就流出来了："是个男孩，山根，这孩子真的是我们的了吗？"

山根说："当然了，以后他就是咱儿子了。"说着，他从兜里掏出一张火车票，塞到春梅手里，说，"车票我已经买好了，还有半个小时就发车了，你今晚就坐车赶回老家去。"

春梅一怔，狐疑地看着丈夫，问："这么急？山根，这孩子不会是你偷来的吧？"

山根说："当然不是了，孩子是人家送的，为了谢她，我把一年的工钱都给了她呢。"

春梅问："那你咋急着让我连夜走？"

山根解释说："是这样，虽说孩子已经归咱，可我是怕孩子的妈妈反悔，追来把孩子要回去。你不知道，刚才她把孩子递给我时，哭得泪人似的，不到万不得已，谁舍得把亲骨肉送人呀？"

春梅一听，觉得有道理，她低头看看怀里孩子可爱的笑脸，立刻同意马上回家。她见只有一张票，忙问："你不跟我一块儿回去？"山根说："你先回去，我过几天再回去，有个工程还没完工。"说完，拉着春梅急匆匆就往火车站赶。一路上，他反复交代春梅：孩子的生日是六月初二，生下来是八斤二两……

到了车站，山根神情紧张，左顾右盼，直到春梅抱着孩子上了车，火车开走后，他才长长地吐了一口气，接着就急忙往回赶。当他刚走出候车室大门，就见一辆轿车"嘎"的在停车场停下，车上匆匆下来两个人，一个是他的老板刘富贵，另一个是老板的夫人徐丽丽。

罗山根一见这两人，顿时吓得脸色发白，暗叫一声：不好，他们找来了，随即他"噌"一下，闪身躲到了一根柱子后面。

那个孩子，正是刘老板刚出生不久的儿子宝儿。一个小时前，山根趁夜深人静，潜入玫瑰花园徐丽丽的住所，神不觉鬼不知地将独自睡在婴儿房中的宝儿给偷了出来。

一个月前的一天，山根和几个工友，为了讨要拖欠近一年的工资，在老板办公室里软磨硬泡。刘老板是个黑心老板，拖欠工人工资可是他发家致富的绝招之一。工人要钱，他都推说没钱，软硬不吃，并且还摆出一副死猪不怕开水烫的无赖相："一分钱少不了你们的，等资金周转开了就发钱。现在要钱没有，你们赶快回去干活，谁不愿干，马上滚蛋，一分钱工资都别想得到！"

山根他们正气得不知如何是好时，一个年轻漂亮的少妇抱着一个婴儿走进来，见了刘老板，就嗲声嗲气地说："老公，你儿子想你了，我带他来看看你。"这女人正是徐丽丽。

旁边的罗山根闻听心中忽然一动，一个念头冒了出来：你欠我的工钱，哼，我要你的儿子抵债，让他做我的儿子！

这个念头一经萌生，山根兴奋得几乎要蹦起来。原来，山根和春梅结婚五年，春梅的肚子却依然一马平川。他们偷偷到城里医院做了检查，医生说毛病出在春梅身上，她是先天性生不出孩子，小两口都傻了眼。春梅绝望地偷偷大哭一场。不过，妻子不育，山根并未在意，他爱妻子，爱妻子善良、贤惠、明理。后来，山根想了个主意：小两口先到外地去，想办法收养个孩子，回来后就说是他们自己生的。所以，这次两口子背井离乡，来到了南方，主要目的是想带个孩子回去。

现在，见到刘老板的儿子，罗山根心想："既然你不仁，就别怪我不义了。"山根动了邪念，接下来便开始行动，他偷偷跟踪了徐丽丽几次，摸清了她家的位置，想好了行动方案。在等待机会的同时，他也提前在春梅的耳边吹风，骗她说，有个未婚妈妈，想把刚生下的孩子送人。

听到这个消息，春梅激动地哭了，这几年，她想孩子都快想疯了。现在听到有机会弄到孩子，她比山根还要着急，天天催他："你快去跟人家联系，花多少钱都行，千万别让别人把孩子抢去了。"

经过了近一个月的酝酿、准备，今天，山根终于等到了机会，顺利地把孩子偷了出来。

失言招祸

罗山根不和妻子一起回老家，是他事先盘算好的。他觉得为了摆脱嫌疑，绝不能在老板的儿子丢了之后，自己马上回去。

他提心吊胆地过了几天，本以为刘老板一定会去报案，大张旗鼓地寻找儿子，也许会闹个天翻地覆满城风雨，不料，几天下来，却风平浪静。刘老板每天照常上班下班，情绪平静，倒是徐丽丽哭哭啼啼地来闹过几次，催刘老板赶快想法找儿子。每次，刘老板都不急不躁，像打发来要钱的民工似的，对徐丽丽说：你别着急，正找着呢，中国这么大，你以为找个人容易吗? 这话，连山根都听出来纯粹是在应付徐丽丽。

有一次，徐丽丽当着大家的面跟刘老板大吵起来。山根留心细听，只听徐丽丽说："姓刘的，你玩的花招别以为我不知道，一定是你把我儿子偷走了，你到底把他弄到哪里去了? "刘老板说："你少冤枉我，你没把我的儿子看好，我还没找你算账呢。"徐丽丽"哼"一声："姓刘的，别以为儿子没了你就能把我甩了，告诉你，没门！"

原来徐丽丽并不是老板的正牌夫人，而是他的"二奶"，她是瞒着刘老板，偷偷怀上了他的孩子，生下来后，就不甘心再当"二奶"，大肆向他逼婚，要求扶正。刘老板被她搞烦了，要不是碍于孩子，早就一脚把她给蹬了。现在儿子丢了，徐丽丽借以要挟的武器没了，这正合了刘老板的心意，他哪会用心去找？而且家中老婆已经给他生了儿子，这孩子可有可无，丢了就丢了吧。

山根明白原由之后，暗暗好笑，没想到自己偷了老板的儿子，倒替他解了围。

十多天后，山根见平安无事，就推说家中有事，辞了工，兴高采烈地踏上归程。

他一进家门，就见家里正在热热闹闹地摆宴请客。原来，山根的爹娘见媳妇抱回了大胖孙子，开心得合不拢嘴。他们决定等山根回家，好好庆贺一番，等了十多天，见儿子还不回来，实在是等不及了，就欢欢喜喜先庆贺起来。当山根回家时，已经热闹了三天了。

亲友们见了山根，就围上来向他道贺，七嘴八舌地夸奖他为罗家增光。见这情形，他知道事情没有露馅。他应付了几句，说去看儿子，抽身钻进了里屋。

他见春梅坐在炕上，正满脸慈爱地举着奶瓶给孩子喂奶。两人对视一眼，立刻从对方眼神里明白：平安无事。山根凑上去，摸摸小家伙的脸，喜滋滋地道："别说，小家伙还真有点像你呢。"春梅摇晃着孩子，道："宝儿，我的儿子，你爸爸回来了，快叫爸爸呀。"

那孩子蹬着小腿，嘴里咿咿呀呀地叫着，乐得山根差点趴下，心头说不出有多欢乐、幸福！儿子，这是我的儿子，将来要叫我爸爸的！

这时候，山根娘端了一碗猪蹄汤走进来。山根得意地问："娘，你对你孙子还满意吧？"

娘笑得合不拢嘴："满意、满意。"说着，她瞄了一眼媳妇的胸脯，说，"就是春梅没有奶水，让俺大孙子受委屈了。也怪了，这些天，天天熬猪蹄汤给她喝，可就是催不下奶。"

山根心说能催下奶才怪呢，嘴里却说："娘，现在人家城里的小孩子都是喝牛奶，不吃母乳的。"

接下来的日子，不用说，这一家人脸上都挂着舒心的笑，家里充满了欢声笑语。只有山根，在幸福之余，心里不免有些忐忑不安，他想打电话给那边的工友，探探刘老板他们现在的动静，可又怕弄巧成拙，引起对方怀疑，惹火烧身。

随着风平浪静的日子一天一天过去，就在山根那颗紧张的心渐渐松弛下来的当口，一个绰号"阿色"的工友打来了电话。

阿色是南方人，为人精明刁钻，而且特别好色，手头有俩钱就憋不住往发廊里钻，就为这，三十出头，还是光棍一条。他这次给山根打电话，也是被逼无奈：这小子去找小姐，被警察抓了个现行，关进了派出所，不交够罚款就不放他出来。阿色父母双亡，没有亲人，他就病急乱投医，掏出身上的电话本，挨个求救。他先打给刘老板，不但没弄到一个子儿，还被骂了个狗血喷头。打其他工友，也跟他一样都是穷光蛋，工资都在老板那里压着，谁也帮不了他。山根虽然回老家了，可名字还在电话本上，阿色不管三七二十一，就把电话打过来求救。

接电话的是山根娘，听说是找儿子的，老人家刚有了孙子，忍不住要向人炫耀一番："你别着急呀，我去喊他，他在给儿子洗尿布呢。"

阿色乍一听，心里头像被针扎似的疼了一下，心里叹道：唉，自己跟山根是同龄人，人家都有孩子了，自己却连个老婆都没有，只能到发廊里寻快活，落到现在这个下场，人家在幸福地洗尿布，自己却在凄凉地蹲大狱。一阵感叹之后，他脑子突然灵光一闪：不对呀，不久前我见过他老婆，没看出怀孕呀，这小子刚回去半个多月，咋就把孩子养出来了？

他正在疑惑，听到电话那头"噔噔噔"传来一阵脚步响，山根抓起电话，问："谁呀？"

阿色耍了个心眼，先不说自己是谁，粗着嗓门，变腔变调地问道："山根，听说你小子当爸爸了，恭喜呀，孩子几个月了？"

山根以为是本地的哪个朋友来向自己道贺，随口答道："快两个月了，是我们在南方生的。你是哪位呀？"

阿色立即变回声音，问："怪了，南方？这事我怎么不知道？"

山根听着这声音挺熟悉，心里咯噔一下子，暗叫不好："你到底是谁？"

"是我，阿色。"

山根顿时呆了，心里懊悔不迭，恨不得抽自己几个大嘴巴，愣了片刻，才问："是阿色老哥呀，你找我有事吗？"

"有、有、有。"阿色一时顾不得去想山根怎么突然就有了孩子，求救道，"山根兄弟，我现在被关在派出所里，你能不能弄两个钱把我赎出去？"他三言两语把自己的事情讲了一遍，完了说，"山根，求你了，帮帮我吧。"

山根心说，别说我没钱，就是有钱也不会拿出来去打水漂呀，立刻道："阿色，不是我不帮你，我也没钱。你还是找找别人吧。"

其实，两人远隔千里，阿色本就没抱多大希望，他只是想应付一下旁边那个不断催他交钱的警察，听山根这么说，就大声说："那就算了，山根，我恭喜你有了儿子。"

山根听了这话，却惊得打了个哆嗦，后背冒出了冷汗，心中寻思：阿色这么说，会不会是知道了一些什么? 他不会是在威胁我吧? 想到这里，慌忙道："阿色老哥，你等等……这样吧，你别着急，我尽量想办法给你凑点钱。"

阿色喜出望外，眼珠一转，立刻有了主意，手捂话筒压低声说道："山根，你真够意思，哥们忘不了你。"接着又大声说，"没钱就算了，我只好在里面多待些日子了。"他后面这句话，是说给身边那个警察听的，他才不想交罚款呢，在派出所里有吃有住，多住些日子也无妨。

过了几天，警察们见阿色实在交不起罚款，就狠狠教育了他一顿，放了。

阿色回到公司后，果然发现一张汇款单躺在那里等着他，整整两千元，汇款人没留地址。工友们羡慕得要命："阿色，你小子交了啥好运了? 是哪个款爷大把大把地寄钞票给你呀?""你小子是不是勾搭上个富婆啥的啦?"

阿色翻来覆去地看着这张汇款单，兴奋得小眼睛里闪闪发光:哈哈，说得不错，看来，这次我阿色是要交好运了。

其实，自从与山根通了电话后，阿色在派出所里，就仔细研究山根的事情了。他从山根突然辞职，突然有了儿子，联想到刘老板儿子的失踪，而这两件事一经联系在一起，结论不言而喻。而且，阿色还隐约记起来，在老板儿子失踪的那天夜里，山根好像离开过宿舍。好家伙，这小子一定是偷孩子去了!

在猜测到是山根干的这件事后，阿色首先想到的，就是去找徐丽丽领赏。原来，儿子失踪后，徐丽丽失去了借以要挟刘老板的资本，很快就被玩腻了的刘老板打入冷宫，不久后，又被一脚踹了。这样一来，徐丽丽图谋已久的富贵荣华霎时成了镜中月、水中花，她不甘心落得如此下场，决心找回孩子跟刘老板算账，怎么也得让他给自己母子俩掏点抚养费、精神损失费啥的。搞好了，分他一半家产也不是不可能。于是，徐丽丽便到处散发儿子的照片，并悬赏两万块钱寻找儿子。

不过，阿色在见到了这张汇款单后，就转了念头，不急于打徐丽丽那两万块赏金的主意了，因为他推断出，山根之所以这么痛快地掏钱，一定是竭力想封自己的口。他想，从罗山根这里，说不定能得到更多的好处。

于是，阿色把两千块钱提出来后，先出去好好享受了一番，然后，买了一张火车票，踏上了自己的发财之路。

阿色敲诈

山根把钱给阿色寄出去以后，便陷入了深深的恐惧之中。但他仍存幻想：一方面，他抱着侥幸心理，盼望阿色不会起疑心；另一方面，他希望阿色即使知道了真相，也会讲义气，或者看在这两千块钱的份上，能够守口如瓶。

他整天提心吊胆，坐卧不安，因为怕儿子得而复失。这天晚上，两口子在逗弄儿子玩时，他抱着儿子，定定地望着孩子那讨人喜欢的小脸，眼神露出难分难舍的凄凉。

春梅见他唉声叹气，问道："儿子都有了，你还叹什么气？"

山根哪里敢说出实话，只得支吾道："……终究不是咱们亲生的，春梅，你说，孩子的亲娘要是后悔了，会不会跑来跟咱们把孩子要去？"

春梅一听，脸色大变，像是孩子的亲娘已经来到了面前。她一把把孩子紧紧搂在怀里，坚决地说："她后悔也没用！我跟你说，山根，现在谁也甭想要走我的儿子，除非我死了！"说着她两道目光定格在孩子的小脸上，握着孩子的手，嘴里喃喃说道，"儿子，你快说，说你永远不会离开妈妈呀！"

山根看着爱子情深的妻子，心如刀绞。他肠子都要悔青了：你小子真是笨呀，接电话时咋那么不小心呢？

几天后，当罗山根正处在恐惧懊丧，不知如何是好时，阿色这个不速之客，大摇大摆地登门拜访来了。

当山根听到敲门声，打开门，看到是阿色时，心立刻就往下一沉。他本能地想关上门，好让春梅抱着孩子先去避一避，可是，阿色比他更快，已经一步跨进院子里。

山根只得佯装惊喜，亲热地拉住他的手："阿色老哥，大老远的，你怎么会来呀？"

阿色嘻嘻一笑说："怎么？不欢迎吗？我是来还你钱的，还有，顺便来恭贺你喜得贵子呀。"

春梅以前见过阿色一两次，这时，听他话说得很动听，就喜滋滋地抱着孩子走过来，让他细看。

徐丽丽发的寻人广告上有孩子的相片，阿色已看过很多遍，孩子的模样已深深印在他的脑子里，此时他只看了孩子一眼，心里就有数了。当即乜斜着眼，夸道："山根兄弟，你好福气呀，不光儿子长得白白胖胖，媳妇也这么漂亮，都生孩子了，还跟大姑娘一样水灵。"他色迷迷地咽了口唾沫，"瞧这腰，这腿，谁能看出来生过孩子呀？"

春梅见他说话轻浮，顿时脸色一变，就要发作。山根见状，赶紧把她推进里屋。进屋后，春梅生气地说："这人来干什么？再胡说八道我就把他撵出去。"

山根压低声音："我也不知道，不过，为了孩子，咱们先别得罪他。"

春梅白了他一眼说："你怕什么？儿子又不是咱偷的抢的，是咱收养的。"

"是、是，"山根自然不敢承认孩子是自己偷来的，也是急中生智，他说，"可咱儿子就是这个人给咱们联系的，说不定，这次就是孩子的亲妈让他来找咱的，可不敢得罪呀。"

春梅一听，吓得眼泪都出来了。她抱紧儿子，哆哆嗦嗦地问："他、他、他不会是要把孩子要回去吧？山根，你千万别答应他，无论如何，也不能答应呀。"

山根说："你放心好了，谁也甭想把咱们儿子带走。"

他安抚好妻子，重新走出来，赔着笑脸为阿色递烟倒水。阿色咧巴着一张雷公嘴，道："山根兄弟，你艳福不浅呀。可惜你老哥我到现在还是光棍一条，你不能饱汉不知饿汉饥，可要帮老哥一把呀。"

山根见他阴阳怪气，话里有话，知道来者不善，就单刀直入地说："阿色，你想说什么你就直说吧，别绕弯子。"

阿色一竖大拇指："好，痛快！那我也打开天窗说亮话吧。我看你这么幸福，老婆孩子都有了，我也动了心，我的意思是想让你赞助几个钱，让我回去也成个家，生儿育女。"

山根明白了，他是想要钱，就问："多少？"

阿色竖起巴掌，叉开五指晃了晃。

"五千？"山根想了想，便试探着说，"阿色老哥，我确实应该帮你，可我也没有什么钱，前几天寄给你的那两千块还是借的呢。这样吧，刘老板那儿还压了我万把块钱的工资，如果你能要出来，就都归你了，也不用你还。"

阿色哈哈一声怪笑，说："山根，你打发叫花子呀？我告诉你，我要五万块！"

山根心里叫苦不迭，道："阿色老哥，别跟我开玩笑，你看我连老婆孩子一块加上，能值五万块吗？"

阿色突然收起笑容，道："值，太值了！"他手指往里屋一指，问，"你知道徐丽丽为找儿子，悬赏多少钱吗？"

山根一听，脑子轰的一声，像被铁锤狠狠敲了一下，立刻软下来，求道："阿色老哥，求求你，你小点声，春梅还不知道孩子是我偷来的呢。"

阿色恍然大悟："怪不得你老婆敢不理我，原来她不知道呀。我还以为你们是夫妻大盗呢。山根，你说这事咋办吧？"

事到如今，山根没有别的办法，他进去跟春梅打了一声招呼后，领着阿色来到村头的一家小饭店，要了酒菜，边吃边说。他把自己偷孩子的原因和经过从头至尾简单说了一遍，为了博取阿色的同情，他连春梅不能生育的事也说了。说到伤心处，他抹抹眼泪，唏嘘道："阿色老哥，你说说，咱们卖死卖活给刘老板干，他却总是找理由拖着不给工钱，你说，这口气咱们能白白咽下吗……阿色老哥，姓刘的太可恨了，那么大岁数，还包'二奶'，你年纪轻轻却连个对象都没有；他已经有儿子了，还让小老婆再生一个，我却一个没有，你说，这公平吗？应不应该偷他一个……"

阿色边听边不断点头，道："对，不能轻饶了那杂种，换了是我，也会这么干的。"

山根一听，心中暗喜，忙给阿色满上酒："老哥哥，既然这样，你帮兄弟个忙，把这事捂严实，我这辈子忘不了你的大恩大德。"

阿色一拍大腿，说："我就是想帮你，才来找你，换了别人，我早去领赏金了。山根兄弟，你总不能让我白跑一趟吧？"

山根说："可我确实拿不出五万块钱，你落落价。"

阿色摇头道："这个价格很公道，我算个账你听听。"他拨拉着手指头说，"徐丽丽悬赏两万，警察那边肯定也有奖金，加起来怎么也有三万吧？"

山根连忙说："那就三万，行不行？"

"除了这三万，还有两万呢。山根，你想没想过，偷人家孩子，可是大罪呀，我要是去告发你，最起码要判你七年八载的。我现在只要你出两万块钱，就买你七八年的自由，够便宜吧？"

山根不由悚然心惊，之前他只想到阿色的到来可能使自己失去儿子，没想到这事还能让自己失去自由，问题严重了。他愣了半天，问："那我现在把孩子给他们送回去行不行？"

"笑话，罪已经犯了，覆水难收，现在送回去早晚了。"阿色说，"账我还没替你算完呢，要是你去坐牢，不光孩子没了，老婆只怕也要卷着铺盖走了，这么个如花似玉的老婆，此后也不知要便宜哪个王八蛋了，想起来，唉……"他往嘴里扔了一颗花生米，装腔作势摇着头，连连叹息，"买这么一个老婆，怎么也得上万元吧？这又是一万。我只要你五万，不多吧？"

仗着酒劲，他看了看山根，突然笑道："山根，打个商量，如果你能让春梅陪我几晚，我就再便宜一万，你看怎么样？"

一听此话，山根不由怒从心头起，恶向胆边生，他的拳头已经紧紧攥起，真想跳起来，挥拳砸他个脑袋开花。但他竭力按捺住怒火，眼中凶光一闪说:"阿色老哥,你还真能开玩笑! 好,五万就五万,我答应你。"

阿色大喜:"好,痛快! 我拿到钱,就马上走人。从此往后,你们一家三口安安稳稳过幸福日子吧。老婆孩子热炕头,多令人羡慕呀! "

山根拿过酒瓶,给阿色添满酒:"你羡慕啥?钱到手后,你回去也娶一个就是了嘛。来,干了这杯,祝你找个称心如意的媳妇。"

阿色已有七分醉意,他可是做梦都想娶媳妇,闻听此言,乐不可支,举起杯来,一饮而尽。

山根殷勤地为他又满上酒,问:"阿色老哥,还有没有别人知道这事? "

阿色说:"你放心吧,我一个人都没告诉,连我到你这里来,也没有一个人知道。"

山根听了这话,眼中又一次闪过令人恐惧的凶光,他举起了酒杯:"别人真的不知道? 那太好了,我谢谢你为我保守秘密。来,再干一杯。"

此时,桌子上已躺了两个空酒瓶。两人一个是得意忘形,一个是暗藏杀机。接下来,你来我往的,一直喝到了半夜,直到两人都趴到了桌子上。

不过,两人一个是真醉,一个却是假装的。

杀人灭祸

山根见阿色已经醉得不省人事,便扶起他,连拖带抱,摇摇晃晃地出了小饭店。

此时已近深夜,天空灰蒙蒙的,路上黑黢黢的。山根站在村头,朝前后左右看了看,空无一人,但他没向自己家的方向走,而是掉转身,架着阿色出了村，走进了村西的树林里。

被逼入绝境的罗山根，决意要杀人灭口。

刚才，他答应了阿色的条件，那只是说说而已。他心里清楚：自己家里别说五万元，就是想凑个一两万也难于上青天。何况，以他对阿色的了解，这次他抓住了自己的把柄，绝不会就此罢休，等这五万元花完，一准他还会找上门来敲诈，恐怕自己这辈子也甭想摆脱他的掌握。要想彻底摆脱阿色的纠缠，只有让他彻底消失！

俗话说，酒能壮胆。凭山根的为人，如果没喝酒，借他几个胆，断也不敢有杀人的念头，但此时，在走投无路之下，经酒精一催，便顿起杀心。当他听阿色说没有别人知道他的行踪时，山根的杀心就下定了。

山根拖着阿色来到树林深处，已累得气喘吁吁，他手一松，阿色像一摊烂泥滑到地上，山根连累带紧张，已是一身虚汗，冷风一吹，不由打了个冷战。他没急于动手，而是坐在一个树墩上，从兜里摸出一支烟点上，边抽边把行动过程、细节再仔细核计了一遍。他知道，杀人这事可跟上次偷孩子不一样，稍有疏忽，只怕自己脖子上的这颗脑袋就保不住了。

山根坐了一会儿，想来想去，觉得除了灭口，别无选择。于是他下了决心，扔掉烟蒂，站起身来，冲地上的阿色说："对不起了，阿色，你要怪就只能怪你自己，你心太黑了！不过，你放心，每年清明，我都会给你烧纸的。"

他将阿色拖到一棵树下，试了试他的鼻息，看样子一时半会儿不会醒来。他决定先回家拿把铁锹，再回到这儿挖个坑，将他埋掉。

山根抄小路悄悄返回到村里，他怕惊动春梅，到家后也不敢开门，翻墙进入院子里。他见屋里还亮着灯，就蹑手蹑脚走到窗下听了听，没声音，春梅大概已经睡了。他赶紧摸了把铁锨，又翻墙而出。

他从原路返回树林，选了一块隐蔽的地方，脱下外衣，奋力挖了起来。大约一个小时后，终于挖了一个足有两米多深的坑。他擦擦汗，跳出坑来，来到附近的大树下，想把阿色拖过去活埋掉。不料，他低头一看，树下空无一人——阿色竟然不见了！

山根大吃一惊，以为自己记错了地方，忙到周围的几棵树下去找，也没有。山根身上急出了冷汗，他扩大范围在附近仔仔细细找了一遍，还是不见阿色的踪影。

"难道阿色酒醒后自己跑了？或者，是被什么野兽拖走了？"山根傻了，只好匆匆把挖好的深坑重新填上，返回家中。

山根进屋，见春梅还没有睡觉，呆呆地坐在炕沿上，两眼红肿，好像刚刚哭过。她见山根进来，便问："怎么才回来？那个人呢？"

山根支支吾吾地道："我也不知道，喝完酒我们就分手了，大概是回去了吧。"

春梅双眼怔怔地看了他半晌，突然问道："山根，你告诉我，这孩子真的是他妈妈自愿送给你的吗？"

山根避开妻子的目光，强笑道："当然，我骗你干吗？"

泪水从春梅眼里涌出来，"啪嗒、啪嗒"一颗颗落下。她抽泣着说："山根，到现在了你还不跟我说实话？那人是来要孩子的是不是？这个孩子我不要了，你去还给他吧。"

山根吃了一惊，说道："我们好不容易才有了儿子，你不是说宁死也不愿意跟儿子分开吗？"

"现在我改变主意了。"春梅一字一顿地说，"我不愿意看到你为了一个孩子丧尽天良，变得毫无人性。"

山根忙说：“你胡说些什么？我怎么丧尽天良、怎么毫无人性了？”

春梅说：“山根，你自己做的事情自己知道。我知道你也舍不得孩子，可是该是我们的就是我们的，不是我们的也不能强求，你自以为做得天衣无缝，可人在做天在看呀。”

山根装糊涂说：“你，你吃错药了吧？胡说八道个啥呀？”“世上没有不透风的墙，即使侥幸现在没有人知道，可是以后我们会心安吗？难道一辈子我们要在担惊受怕中度过吗？”

山根强作镇定，笑道：“你到底是什么意思呀？”

春梅见他执迷不悟，黯然地说：“你自己到西厢房看看吧。”

山根赶紧来到厢房，刚推开门，一股酒气扑鼻而来，他开灯一看，不由呆了：床上躺着一个人，不是别人，正是阿色。

他忙问春梅：“他怎么会在这里？是你把他弄回来的？”

“你不是要杀他吗？”春梅看着山根，冷冷地说，“如果你不想要咱们这个家，你就动手吧，我绝不拦你。”

“我……”

阿色正是被春梅救回来的。前半夜，春梅见山根迟迟未归，等儿子睡下后，就起身到小饭店去找。没等她走到饭店门口，正好看见山根扶着阿色从里面出来，不过，他们没有回家，却背道而驰，向村外走去。春梅心中奇怪：这么晚了，山根要带着人家往哪里去？于是，她便偷偷跟在后面，一直跟到了树林中。在林中，春梅偷听了山根对阿色说的那番话，这才知道，山根竟然起了杀心。她隐约猜测到：这人一定是来要孩子的，山根不想把孩子还给人家，就想杀掉这人。当时，春梅手脚都吓麻了，她实在不敢相信，为了孩子，山根竟敢杀人！后来，趁山根回村拿铁锨，她便背上阿色，从大路返回了家。

见事已败露，山根"扑通"跪下，道："春梅，我都是为了咱这个家。我不想杀他，可是现在不杀不行呀。"接下来，他就原原本本，将自己如何偷孩子、阿色又如何敲诈自己的事说了。

说完，他痛哭流涕地道："现在我也后悔了，可是，如果不杀他灭口，不但我们的儿子要失去，我也要去蹲监狱呀！"

春梅听完，感到心惊肉跳。她原以为山根只是不想把儿子还给人家，没想到里面这么严重复杂。

她怔了半晌，恨铁不成钢地埋怨道："山根，你这是在一错再错呀。这么大的事，你咋不和我商量呢？刚才要不是我跟着你，只怕现在你已成了杀人犯，后悔也晚了！"

山根痛苦地抱住脑袋："我不跟你商量，是不想连累你，出了事我好一人担着。春梅，你说现在怎么办呢？"

春梅一时也没了主意，不过，她知道，现在万万不能一错再错了，否则，真的就到了万劫不复的地步了。

春梅爱怜地看着熟睡中的孩子那甜美的小脸，目光久久不舍得移开。半晌后，她叹口气，对山根说："你快去把爹妈叫过来，事到如今，咱也不能再瞒着他们了。"

这个晚上，他们家的灯彻夜未熄，一家人围在一起，商量了一夜。第二天一早，天刚蒙蒙亮，春梅便抱着孩子，跟山根一起，登上了进城的第一趟班车。

山根的爹娘一直将他们送到村口，看着远去的汽车，老泪纵横。特别是山根娘，更感到揪心扒骨般的疼，她不住地问老伴："他爹，咱真的非得把孩子送回去吗？"山根爹长叹一声说："你是想要儿子还是想要孙子？想要孙子的话，只怕咱们的儿子就没了！"

还子得子

徐丽丽暂时仍住在玫瑰花园的那栋别墅里。

被刘富贵无情地抛弃后，徐丽丽一直暗自庆幸：幸亏当初趁热乎时逼他为自己买了这所别墅，到如今才不至于一无所获。

然而，前几天，一个自称是此房房主的人来通知她交房租，徐丽丽这才知道，锁在抽屉里面的那张房主栏里写着徐丽丽的房产证，竟然是一张废纸，这所别墅根本不是刘富贵为她买的。

房主走后，徐丽丽扑到床上绝望地大哭一场。她恨刘富贵，把他的祖宗十八代都骂了个遍，她咬牙发誓："姓刘的，姑奶奶不会这么放过你的。"

可是，自己一个弱女子，对方有钱有势，凭什么跟他斗呀？现在，她只能把希望寄托在自己失踪的儿子身上，只要儿子能找回来，她就能以此说明两人之间有事实婚姻的依据，即使不能让他身败名裂，也可以通过法院向他索取赔偿。

可是，儿子失踪都快一个月了，依然杳无音讯。

这天晚上，徐丽丽孤零零地躺在床上，想到自己的悲惨遭遇，不由自怨自艾，以泪洗面，久久难以入眠。

凌晨时分，她正处于迷迷糊糊状态时，突然，隔壁房间传来"砰"的一声响。徐丽丽被惊醒了，她侧耳细听，似乎听到有人在轻轻走动。有贼！徐丽丽顿时吓得缩在被窝里，不敢出声。

十几分钟过去了，贼似乎仍待在隔壁房间，徐丽丽想，隔壁是婴儿房，没什么好偷的呀。更奇怪的是，过了一会儿，隐隐传来女人的抽泣声。徐丽丽想，难道不是贼？这么一想，她壮起胆子，悄悄下床，摸到门边，轻轻打开了门，然后，一步跨过去，猛地撞开隔壁房门，伸手打开了灯。

只见一男一女两张惊恐万分的脸暴露在灯光下。那女的脸上，满是泪水。在他们身前的婴儿床上，一个胖胖的婴儿正在香甜地睡着。

徐丽丽心中狂喜，她顾不得别的，扑到婴儿床前，仔细一看，一点不错，正是她失踪的儿子宝儿。

她抬头看看这两个吓得面色煞白的贼，问道："是你们把孩子送回来的？"两人无声地点点头。

这两人，正是山根和春梅。那天晚上，一家人商量到天快亮时，才拿定主意：赶在阿色之前，把孩子原封不动地悄悄送回去，以求得孩子父母的谅解，甚至不予追究。两人让多娘想法稳住阿色，他们抱着孩子火速去南方。等他们赶到别墅附近，已经是第二天半夜了。两人等到屋里的灯熄后，山根便熟门熟路地抱着孩子从窗户爬了进去。春梅一时对孩子情感难舍，也跟着爬了进来。就在两人围着孩子看了又看，抱了又抱，舍不得离开时，却被徐丽丽撞了个正着。

春梅见无法脱身，赶紧一拉山根，扑通跪下，泪汪汪地说："大姐，我们错了，不该一时糊涂偷您的孩子……不过，您的孩子连根头发丝都没少，我们一点没亏待他，您看他长得多胖、多可爱呀。"

徐丽丽这才明白：原来是这两人把儿子偷走的。但她感到奇怪的是，他们偷了又为什么要送回来？不过，她见儿子毫发无损地回来，已是喜出望外，又见两人可怜巴巴，看上去也不像是恶人，就道："那你们必须跟我说清楚，为什么要偷我的孩子，又为什么要送回来？"

事到如今，山根和春梅哪里还敢隐瞒？于是流着泪，从春梅不育被迫离开家乡开始，到刘老板不给工钱、山根起了邪念，直到阿色上门敲诈，一五一十地和盘托出。

徐丽丽听完，心中百感交集。俗话说，可恨之人必有可怜之处，自己可怜，这一对夫妻比自己更可怜呀，她心里便有几分原谅了他们。当她听到此事与刘富贵有关时，气愤道："原来姓刘的是罪魁祸首，他要是不扣你们的工资，这事也不会发生。"

山根赶紧说："是呀，是呀，若不是因为咽不下这口气，就是给我两个胆子我也不敢偷您的孩子呀。"

徐丽丽想了一下，说："想让我不再追究你们，你们得答应我一个条件。"

两人对看一眼，异口同声地说："什么条件？只要我们能做到，一定答应您。"

徐丽丽说："其实我也是为你们好。只要你去联合你们的工友，去告那姓刘的，要回你们该得的工资，让他名声扫地，这事我就不再追究，而且我立即去公安局撤案。"

山根跟春梅岂有不答应之理。山根的一颗心终于彻底放下了，想想自己所作所为，若不是春梅，自己此时只怕已铸成大错，后悔也来不及了。此时，山根真正体会到俗话说得好：家有贤妻，不遭横事。

再说阿色，酒醒后又被山根爹娘好酒好菜招待了两天，他见山根两口子出门借钱还没回来，这才如梦初醒。等他心急火燎地赶了回来，却为时已晚，当他找到徐丽丽时，孩子已经在人家的怀里抱着呢。阿色气急败坏，叫嚣着要去公安局告发山根。徐丽丽警告他："我已经撤了案，你去告发的话，小心山根他们反告你敲诈勒索，到时候你也得蹲大牢。"

阿色懊悔不迭，只得打落牙齿和血咽，眼睁睁看着这个发财的机会，跟自己擦肩而过……

没有了孩子，山根和春梅也不想回老家了。他们打电话跟爹娘报了平安后，留在了南方，夫妻双双在一家工厂里打工。对于这对苦难夫妻来说，他们的梦想，依旧想拥有一个孩子。

他们也一直关注着徐丽丽向刘老板讨要抚养费一案的情况。几个月来，此案在城里搞得沸沸扬扬，起初，刘富贵拒不承认孩子是他的私生子，还唾沫四溅地说："一个妓女，抱着孩子找到你的门上，你认吗？"但是，随后法院经鉴定，判定刘富贵是孩子的生身之父，刘富贵这才不得不承认了。后来，法院判令刘富贵必须承担孩子的抚养费等相关费用，而对徐丽丽的其他赔偿要求未予支持。

这场官司历时半年之久，弄得徐丽丽身心俱疲，特别是心灵，受到的创伤更是难以弥补。刘富贵损失的只是一点钱，而她丢掉的，是一个女人的名声、尊严，甚至还有未来。这些日子里，她成了城里的名人，走到哪里，都有人在背后指指点点，说三道四。

时间过得很快，春梅和山根留在南方，转眼又快半年了。

这天傍晚，他们下班后，一前一后回到住处。山根刚走到门口，突然听到先进屋的春梅发出一声惊叫："山根——"

山根大惊，慌忙一头冲进屋里，只见春梅木雕泥塑般立在那儿，两眼目不转睛地盯着床头。山根顺着她的目光看去，心头陡然一震：孩子! 那里躺着一个可爱的孩子!

春梅转过头来，泪水夺眶而出，喜极而泣地说："山根、山根，我不是在做梦吧? 我们的宝儿……又回来了!"

他们发现桌上，放着一张纸条，拿起一看，只见上面写着："我马上就要离开这里，离开这个让我伤心的地方了，我要到一个没人认识我的地方，忘记这里的一切，开始全新的生活。我知道你们是好人，孩子就托付给你们了，你们就把他当成自己亲生的孩子吧，刘富贵给的抚养费我会按月寄给你们的。我对不起孩子，麻烦你们永远不要告诉他我的事情，那会成为他的耻辱，拜托了⋯⋯"

春梅喜泪纵横，她颤抖着双手，轻轻抱起儿子，而后，将脸紧紧地贴在孩子的小脸上，深情地呼唤着："宝儿，宝儿，我的宝儿！"

窗外，一个面容憔悴的女人听着从里面传出的呼唤声，两行泪水顺着脸颊滚滚落下。而后，她背起了简单的行囊，一步一回头地慢慢地走开了。

（黄　胜）

（题图：杨宏富）

禁忌·苦情
j i n j i   k u q i n g

人生皆苦，除了生老病死，还有怨憎会、求不得、爱别离。

父亲的丧事

樊喻常年在外打工，这天，他接到老家常大伯的电话，常大伯在电话里说："樊喻，你爸不行了。"常大伯和樊喻的父亲是几十年的老哥们了，常大伯说，这两天，他没有看见樊喻他爸，就去找他，没想到，樊喻他爸病在床上，就只有出气，没有进气了。常大伯还对樊喻说："我请了医生，给你爸挂着点滴，医生说你如果快点回来，还能见上你爸一面。"

樊喻的父亲身体不好，有肺气肿，感冒发烧厉害了，一口气上不来，随时可能有生命危险。樊喻得到消息，马上找到妻子，说："刚才常大伯打电话，说爸快不行了，我们得带着麒儿赶紧回家去。"樊喻和老婆带着儿子小麒来广东打工已经三年了，这三年他们没有回过家，一直靠电话和家里联系。

为了赶时间，樊喻买了三张飞机票，一家三口第一次坐上了飞机。下了飞机，又坐了一天长途客车，才来到县城，在县城，樊喻买好寿衣寿鞋和其他丧葬用品，包了辆车回村。

回到村里，樊喻见自家院子里站满了乡亲，全是清一色的老年人。樊喻知道，每当村里有人要过世时，乡亲们都会来看望他，和他念叨儿句家常。樊喻穿过人群，进了屋，见常大伯守在父亲床前，父亲闭着眼，脸色铁青，喉咙里塞着一口痰，呼呼直响，胳膊上还挂着点滴。

常大伯见了樊喻，轻声说："这几天你爹一直都这样昏迷着，看样子，他是在等你，还想再见你一面。"说完，把嘴靠在樊喻父亲耳边，说，"老哥，喻儿回来了。"

樊喻的父亲似乎听见了，使了很大的力气，才把眼睛睁开。见了樊喻，他脸上露出一丝笑容。见父亲这个样子，樊喻忍不住大声哭了出来。

晚上，樊喻把妻儿安排睡下后，独自坐在父亲床边，照看父亲。也许是见樊喻回家了，父亲的精神好了许多，眼睛一直睁着，望着樊喻笑。到了深夜，父亲居然开口说话了，他对正在犯困的樊喻说："喻儿。"

樊喻一惊，醒了，问父亲："爸，有事吗？"

父亲说："我饿了，想吃面条。"

樊喻忙说："好，我这就给你做。"樊喻生好火，给父亲煮了一大碗面条，还加上两个鸡蛋。父亲真的饿了，一口气把面条和鸡蛋全吃了，连面汤也喝个精光。

也许是见到了三年没见的孙子，樊喻父亲心情格外舒畅。也许是这些天医生的治疗起了作用，第二天，父亲能在床头坐起来了。第三天，他居然能下床行走了，饭量也增加了不少。

樊喻回家一个多星期，眼看着父亲一天比一天好，心里很高兴，可过了几天，他的妻子却不乐意了。那天，她见公公睡着了，悄悄对樊喻说："我们回城里去吧。"

樊喻说："再等几天吧，等爸好利索了，我们就回去。"

妻子说："还是明天就走吧。我请的假快到期了，如果逾期不归，扣钱不说，说不定还会被开除。"

接着，妻子开始跟樊喻算账，这次回来，飞机票花了五千，车费花了一千多，给老人买寿衣寿鞋什么的又花了两千多，加上因为请假而损失的工资，一下子就花费了一万多。妻子一边算账一边说："这次回来，花完了我们三年的积蓄，下次要是再这样，唉，真不知该怎么办了……"

樊喻听了，也叹了口气，他想了半天，哀求妻子说："那我们把爸捎上，让爸跟我们回去。"

妻子说："你傻呀，我们租的房子只有三十个平方，爸去了住哪儿？难道再租一套房子？"

樊喻知道，自己经济上承担不了这笔开销，只好说："好吧，那我明天就跟爸说。"

第二天等父亲一觉睡醒，樊喻就对父亲说："爸，我们请假的时间到了，明天要回去了，您知道，我们请假不容易。"

父亲听了，叹了口气，说："这么多天，把你们给耽搁了，我知道，你们有你们的难处呀！"

见父亲如此明理，樊喻一阵心酸，赶忙背过身去擦泪。父亲看着樊喻的背影，半天没说话，似乎在思考着什么……

第二天早上，樊喻早早起来，准备和父亲道别。他来到父亲房门口，发现门还关着，就敲了敲门，说："爸，起床没有？"

屋子里没有丝毫响动，樊喻又喊了几声，还是没人应答。他一急，把门一推，门居然开了，原来，门根本没有闩。

屋里弥漫着浓浓的农药味，樊喻忙跑到父亲床前，不由"啊"的一声惊叫。只见父亲穿着崭新的寿衣，直挺挺地躺在床上，口鼻流着血，床下丢着一个农药瓶子。枕头边还有一张纸条，上面潦草地写了几行字："喻儿，你们那天夜里说的话，我都听见了，早知如此，还不如我这次就……还省了你们一笔路费……"原来，父亲竟喝农药自杀了！

樊喻不由大哭起来："爸，你为什么要走这条路呀？"

常大伯听见消息，赶来一看，见樊喻的父亲死了，也哭了起来。他把樊喻扶起来，说："我知道你爸的心思。上个月，村里的张大娘孤零零地死在家里，过了一个星期大家才发现，尸体都烂了。张大娘的儿子和你们一样，出门打工几年了，最后连个终也没送上。你爸肯定是怕和张大娘一样，死时没人送终，才趁你们还没有走的时候，喝了药……"

父亲死了，樊喻给父亲设了灵堂，晚上来给父亲吊唁的，全是六十岁以上的老人。樊喻知道，因为村里交通不便，经济条件差，年轻人都出门打工去了，只留下这些老人留守。第二天，樊喻给父亲下葬，却发现村里已经没有能抬得动棺木的年轻人了，他只好出钱，去镇上请了八个壮劳力。

见老哥们下葬，常大伯趴在坟头哭道："老哥，还是你想了个好主意，有儿子给你送终！可怜我了，不知道有没有你这么好的福分……"

樊喻听别人说，常大伯的儿子出门打工，已经五年没有回家了……

(大刀红)

(题图：谢 颖)

老王的新房子

　　老王头所住的春城小区要拆迁了，房产开发公司说楼盖好后不愿回来的居民，可以领一笔补偿费，愿意回迁的，按房屋面积大小再交一笔钱。

　　老王头也想搬回来，可是请人一算，要一套80多平方米的房子，他还得再交两万多块钱。这下他傻了眼：每月只有300块退休工资，从哪儿凑这么多钱？

　　正愁得睡不好觉呢，几年没登过门的儿子突然回来了。

　　自打几年前老伴去世，老王头一直跟儿子同住，可儿媳妇嫌老人脏，鼻子不是鼻子脸不是脸的。老王头心里头憋屈，就搬了回来。儿子是个妻管严，自己没个准主意，只听老婆的，让他往东从不敢往西，儿媳妇不让他回家，他就真的一年多没敢在老王头的家露面。

今天儿子突然回来，不用说，肯定是听到拆迁的消息了。

果然，儿子进门没几分钟，就言归正传了："爸，听说咱这儿要拆迁？"

老王头点点头，没吭声。

"那您老先到我那儿住着吧，等房子盖好了，我再把您送回来。"

老王头想了想，虽然父子之间感情淡漠，但这里一拆迁，自己还能到哪儿去？也只有先到他那儿去凑合一阵子了。反正自己有工资，不会白吃白喝。就这样老王头将家里杂七杂八的东西送的送卖的卖，几天后就去了儿子家。

一到那儿，老王头心里就是一翻个，儿子没让他回到自己以前住的小屋，而是直接把他扶到了地下室。

儿媳妇倒挺会说话："爸，您看，咱家的房子这么小，只有两室一厅，我们占一间，您孙子大了，也占一间，客厅又常有人来，所以只能委屈您老在地下室住着了，这里冬暖夏凉，正适合老年人住，您不介意吧？"

老王头能介意吗？关键时候能给自己找个住处，也算她还有一点良心吧。

接下来的事就顺理成章了，他回迁所需的两万多块钱由儿子代交了，当然，这钱不是白交，老王头心里跟明镜似的：还不是想自己百年之后，得了城里的那所新房？

老王头腿脚不方便，以前在大杂院，出门街坊邻里都会扶一把，可这儿谁来帮忙，老王头整天待在阴暗的地下室，只有儿子或小孙子一天下来给他送三次饭，然后捏着鼻子把便桶倒掉。

老王头巴望着这样的苦闷日子快到头，巴望着赶紧住上自己的楼房，在明亮的阳台上支一把藤椅，喝着茶，看外面的风景。所以只要见到儿子，他就催促去小区看看，看那儿的高楼都建成什么样了。

转眼间，大半年过去了，正当老王头掰着手指头计算回迁的日期时，儿子却突然带回来一个坏消息：房地产公司盖的楼因为质量不合格，被勒令停工，准备接受处罚。至于什么时候开工，还没有准信儿。

老王头一下子懵了，人也骤然苍老了许多，他已经七十了，还能活几年？这楼要是十年不动工，难道自己就眼巴巴地一直等到进了坟墓？

从此，老王头每次见到儿子，他的第一句话就是："开上了吗？"儿子的回答却总是令他失望。到后来，王老头也不问了，只是用询问的眼光望着儿子，可儿子每次都是摇摇头。

这样的日子一直过去了一年多，终于有一天，老王头病倒了，躺在床上不吃不喝，问话也不答，儿子慌了，要去街上请医生，妻子拦住他："到外面请医生不花钱？去老头的单位！他们那个福利厂不是有保健医生吗？"

儿子一想也对，忙颠颠地跑到老爷子的单位，把情况一说，单位马上派一个医生赶来了。

那医生在地下室跟老王头诊治，儿子跑楼上去倒开水，刚拿了水杯水壶下来，就见医生从地下室出来了，他阴沉着脸，对儿子说了一句："你家老爷子是有心病啊！"说完叹了口气，摇摇头就走。

儿子的心"别"的就是一跳，忙赶过去追问："大夫，我爸究竟有啥心病？"医生看了看他，说："亏你还是他的儿子，啥心病你都不知道，我咋清楚？"

儿子听了直挠脑袋，猛然明白过来：肯定是为了房子的事！

下午，儿子果然带回来一个好消息：经过住户们的交涉，房屋开发公司决定认罚，而且承诺马上开工。

这个消息像一剂强心针，让老王头的精神头又慢慢恢复过来，当天晚上还喝了一碗稀粥。

这以后，儿子隔三差五就带来好消息，不是楼房又起了几层几层，就是有的住户已经准备购置家具了，只是他们这一栋还没完工，不能搬回去。

开始，老王头挺高兴，还同儿子商量着搬回去以后添几件家具，买把新藤椅。可是几个月后，这招也不灵了，老王头的病情又加重了，这次，别说吃喝，连眼睛都不睁一下了。不管儿子在旁边说什么，他都不答腔。

儿子只好又叫来了医生，医生撩起眼皮看了看，说："准备后事吧！"

第三天晚上老王头就死了，到死也没有住进属于他自己的新房子。

老王头死后，儿子一家都不愿意去地下室。直到福利厂的工会来了人，儿子陪他们去整理老王头的遗物。理着理着，忽然一个工会干部叫起来：枕头下怎么有公交车票？

儿子一惊，凑近一看，可不是！老王头的床头果真有几张公交车票！一看那车票，正是通向拆迁的春城小区的。儿子呆住了，这么说，老爷子早已经回过那个地方了，而且还不止一次！老天！他一个腿脚不灵便的老人，又卧床好几个月，是如何一步步挪到一里开外的汽车站的？又是什么时候回去的？

儿子顿时羞愧得无地自容，浑身燥热，因为他清楚得很，那个小区的房子早就如期完工了，但是，因为妻子不想让一个脏老头死在将来会属于自己的新房里，所以便编了个谎话，让他瞒着老王头，悄悄把那房子租了出去……

（民 子）

（题图：魏忠善）

一夜夫妻

　　太行山下有个霸王庄，霸王庄有个精明强干的小伙叫何宁，他从小父母双亡，风里雨里摔打成人，如今靠乡亲们帮助，盖了三间房，就要娶媳妇了。

　　他的媳妇叫景云云，是邻村的姑娘，模样俊、手头巧，人人见了都跷大拇指。两人也算是自由恋爱吧，打鬼子都是民兵，一来一往就有了那个意思。在本村里的长辈帮着操办下，定在这年八月十六日举行婚礼。这一天，人们像过节一样，欢欢喜喜吃喝了一场，等到人们散去的时候，一轮明月早已悬挂在空中了。

　　何宁走进新房，关好门，扭头一看景云云正羞答答地坐在炕沿上，低头摆弄衣服角，心里不由得像翻了蜜罐一样，一个劲儿地往上泛甜。

平时他是个绝对老实的小伙子，没动过景云云一指头。今天，按中国传统的说法，景云云是他的人了。他一高兴，胆子也大了，走上前去，伸开双臂，把景云云紧紧地抱在怀里，噘着嘴就去亲她。景云云一边往外挣扎一边小声说："看把你急的。"说着朝窗户努了努嘴。何宁明白了，窗户根下一定有听房的，赶忙松开了手臂。

景云云让他把头扭过去，然后拿起炕笤帚扫了炕，又把两个绣花枕头紧紧地摆在一块儿，招呼了何宁一声，然后朝他莞尔一笑。

何宁一看，景云云已钻进被窝里，一身衣服全堆在了一边，他明白了，忙吹了灯，把鞋一甩，衣服一脱，也上了炕，钻进了被窝。

就在这当口，何宁突然闻到一股特别刺鼻的味儿，惊得他一下翻身坐了起来。

何宁借着月光定睛一看，只见一股浓浓的白烟从炕洞里冒了出来。他知道村里的年轻人准得变着法子和他开玩笑，可没料到这一着，一时找不到合适的东西去堵，而那白烟越来越浓，越来越急，眨眼间充满了半个屋子，呛得他直流眼泪，炕上的景云云也被呛得不住地咳嗽起来。何宁紧闭双眼，从柜子底下摸出一条麻袋去堵，费了半天劲儿才把洞堵上。这时屋子里全被烟雾笼罩着，那烟味又辣又呛，实在受不了。

他好不容易在炕旮旯里摸到了景云云，抱着她就往外冲。可是这时新房里已是浓烟弥漫，他早被呛得晕头转向，一头撞在镜子上，"哗啦"一声镜子掉在地上摔了个粉碎，接着又撞在小柜上，一对花瓶也给碰到地上，摔成了十八瓣。好不容易摸到房门前，要想开门，门又被人在外边给反锁上了。何宁大叫一声，飞起一脚，踹开门，抱着景云云冲了出来。

"哈……"就在他俩狼狈不堪之际，周围响起了一阵笑声，有人还嗷嗷地怪叫起哄。何宁勉强睁开眼一看，傻了，原来自己和景云云全赤身裸体的。在月光下，就是几十步以外也看得清清楚楚。

闹新房是当地的风俗，可闹得这么过火，他听都没听说过，这回可让乡亲们看了稀罕了。何宁肺差点气炸，他顺手抄起一把铁锨，朝起哄的人们冲了过去，吓得那些人一个个抱头鼠窜，四散逃跑了。幸好老村长及时赶到，他侧过脸递给他们几件衣裳。

等到屋里烟散了，何宁进去一看，镜子花瓶的碎片撒满一地，被子枕头也掉在地上，那个惨劲儿活像遭了匪劫。他真恨不得把出坏主意的人抓过来痛打一顿，可又不知是谁。

景云云换上衣服，一边抽泣一边说："宁子，我想跟你商量件事。"何宁说："说吧。"景云云擦着眼泪说："头一天结婚，就丢了这么大的人，明日个在村里多难见人啊。天一亮，你先送俺回娘家住几天行不？"何宁啥也没说，只是点了点头。

第二天，天刚蒙蒙亮，何宁就送景云云回了娘家。

何宁送走景云云，一个人耷拉着脑袋往回走，离村越近他的脚步就越慢，越想越觉得没法儿在本村待下去。就在他蹲在一棵大树下心乱如麻时，碰巧遇到一个去闯关东的过路人。这人听了他的遭遇，大骂闹新房的人太缺德，并且同意带何宁去闯关东。

何宁本想去一年半载就回来，哪知事与愿违，他到了关东才知道谋生的艰难，在林子里干了一年，被抓去当了兵，九死一生，从队伍上开小差出来，又去当了矿工，这一去就是十八年。这十八年，他给景云云寄了十几次钱，写过十几封信，可一个字的回音也没得到，这回他说什么也待不下去了，就铺盖一卷一扛，回了故乡。

他二十岁离乡，如今已是四十来岁的人了。他坐火车又转汽车，来到了县城。这十几年变化太大了，他望着一条条又宽又平的马路直愣神，不知到霸王庄该走哪条。就在这时，他听见身后"吁"了一声，一辆小驴车停在了他的身后。他正要问路，那个赶路的小伙却先开了口："大叔，您上哪儿呀？"

何宁操着标准的家乡话说："我要到霸王庄去。"那小伙一听乐了："那您就上车吧，我就是霸王庄的。"

何宁坐上车，就急着想打听景云云，这十八年不知咋样了。于是，他打量了一下赶车的小伙，见他大约十五六岁，他开口问道："小伙子，你叫什么？""大叔，我叫甜瓜。""甜瓜？"何宁觉着这名字挺有意思，又问："你爹叫啥呀？""他叫白树林。""噢，白树林……""你认识？""是啊，一块儿当过民兵，打过鬼子，后来……""闹了半天，您到过我们霸王庄呀！""傻小子，我就是村里的人，走了十八年了。"

甜瓜一听，顿时又和何宁更近乎了些，两人说说道道，一点儿也不生分。十里路不知不觉地快到了。何宁忍不住又问："甜瓜，我跟你打听个人。"甜瓜笑了笑问："是咱村的？""嗯。"甜瓜把屁股往何宁身边挪了挪，带着几分自得说："大叔，不是吹牛，咱村大几百号子人，从光屁股的到长胡子的，没有我不认识的。""那你知道景云云吗？"何宁紧仄着眉头问。"景……云云……""不认识？"甜瓜咧了咧嘴说："认识。唉，你打听她干什么？""她是俺媳妇……"

谁知此话一出，甜瓜"吁——"一声，勒住驴，朝何宁瞪着眼，"你再说一遍。""她是俺媳妇呀！""亲的？""媳妇还有干的？"

甜瓜"噌"跳下车，一挥手："你下来！"何宁挺奇怪，这小子咋的啦！他莫名其妙地看着甜瓜。甜瓜气更大了，倒过鞭杆一敲车辕子："你下来不下来？"

何宁只好下了车，甜瓜用手一指他的脑门说："剩下的道儿你自己走吧! 哼, 我好心好意带你一路, 末了你还占我的便宜! ""我……"何宁真不知自己说错了什么。他上前一步拉住甜瓜的手问: "小子, 咋啦? ""去, 去, 少套近乎。你不知道景云云是俺娘? "甜瓜说完再也不搭理何宁, 赶着小驴车进村去了。

何宁站在那儿足足愣了有一袋烟的工夫, 才从牙缝里挤出一句话来: "照这么说, 景云云嫁……嫁给白树林了! "

何宁左右为难了, 他真想一跺脚再往回走, 可又上哪儿去呢? 进村, 媳妇嫁了人, 都生了那么大的孩子, 往后怎么见面呀? 他正在左右为难之际, 地里干活的几个乡亲认出了他, 大伙连推带拉地拥着他进了村。

何宁先在一个本家哥哥家落了脚, 喝了口水, 洗了洗脸, 来到自家门前, 一看大门上锁, 门缝处结满了蜘蛛网, 墙头上长满了草。砸开锁, 推门进去一看, 只见土坯垒的影壁早塌了, 上边长了一层又密又厚的青苔, 绿得让人发瘆; 地上的树叶老厚老厚的, 一踩软巴巴的, 几棵树已长得一抱多粗了。

他再往里走, 只见屋里炕也倒了, 灶也塌了, 那股潮味直呛鼻子, 四壁的塌灰, 简直成了戏台上的大幕布。他一阵心血上涌, 蹲在地上, 用手捶打着自己的胸口, 大声喊道: "家, 家, 这就是我的家吗? "这个当年在关东吃尽苦头从未掉过眼泪的硬汉子, 这会儿再也忍不住, 失声痛哭起来。

就在他哭得正伤心的时候, 忽然门口出现一个人影, 他抬头一看, 是个女人。他问道: "你……你是谁? "那女人还未开言先抽搭了起来: "宁子……是我。""你……你是谁? ""我是景……云云呀! "那女人一步步走近前来, "刚才听甜瓜说你……回来了, 我估摸着你得来这儿。"

何宁急忙站起身来: "你还来干什么? ""你听我说……""别说了! "

何宁恼怒地瞪大眼珠，"我前脚走，你后脚嫁人，我不说什么，你走吧！"景云云还要张嘴，何宁从地上抄起一根木棍，恶狠狠地说："再不走，我砸死你！"景云云无奈，只得含着泪水，低着头走了。

当年的老村长还健在，如今已是老支书了，他闻讯带着几个小伙子赶了来，好说歹说才劝住何宁。而后由队里派工，帮他刷房、垒影壁、淘井、修猪圈……两天后这个家又像模像样了。

老支书又帮他置办了锅碗瓢勺、暖瓶被子，末了拍着何宁的肩头说："你是咱村的人，啥时候回来都欢迎，歇几天，给你派个活儿。等安顿好了，再娶个媳妇……"话说了半截，见何宁脸上来了个晴转阴，赶紧住了口。

从这以后，不管是谁，也不管说得多热闹，只要有人一跟他提娶媳妇，他就发火，甚至脱了鞋要打人。大伙知道他是伤透了心，也就不再提这事。

何宁下过关东，干活自然不惜力，每天出工下地，回来就打整小院，几年下来，日子过得挺像样。但他就是不愿讨媳妇，单身一人一直过到了"文革"时代。

此刻老支书成了"走资派"，靠了边。村里一个癫痫二流子当了革委会主任。秃主任见何宁一个人吃饱了全家不饿，就派他去棒子地里守夜护青。

那年月净打派仗，地里活没人好好干，老百姓肚子饿了就夜里去偷。可何宁警惕性高，他看的地里是一个棒子也没丢。

可万万没想到，就在要放倒棒子棵、往场里运的头一天，秃主任发现何宁的防地里少了七八个棒子。这还了得，他当天晚上召开群众大会，让几个民兵把何宁五花大绑押上台。他扯着脖子说何宁是故意破坏"抓革命、促生产"！是地地道道的现行反革命！说着一使眼色，上来几个打手，朝着何宁不分脑袋屁股一阵乱揍。

何宁是个硬汉子，甭说喊了，连眉头都没皱一下，打手打累了，秃主任又抄起一根大棍，牙一龇，朝着何宁的腿打下去。棍子还没打到他身上，只听台下有人"啊"了一声往后就倒。

这一声喊，让秃主任一愣神，棍子下得就轻不少，何宁晃了一下没有倒下。秃主任眯缝着眼睛往下看，想看看是谁同情反革命，谁知台下挺黑，看了半天也没看出来。他正要追查，忽然间铜钱大的雨点劈头盖脸地砸了下来，人们趁势一声呐喊全散了。

那台下惊叫的不是别人，正是与何宁做过一夜夫妻的景云云。她往后一倒，正倒在白树林的怀里，白树林赶紧抱住她，心里是又气又怕，气的是自己的老婆心疼何宁，胃里直泛酸水；怕的是秃主任一追查，景云云和他，非吃不了兜着走。幸亏老天下起了及时雨，他赶紧抱起景云云回到家里。

他没好气地把景云云往炕上一扔，就骂开了。景云云坐起来正要分辩，白树林挥手给了她一个嘴巴："妈的，他丢了玉米，挨揍，活该，你到这时候还心疼他，当初德性没散够是不是！"景云云捂着火辣辣的腮帮子说："你说话积德吧，他是为了我……才挨的揍。"白树林上前一步，抓住景云云的衣领："你胡扯个啥？"景云云不知从哪儿来了一股力气，把白树林推了一个趔趄说："你有种，听我把话说明白。""好，好，你说！"

景云云理了理额前的乱发说："昨天夜里我、我……就是上他看的那块地里偷的。"白树林一听，邪火又上来了："好啊，你偏去他的地里偷，是不是旧情不断啊？"景云云哼了一声说："你也知道，偷青的娘儿们要让人抓住，除了挨打还得让人家糟蹋，我怕给你丢人，琢磨着他不会那么干才去的，没想到给他招了祸。"

白树林往前凑了凑小声说："他白给你的？你们俩有没有……""住

嘴！"景云云气愤地打断他的话，"棒子你吃了，人家挨打了，你还说这种没人味的话，你算个人吗？"

大约过了四五天，景云云端着一盆衣服到河边去洗，一边洗一边又想开了那天晚上偷棒子的事。她认定那晚上何宁一准看见她了，要不别人偷不了，偏偏她能？看来何宁是有意成全她呀！她这么一想，心里一走神，手里松了劲儿，一件衣服掉进河里，一眨眼就让水给冲出去好几尺远。景云云一见不妙，赶紧脱了鞋，挽起裤腿下河去摸，哪知脚下一滑，摔倒在河中，河水虽不深，可流得挺急，一下子给冲走了。

这时正好有个小姑娘来洗衣服，一见这情景，吓得直喊叫。景云云挣扎着刚喊了一声："救……"便咕嘟嘟喝了几口水，沉了下去。

等那小姑娘喊来白树林和甜瓜奔到河边，已不见人影，急得白树林直跺脚。

就在这时，甜瓜忽然叫了起来："爹，我娘在这儿呢！"说着朝一块大石头跑了过去。

白树林一看，景云云果然正趴在一块大石头上，地上还有一大片清水。父子俩把景云云扶起来，用手一摸胸口，还热乎着，甜瓜大嘴一咧哇哇地哭了起来。

景云云慢慢地睁开了眼睛，慢慢地抬起手摸着甜瓜的脑袋说："孩子，别哭了，娘没……没事。"甜瓜这才止住了哭声。

白树林见景云云还了魂，长长地舒了一口气问："孩他娘，你咋自己爬上来了？"景云云苦笑一声说："有人救……我上来的。"白树林说："好人呐，他是谁？"景云云慢慢地闭上了眼睛，有气无力地说："是……何宁。""啥？"白树林一下蹦了起来："他在哪儿？""走了。""你看见他了？""没有！""那咋知道是他？""和当年他从新房里抱出我来的感觉一样，没错……"

白树林这回真傻眼了，他一琢磨觉得问题严重了，何宁看青不抓景云云，景云云洗衣服他暗地里跟着，还下河救她；景云云呢，从感觉中就能确定是何宁救她，这么说他俩谁也没忘了谁，那我成了啥角色呀！

甜瓜见他爹一个劲地发愣，着急地说："爹，娘浑身精湿的，咱快回去吧！"他这才如梦方醒。

爷儿俩把景云云背回家，换了衣服，盖上大被子，让她发发汗。白树林心里还在犯嘀咕：到底是不是何宁救的景云云呢？他真希望不是，决定去看个明白，便悄悄来到何宁家门口，见大门开着，悄悄溜了进去，一见院里晒着一身衣服，不由得凉了半截。当他来到窗棂下，把脸凑近窗户往里偷看时，见何宁也蒙着被子发汗呢。他那半截子也凉了。

他垂头丧气地往回走，越想心里越窝囊。从这以后，他像霜打的柿子一下蔫头耷脑的，总打不起精神来。想跟景云云闹，又抓不着什么把柄；想找何宁吵，那就更没有任何理由了；想找他俩的茬儿，可他俩根本就不往一块儿凑，白树林为此心里总像堵了块烂河泥，躺在炕上浑身不自在，难受得他整天哼儿哎哟地乱叫，人一天天变瘦、泛黄。

景云云可慌了手脚，忙打发甜瓜到镇上去请医生。谁知甜瓜去了直到天大黑才回来，急得景云云也顾不上问什么就请医生给白树林看病。医生在白树林的肚子、胸口听了又听，按了又按，留下几大包药，低声对景云云说："趁早上省里看看去，要不就耽误了。"

等医生一走，景云云问甜瓜怎么去了那么半天。甜瓜说："娘哟，我差点儿走到我爹前头。"

原来甜瓜去请医生，出了村天已擦黑了，刚走到村西杨树林子里，忽然刮来一阵冷风，把他吓出一身冷汗。就在这当口，突然有一只大手按在他的肩膀上，他以为碰上鬼了，吓得双手一抱脑袋，钻进一片树丛里，浑身筛糠似的直哆嗦。过了一会儿，他见没动静，才乍着胆子探出头来，一看啥也没有，这才继续赶路，可走了三五步，发现肩上的小挎包没了。

景云云听到这儿忙问："是不是钱没啦？"甜瓜吐了吐舌头说："钱不但没丢，还多了30块。"说着把钱拿了出来。

景云云也纳闷了："这是咋回事呀？"娘儿俩正说着话呢，只听白树林在炕上大叫一声："啊！"景云云忙问他："你怎么啦？"白树林气喘吁吁地说："快，快办一件事。"景云云问道："啥事？"

白树林挺费劲儿地说道："快把何宁大哥找……找来。"景云云一听，气不打一处来："你都这样了，还找他干什么？他又没怎么着！""不是那个意思，"白树林用手指着胸口说，"我有句话，不对他说明了……死了……这儿也不舒坦。"

景云云听他这么说，就让甜瓜去叫何宁。何宁听说白树林叫他，二话没说，披上棉袄就来了。景云云一看他来了，也不知该说什么好，吭哧了几下也没说出个什么来。

何宁回村这些年，今天是头一回进这门。他来到白树林身旁问："兄弟，不得劲儿呀？"白树林一见何宁，两行泪水流下来了："大哥，你往前坐坐。"何宁坐在炕沿上，拉着他干巴巴的手说："兄弟，有什么话说吧。""唉，"白树林叹口气说，"大哥，我是马上就要走的人了，有件事说出来，大哥能原谅我吗？""能。"何宁点点头。哪知他说出一件事来，不但何宁目瞪口呆，景云云张开了嘴闭不上，就连甜瓜听了也恨不得把他爹从炕上给拎下来。

原来当年白树林也爱上了景云云，后来见何宁娶了她，心里不服气，就在他俩入洞房之际，他在外边反锁了门，又爬上房去点着了一串干辣椒，从烟筒吊下去，把何宁、景云云给整得狼狈不堪。白树林当初只想出出气，哪知导致了一场人家夫妻离散的悲剧。后来他一不做，二不休，利用当时当干部的方便，扣压了何宁的来信和寄回的钱，整天缠着逼景云云嫁给他。景云云等了两年不见音信，老待在娘家也不是事，就嫁给了白树林。

何宁本想抡起拳头狠揍白树林一顿，但看他已奄奄一息，就使劲忍住了两行热泪，站起来要走。可白树林拉着他不松手："大哥，我还有一句话。""说吧。"白树林抽搭了两下说："大哥，我是不行了，我要不是看出你俩谁也没忘了谁，这件事也……许带走了，现在……既说出来，我就想求求你……""什么？你说吧！""你和景云云还在一起过吧……"说完竟双目一闭，归天了。

景云云和甜瓜一阵摇晃和呼喊，都无济于事。何宁伸手一摸白树林的鼻子，真没气了。他站了起来，低声说了一句："明天我还有事，就不来帮忙了。"说着低着头走了。

不知不觉又过了三年，形势发生了变化，秃主任下台，老支书官复原职，村里的光景也慢慢地像回事了。

有一天，何宁正一个人坐在屋里闷头抽烟，突然门开了，有个人风风火火地闯进来，他抬头一看，原来是甜瓜。这小伙子如今已长得端端正正，膀大腰圆，小甜瓜长熟了。

何宁见甜瓜找上门来，一时不知他来干什么，只是呆呆地望着他。甜瓜挺痛快，开门见山地说："今儿个我来不为别的，就是请你给我当爸爸去。"

何宁听了把半截烟一扔："你说什么鬼话！"甜瓜微微一笑："鬼话？当初你们俩就是夫妻，后来让我爹拆散了，可这么多年你一直不结婚，说明你还想着她！"

何宁一蹦老高，压低嗓门说："你给我小声点儿。"甜瓜脖子一拧："我生就的大嗓门儿，你看青时，机灵得兔子都叼不走一棵草，我娘掰走七八个棒子你能不知道？明摆着你看见了不吱声。宁可自己挨斗挨揍，也先让她吃饱肚子。"

何宁声音颤抖着说："你给我住嘴！"甜瓜说："我偏不住嘴！后来我娘掉在河里，哪儿那么巧你赶上救了，说明你常在她身后盯梢。"

何宁气得一把抓住甜瓜的脖颈说："你再说，我打死你！""打死我也说，"甜瓜把脸凑了过去，"我请医生去，让坟地里的'鬼'给吓得钻了树棵子，结果钱没丢，还多了，这好心的'鬼'不是你，还有谁？还有那回你发高烧，娘让我来送开水，你说着胡话还叫我娘的名字呢……"

甜瓜这一番话说出来，何宁不但没下手打他，反而像醉了酒一样，一屁股坐在炕上，不吭声了。

甜瓜还不饶他，接着说道："其实我娘也想着你，自你回来，她常常一个人抹眼泪。还有，你这些日子不跟我们照面，还不是怕别人说闲话，给自己留条后路。你别等了，五十多岁了，头发都白了，还等什么，等着死了一块儿往地下埋啊！"

甜瓜一席话说得何宁哑口无言，他没想到这小伙子长了一双透视眼，把他肠子肚子每一个拐弯的地方都看得那么清楚。说实在的，他为什么一直过着单身？还不是心里有景云云。可这么大岁数了，怎么开口呀？如今甜瓜甫说捅破窗户纸了，连窗棂都给卸下来了，他还能说什么呀！

见何宁沉吟不语，甜瓜乐了："这么说你同意了，我给娘送个信去！"刚一转身又扭过头来，吐吐舌头叫了声："爸爸——"跟着，他连蹦带跳地走了。

何宁等甜瓜一走可绷不住劲儿了，他攥着拳头在屋里走了两个来回，咧着嘴"嘿嘿嘿"地傻笑开了。忽然他想起了什么，打开箱子取出一个手巾包，那里边是多年的一点儿积蓄。他把手巾包揣在怀里便出门朝镇上走去。

他一口气来到镇上，到理发店剃了头，染了发，又到服装店买了一身新制服，又进了一个酒馆，要了两个菜，半斤杜康，自斟自饮起来。活了五十多年，头一回这么吃喝，他觉得有说不出来的痛快。

等他喝得有几分醉了，才想起还有件大事没办，一抬腿又进了百货公司。被面、布料买了一大抱，他给景云云买了一双布鞋，还给甜瓜买了一件茄克，这才朝霸王庄走去。

走到半路上，他觉得有些疲倦，便放下东西，坐在一块大石头上休息。此刻酒劲儿上来了，心跳得格外厉害，他想起了自己和景云云的新婚之夜，想起回村后的一切，想起即将来到的好日子，他觉得自己周身的热血全沸腾了，从心底产生了像年轻时一样的一种欲望。他有些心驰神往了，忘了自己是五十多岁的人了，他真恨不得马上把景云云搂在怀里，好好亲亲她。他还觉着自己一点儿也不老，浑身都是劲儿。

想到这儿，他要站起来，马上回去，不，要跑着回霸王庄去！可他太累了，一直没得休息，该好好歇歇了，他就这样端坐在那块大石头上，一直到太阳下山也没有动地方。

来来往往的人谁也没注意这位"陌生"的老人，也没有人催他赶快回家。直到最后一道晚霞即将消失的时候，才有两个人来到何宁面前，他们就是景云云和甜瓜。他们和别人不一样，老远就认出了何宁。

甜瓜弯下腰拉了拉何宁的手，小声说："爸爸，该回去了。"接着，他惊叫一声。原来何宁又凉又硬，就像一尊石像一样，急得他直叫娘。

景云云把耳朵贴到何宁胸口上，那颗结结实实的心脏一跳也不跳了。她发疯似的一下扑在何宁的脚下，拼命地摇晃着他的双腿，带着哭腔说："宁子，宁子，咱们的好日子来了，你这是咋啦？"甜瓜紧紧地搂住何宁，一迭声地叫着爸爸。

　　不管娘儿俩怎么哭怎么喊，何宁也听不到了，更不能回答了。他只留下了躯壳，那饱受创伤的灵魂早已飞到九重天上去了，但他那深深的眼窝里却滚落下两颗晶莹的泪珠……

（崔　陟）
（题图：施其晨）

水火有情

一九八九年九月五日午后二时许，崖头村的村民们吃罢午饭，拿起农具，正要去田里作营生，突然从村西头传来凄厉的尖叫声："不得了啦！王根实家失火啦，快来救火呀！"人们闻听失火，立刻惊得扔下手中的农具，纷纷向村西头奔去。等赶到王根实家时，他那三间草房已是浓烟滚滚，烈火冲天。

正当人们慌乱地扑上去救火的时候，突然一声尖叫，从滚滚烈火中冲出一个年轻女人。只见她上身着一件背心，下穿一条短裤，蓬头赤脚，一副狼狈不堪的样子。

人们惊奇地睁大眼，突然又有人惊叫起来："那不是小寡妇宋巧珍吗？""宋巧珍已经死了三年啦，怎么会在光棍汉王根实家里呢？""哎呀，鬼、鬼！宋巧珍显灵了！"

这到底是怎么回事？要知个中隐情，故事要从头说起。

投河

宋巧珍是个温柔漂亮的姑娘。她长了一张瓜子脸，柳叶眉，翘鼻翼，小嘴巴，在她那洁白的下巴上有颗漂亮的美人痣，特别显眼可爱。巧珍姑娘的丈夫刘小强在部队服役，一九八五年在一次救火中英勇牺牲了。那时，宋巧珍才二十四岁，身边留下了一个不满两周岁的儿子。刘小强是为抢救人民财产牺牲的，被部队定为烈士，宋巧珍便成了烈士的遗孀。部队领导，当地政府，省报、县报和电视台的记者纷纷登门慰问、采访。宋巧珍立誓抚养烈士后代、继承烈士遗志的报道充斥报刊和电视新闻中。不久，宋巧珍又被任命为县"三·八"红旗手。这么一来，年纪轻轻的宋巧珍，便大门外吹喇叭——名声在外了。

一九八六年八月初三这天，老天爷倒了一夜的暴雨，到了清晨，才渐渐地收住了雨脚。崖头村大田、菜园，成了白汪汪一片，村里的男男女女扛着铁锨纷纷走出家门，男人们奔向大田，女人们奔向菜园。

崖头村的菜园位于村北小清河的崖头上。当女人们各自奔到自家的菜地正要放水的时候，突然从桥头传来呼救声："快来人呀，有人跳河啦！"女人们听到呼救声，纷纷扔下手里的铁锨向出事地点跑去。

呼救人是个名叫田英的姑娘。此时，她吓得脸色焦黄，见人们向地里奔来，着急地指着桥头说："可了不得啦，宋巧珍从这里跳河啦！"

人们顺着她手指的方向望去，果然看见宋巧珍在桥下湍急的洪流中浮上来又沉下去……

这帮女人们都是旱鸭子，直急得呼爹叫娘乱蹦乱跳，就是不敢下水救人，眼睁睁地望着宋巧珍被汹涌的波涛卷走了。

等到大田里的男人们闻讯赶来时，哪还有宋巧珍的踪影？

几个水性好的壮汉子，立即跳下水，顺着河沿向下游打捞，可是打捞了一个上午，还是活不见人，死不见尸，只得派人去报告村支部书记刘志高。

刘志高正在乡里开会，听到这个噩耗，惊得过了好一会儿才问前来报信的后生："可看准了是宋巧珍？"

"是田英最先看见的，随后好多在北园上放水的妇女都看见了，确实是宋巧珍！"

"是她跳下去的，还是不慎滑下去的？"

"听田英说是她跳下去的。"

听说是宋巧珍自己跳下去的，刘志高的脑袋立刻"嗡"的一声胀大了。他怎会不惊不急呢？宋巧珍是县里、省里挂号的知名人士，她自杀，叫他这个支部书记如何向上级交待呀？于是，他心急慌忙，随报信人匆匆赶回崖头村。

刘志高失魂落魄地赶到出事地点，见全村的男女老少都聚集在河崖头上发呆。有些老人和妇女还面对滔滔的黄水在抹眼泪。他找到田英姑娘问："是你最先看见宋巧珍跳河的？"

田英红着眼圈儿点了点头。

"你是怎么看见的？是她跳下去的，还是失足滑下去的？"

"今天早晨雨一住，俺一起床在北园放水。刚出村，就看见宋巧珍在俺前头奔跑。俺还以为她也是去放水的呢，谁知她却直奔桥头一下子跳了下去……"

刘志高听田英这么说，浑身像抽了筋似的一下子瘫倒在泥地上。

这时，第二批打捞的人们也都垂头丧气地回来了。他们顺流而下，一直打捞了五里远也未见宋巧珍的踪迹。小清河下游跟渤海湾相通，她的尸体肯定被洪水卷到海里去了。

刘志高瘫坐在河崖头上，瞪着一双泪眼死死盯着汹涌澎湃的浪涛，心里一遍又一遍的呼唤：“宋巧珍呀，宋巧珍，你到底为的何事要跳小清河呀？”

这时，只听“轰——”一声闷雷般的轰鸣，人们看到一个大浪卷着一棵茶罐粗的大树从上游气势汹汹地向桥头扑来，震得桥坝直摇晃。刹那间，窄窄的独孔桥洞被大树和杂草堵住了。浪涛像只被激怒了的巨兽“哗——”一声猛地蹿过桥面向下游的堤坝猛扑过去。

刘志高先是一惊，接着他像恍然大悟似的拖着哭腔说：“啊呀，我明白了，宋巧珍一定是看见桥洞被淤柴堵住了，为了排洪才跳下去的！”

“噢，原来她是为了掏桥洞才跳下去的！”人们一下子被刘支书的话提醒了，顿时一个个捶胸跺脚，妇女们更是放声大哭起来。

刘志高面对着滔滔洪水，哀声说道：“巧珍呀，我的好同志，你为保卫崖头村而死，你的死比泰山还重哇……”

烈士的遗孀，为了全村人的生命财产，壮烈牺牲，崖头村的男男女女，老老少少悲痛欲绝，在村书记的亲自主持下，全体村民在村委会门前的空地上，为宋巧珍同志举行了隆重的追悼大会。

参加追悼会的不光是崖头村的全体村民，还有乡党委书记，乡长，县五大班子的代表以及县报社、电台、电视台，连省报驻县的新闻记者都来了。

追悼大会由崖头村村长主持，党支部书记刘志高致悼词。他列举宋巧珍多年来为崖头村做出的丰功伟绩，直讲得声泪俱下，使得台下的群众也哀哀哭泣，一片唏嘘。这一感人的场面立即被记者们摄下来，并很快在报纸和电视台进行了宣传。

追悼会后，全体村民们在崖头村的一块显赫的空地上，为烈士砌了墓，墓内置放着宋巧珍生前用过的衣物，墓前的石碑上写着："为人民利益而壮烈牺牲的宋巧珍烈士之墓。"

寻尸

宋巧珍的追悼会，村里有一个人没能参加。此人名叫王根实，是个光棍汉，是全村名声很臭、曾被公安机关拘留过的流氓犯，也是宋巧珍家的长期固定帮工。

开追悼会这天，他畏畏缩缩来到村委会门前的空地上，正想往人群中挤，不料被刘志高看见了。刘志高几步走到他面前，低喝一声："王根实！谁叫你来的？"

王根实头也不敢抬地嗫嚅着："没、没人叫我，是、是我自己……"

刘志高铁板着脸，训道："你知道自己是什么身份吗？你来就不怕玷污了宋巧珍烈士！快走！快走！"

王根实无可奈何地离开了会场。他含着泪，走到空地边，回头望望挂了黑纱的宋巧珍像，泪水禁不住簌簌直下。他抹抹眼泪，朝前走去，不知不觉走到了小清河边。

他望着平静了的小清河，觉得活不见人，死不见尸，心里不甘。于是，他又下了小清河，顺流而下，细心地打捞起来，一直打捞到下游三里远，仍未见宋巧珍的尸体。他上岸回家，草草吃了几口饭，又出村去，继续向下游打捞。

谁知刚打捞不到一支烟的工夫，突然天空乌云翻滚，雷电交加，刹那间铜钱大小的雨点子劈头盖脑地向他身上砸了下来，王根实慌忙爬上岸去。

他上了岸，透过茫茫雨雾，看见离河边一里许的山坡上有一间看山小屋。他便拔脚向小屋奔去。

王根实来到小屋门前，便闻到一股浓重的怪异香味。他走进屋里，见一位六十多岁的老人正蹲在火塘边用砂锅在煮什么。那老人抬头见浑身湿漉漉的王根实闯进来，先是一怔，然后再仔细打量一下，脸上立刻露出惊喜的神色。他一边向王根实连连打着手势，一边嘴里一个劲儿地"啊巴啊巴"地喊叫着。

原来这看山老人是个哑巴。可是王根实不懂哑语，闹了老半天也没弄懂哑巴老人说的啥意思。

哑巴老人见王根实不懂他的手势，就一把把他拉到小屋的里间，指着炕上向他打手势。王根实还是不明白哑巴要让他干什么。哑巴急了，两步跨到炕前，一拉被单让王根实观看。

王根实疑疑惑惑地向炕上望了一眼。这一望不打紧，惊得他"啊!"一声，两只眼珠子几乎瞪出眼眶外。

你道他看见了什么? 原来炕上躺着一个女人。那女人不是别人，正是宋巧珍!

王根实见宋巧珍还活着，惊喜得一下子扑到炕上，双手抓住她的胳膊连声呼唤："巧珍，巧珍，你快醒醒，你快醒醒呀!"

宋巧珍微微动了一下，双目仍闭着，只是动了动嘴唇，发出极其微弱的声音呼唤着王根实的名字。

王根实使劲地摇晃着她的胳膊，对着她的耳根大声叫着："巧珍，巧珍，你快醒醒，俺是王根实，你快睁开眼看看，俺是王根实哇！"

宋巧珍依然闭着眼睛，喃喃地说："你？你是王根实？你不好好地在阳世上过日子，追俺到阴间里干什么？你，你快回阳间去，待百年之后俺在奈何桥上等你……"说罢大滴大滴的泪水从眼眶里滚了出来。

哑巴老人见女人说话了，高兴得竟像个孩子似的手舞足蹈起来。他把王根实拉到外间，用手指着山下的小清河，做一个跳水的姿势，又指着里间的炕上，哈腰弓背地在地上走了两个来回，然后又伸出三个指头，闭着眼睛装作睡觉的样子。

王根实这回弄明白了，原来宋巧珍是哑巴老人从小清河里救起，然后背到看山小屋里来的，她已经三天昏迷不醒了。哑巴表述完了他搭救宋巧珍的经过，又对着王根实挤巴眼睛，做了个鬼脸儿，然后哈哈地大笑着到外间去了。

显然哑巴把他俩看作是夫妻关系了。王根实不由得脸上一阵燥热。

这时，哑巴从外间把砂锅端进来，放在炕头跟前，揭开锅盖，用一把木勺把汤舀进碗里。王根实这才看清砂锅里煮的是一只野山鸡，鸡膛里还装着何首乌、玉竹、黄精、太子参和大枣。原来哑巴给宋巧珍煮的是高级滋补汤。

在哑巴的支派下，王根实把昏睡的宋巧珍扶起，让她依在自己的怀里，然后用小调羹把野鸡汤一口一口地喂进宋巧珍嘴里。待一碗野鸡汤喂下去，宋巧珍才慢慢地睁开了眼睛。

当她发觉自己躺在一个男人的怀里时，惊得一边挣扎，一边厉声喝问："你……你是什么人？你为何把俺弄到这里？"

王根实探过身子，把脸对着宋巧珍，说："俺是王根实呀！"

宋巧珍睁大双眼，但见他方脸膛，高鼻梁，一双浓眉大眼熠熠生辉……她终于认出王根实来，突然"哇"一声哭倒在他的怀里。

王根实告诉她，是看山的哑巴老人把她从小清河里救出来的。

宋巧珍听了，"呜呜"哭着对他说："根实，嫂子对不起你呀，你甭怨俺心狠，俺是被逼得实在没了法子才走这步绝路的……"

听宋巧珍说出这般话来，王根实打了个冷战，吃惊地问："怎么，你是有意跳河自杀？"

宋巧珍点了点头。

王根实着急地问："你，你为何要寻死？"

"俺……俺……"

当王根实听了宋巧珍说出寻死的原因，犹如头顶上响了个劈雷，立时惊得目瞪口呆！

帮工

宋巧珍自从丈夫牺牲后，虽说荣誉一个接一个，成为县的知名人士，但她毕竟年轻，如今丈夫撇下自己和一个刚满两周岁的儿子，这日子可想而知。

开初，宋巧珍一想起丈夫的牺牲就哭，几乎终日以泪洗面。过了一段时间后，她觉得这样整天哭也不能把丈夫哭活过来呀，于是悲哀的情绪渐渐淡了，但随之新的烦恼又产生了。她在人前不能露一丁点儿笑模样，也不能跟任何男人接触，否则就会遭来非议："瞧瞧，男人才死几天，就嬉皮笑脸的！""啊呀，那个小寡妇见了男人眼珠子像钩子！""哼，甭看她说得怪好听，就怕守不住……"听到这些风言风语，她又开始流泪了，甚至比男人死时流的泪还多。

这些流言蜚语很快就传到崖头村党支部书记刘志高的耳朵里。刘志高论起辈分来是宋巧珍未出五服的老叔公。他开始惊慌起来，为公为私，他都不能坐视不问。为公，宋巧珍是他好不容易树立起来的典型，是全村的骄傲，也是他在全县数百名村党支部书记队伍中最最扬眉吐气的精神支柱；为私，他是宋巧珍的叔公，侄媳妇若有个什么闪失，他也不好向老祖宗交代呀。他立马开始对她采取"防患于未然"了。

他先是找她谈话："巧珍呀，你是我好不容易树立起来的典型，你的身份与众不同，以后说话办事可要注意检点，俗话说'寡妇门前是非多'，别人的口水都能淹死人……"

宋巧珍听了这些话，真比脸上挨了一耳光还难受，她真想质问眼前这位一村之主兼刘家门里的老家长："俺到底干了什么丢人事啦？"但她没有把这句话说出来，而是咽到肚子里了。她知道，这种事是说不清道不明的。

一个年轻的寡妇，又带着一个不懂事的幼子，尽管上级发给她一定的抚恤金，村里也对她格外照顾，但生活上还是有诸多困难。刘志高为了不让别的男人以帮助她为名打她的主意，苦苦思谋了几天，才决定派王根实专门帮宋巧珍做一些营生，由村里发给他一点补贴。

刘志高决定由王根实去当宋巧珍的固定帮工，是考虑到：一来，这王根实是个曾经被拘留过的人，他胆小如鼠，平日里只知道埋头做营生，人前从不敢露面儿，自然不敢去触这位"烈士遗孀"的"高压电"；二来，宋巧珍也不会对这种人产生兴趣而使她不安分起来。

对今后漫长的日子怎么过，宋巧珍本来是处于极度矛盾之中的。她年纪轻轻，自然有渴望重新建立美好家庭的愿望，然而她又觉得那样做太对不起九泉之下的丈夫。再说目前她的身份、处世环境也不允许她再有别的念头。

她自叹命运多舛，打算守着烈士的遗孤就这样走到人生的尽头。谁知命运之神偏偏又把她再一次推上人生的岔路口，逼着她偏离原来的生活轨迹。

那是六月间一个闷热的上午，王根实帮她锄责任田。这块地种的是玉米，由于王根实的精心侍弄，玉米长得格外繁茂，都快没人头高了。晌午时分，太阳像火球似的高悬在头顶，烤得玉米地简直像个蒸笼。宋巧珍瞥了一眼在她前头十几步远躬腰锄地的王根实，见他挥汗如雨，衣服都让汗水湿透了，心里不禁感激起这位帮工来。当锄到一堆坟头的柳树底下，她便招呼王根实到树荫下歇歇，喝口茶水。

王根实回头瞅了瞅已锄完大半截的玉米地，瓮声瓮气地说：“要歇你歇吧，俺再锄一会儿就完了。”

宋巧珍走去，一把把他的锄头夺了下来，插到地上，说：“叫你歇你就歇么，上午锄不完还有下午呢。”

王根实只好停下来，抹抹汗，走到柳树底下，接过宋巧珍递过来的一碗茶一口气喝了，然后抹抹嘴巴躲到离她十几步远的另一个坟头上坐下，抽起烟来。

宋巧珍把钻进玉米棵里捉蝈蝈的儿子叫到跟前给他喂奶。农村的孩子掐奶晚，宋巧珍就这么一个宝贝儿子，自然舍不得早掐奶。她依着柳树坐在坟头上，把儿子揽到怀里，解开花格子衬衫，把一只丰满雪白的奶子露出来奶孩子。

谁知孩子刚刚吃了几口，坐在十几步远的王根实突然一下子从地上蹿了起来，直向宋巧珍母子俩扑了过来……

眷恋

宋巧珍见王根实向她母子扑来，以为他恶性不改，趁着地里无人之际，想对她图谋不轨。她惊叫一声，慌忙搂紧孩子就要从坟头上站起来。哪知王根实动作神速，已扑到她的身边。此时孩子"哇"的一声惨叫，大哭起来。宋巧珍一手搂紧孩子，腾出另一只手狠狠地扇了王根实一记耳光，但她手还没缩回来却一下子呆住了。

你道这是咋啦？原来王根实手里紧紧地攥着一条吐着毒芯子的当地人称"七寸子"的毒蛇。

王根实顾不得脸上挨了耳光的疼痛，挥手把毒蛇摔死，并立刻伏身对着孩子的小腿肚，用嘴贴着上面被毒蛇咬破的伤口，大口大口地吮吸毒汁。吸了一阵，又连忙抱起孩子，向十里之外的卫生院飞奔而去。

但孩子毕竟太小，经不起毒汁的浸染，等跑到乡卫生院，已停止了呼吸。

宋巧珍死了丈夫，如今又失去了孩子，她的精神已经受不住这双重的打击，她病倒了。

这样一来，王根实不但要全部承担责任田的营生，而且还要为她烧火做饭。

宋巧珍躺在床上，望着身边这个五尺高的男子汉为她端吃端喝，心里很是过意不去。尤其想到玉米地里她打他的那一记耳光，心里更感到太对不起他了。平心而论，王根实要不是犯有前科，他该是百里挑一的好小伙呀。

一天晚上，王根实端来饭菜，放在她床头上的小方桌上，正要转身离开时，宋巧珍把他叫住了。

王根实惴惴不安地立住脚，不知女主人还要他干什么？

　　宋巧珍抬手指了指床前的一只小方凳，让他坐下，叹了口气，说："大兄弟，你这样没日没夜地伺候俺，俺心里真过意不去呀！那天嫂子误打了你，俺向你赔礼道歉，孩子虽没保住，可你救孩子的侠义心肠俺永远不忘……"

　　王根实吁了一口气，摇了摇头，说："嫂子，您是个好人，俺心里有数，过去的事就甭提了。"

　　宋巧珍心里一热，不由得像个亲人似的交代道："大兄弟，你以前虽然做出了荒唐事，那肯定是一念之差，以后可要接受教训，好好做人，将来俺打听着给你说个媳妇……"

　　王根实从小没了父母，身边又无兄弟姐妹，孤身一人苦度光阴。特别是他被拘留之后，村里都不把他当人看。姑娘家见了他，像见了瘟神一样老远就躲开了；老娘们儿见了他，则"呸呸"地向地上吐唾沫。如今宋巧珍如此推心置腹地交代他，感动得他这个五尺高的男子汉竟像个受委屈的孩子，双手抱头，呜呜地哭了起来。

　　宋巧珍见他哭得如此伤心，也不禁陪他流了许多眼泪。打这以后，两人的感情发生了微妙的变化，两人的心靠得越来越近了。宋巧珍常常帮王根实缝补拆洗，有什么好吃的也给他留着。王根实则更勤快了，里里外外的营生全部包了下来，两个人愈来愈感到谁也离不开谁了。

　　随着两人感情的步步加深，宋巧珍一天天陷入矛盾的旋涡之中。一方面她觉得自己应该跟王根实组成一个新的美满的家庭，另一方面她又觉得这样做对不起九泉之下的丈夫刘小强。同时，眼前她的身份、处境也不允许她再去嫁人，尤其是嫁给至今头上还顶着"流氓犯"恶名的王根实。

经过一番苦苦的思索，她决定采用"问卦"的形式，先到丈夫的亡灵前问问丈夫。

这天，宋巧珍偷偷收拾了一番，告诉王根实她要走一趟亲戚，需三天才能回来，让他夜里代她照看一下家院，然后偷偷地搭上去河南郑州的火车，到埋葬刘小强的那座烈士陵园里去了。

宋巧珍来到烈士陵园刘小强的坟前，摆上祭品，点燃香烛火纸，一头扑在坟头上撕心裂肺地痛哭起来。她哭丈夫，哭儿子，直哭得肝肠寸断！一直哭到傍晚，她才止了哭声，从怀中掏出一枚五分硬币，面对着丈夫的亡灵，双膝跪地，说："小强，俺今天来是特意想问问你，你撇下俺走了，小宝儿也走了，光剩下俺一个人了，俺的日子实在难过呀！俺想再朝前走一步，又怕你九泉之下怪罪俺，俺到底该怎么办? 你就表个态吧。你若同意俺朝前走一步，就让俺手中的硬币正面朝上，若不同意，就让硬币背面朝上。小强呀，俺今天千里迢迢赶来，就听你一句了！"说罢，就将手中的硬币向空中抛去，那枚硬币在空中连打了几个翻滚，"当"的一声落在地上，竟是正面朝上！

宋巧珍见了又是喜又是悲，一下子又扑到丈夫的坟头上，大哭着说："小强呀，我的好人，你在九泉之下还这么关心俺，俺保证年年清明节来给你上坟扫墓。"

宋巧珍回来之后，并未将她去丈夫坟前"问卦"的事告诉王根实。她想先向崖头村的带头人、自己的老叔公刘志高敞开自己的心扉。

自从丈夫牺牲后，她身边再无一个亲人了。凭心而论，刘支书对自己确实像慈父般的关心着。她觉得只要刘志高同意，她就可重新组建新家庭。

当天晚上，她来到了刘志高的家。

刘志高正坐在一张老式太师椅上抽烟，见宋巧珍来了，指了指身旁的一只小凳子让她坐下，说："我这几天忒忙了，没顾得上看你，生活上有什么困难尽管跟你老叔说。"

宋巧珍愣了片刻，嗫嗫嚅嚅地说："三叔，俺去烈士陵园小强的坟上看了一回，刚从郑州回来……"

"哦？你去郑州啦？咋不跟俺说一声？应该派一个人陪着你去么，恁远的路程没人跟着，路上出了问题咋办？唉，巧珍呀，难为你对小强的一片深情，老叔我敬的就是你这难得的人品！""三叔……""嗯？有什么话你说么，生活上有什么困难你提出来！"

"嗯……俺觉得老是让村里照顾也不是个长法，小宝又没了，今后俺上了年纪……"

"噢，你是说今后的养老问题？这个问题你提得好么，谁没有个到老的时候，你当老叔我心里没装着这个事呀？俺早替你安排好了，等秋天咱村就成立养老院，你这份责任田也甭种了，干脆进养老院算了！"

"三叔，俺今年才二十七岁呀？"

"你是说你年龄不够进养老院的条件？这还不好办么？给你挂个养老院院长的职务行不？进去你就甭出来了，你是烈士的遗孀，公家就应该养着你么……"

宋巧珍一听着急了，恼怒地说："俺年纪轻轻，有胳膊有腿儿，什么不能干，莫非就进那种地方等死？"

"你看你急什么？老叔跟你商量么，不进养老院也行，你想干什么工作也好么！咱村的现任妇联主任年纪大了，工作也不行，这两年把妇女工作搞得乱糟糟的，什么离婚的、跟人相好的都出现了，把崖头村人的脸面都丢尽了，俺最恶心这些没脸没皮的事，等下年换届，干脆这妇联主任让你来当，狠狠地管管这些辱门败户的臭女人……"

宋巧珍觉得无法说话了，她含着眼泪，踉踉跄跄地跑回家里，一头倒在床上哭泣起来。她这才彻底明白过来，在崖头村，她若想再嫁人比登天还难！

她想既然不能跟自己的情人相爱，倒不如分开好，那样也许心里会清静一些。经过激烈的思想斗争，她终于横下心来，决定把王根实辞退了。

一天晚上，王根实从田里做完营生回到宋巧珍的家里，照例将院子扫完，把水缸的水打满，正要回家，却被宋巧珍叫到了堂屋里。

"根实，眼下一人一份责任田，你光整天给俺帮工，倒把你自己的营生耽误了，俺这点营生一个人干也忙得过来，从明天开始，你就甭来帮工了……"宋巧珍咬着牙竭力不让泪水涌出来。

"嗯？嫂子，俺给您帮工又不是白帮工，村里给俺补贴的，再说这是刘支书安排俺照顾您的，俺哪能随便不来呢？"王根实傻呆呆地立在地上，不明白女主人为啥突然要辞掉他。

"不要多说了，从今往后你就甭来了！"宋巧珍一扭头冲进了里间的卧室里。

王根实一下子愣住了，不知道自己哪点儿得罪了这位女主人。他见宋巧珍不耐烦地走进里间卧室，只好惴惴不安地回家了。

一连三天，王根实真的未敢进宋家门。

到第四天晚上，王根实又慌慌张张地闯进宋巧珍的家，对她说："嫂子，俺刚才挨了刘支书一顿好训，他硬说俺是不给您好好干活，跟您捣蛋才被您撵出来的，他让俺来跟您赔礼道歉……嫂子呀，俺求您啦，您若再撵俺，刘支书说要开村民会斗俺……"王根实说着，扑簌簌地流下了眼泪。

宋巧珍一下子呆住了，她万万没有想到辞退王根实竟给他带来了一场灾难。

　　"嫂子，俺若真的得罪了您，您打俺骂俺都行，求您还是收下俺吧，要不，刘支书又得整俺……"

　　看着王根实那种忏悔认罪的样子，宋巧珍的心碎了！她原是因为爱他才辞退他的呀！自从王根实离开她，她天天以泪洗面，她无时无刻不想他、盼他、思念他、巴望他再走进家门，然而她又管束着自己，咬着牙硬撑着……此刻，面对着向自己忏悔的情人，她感情的闸门再也关不住了，只觉得一阵晕眩，竟一下子扑到王根实的怀里失声痛哭起来……

　　不久，宋巧珍发觉自己怀孕了。但她不敢将这事告诉胆小怕事的王根实，怕吓着他。她想偷偷地设法把孩子打掉，但什么法子都用过了，她甚至从一丈多高的崖头往下跳，但也没把孩子弄下来。上医院打胎显然不行，她是个寡妇，又是县里的知名人士，报上登过她的照片，更何况现在医院里打胎还需本单位开证明信。她这才感到闯下大祸了。

　　至此宋巧珍惶惶不可终日。她心里明白，事情一旦败露出去，她不光脸面丢尽，更重要的是她将把自己的心上人王根实给害了。刘志高，还有村里的一些人肯定不会轻饶了他，说不定会把他投进班房。每想到此，她的心里像插进了刀子。

　　又挨了两个月，看看身子有些掩盖不住了，大祸临头，她被迫走上了绝路。当前天夜里天降暴雨，村后的小清河发起大水，她哭了整整一夜，待天明时，她便急匆匆地奔到河边，纵身跳入滔滔的洪流中。

　　宋巧珍原打算湍急的浪涛会把她的尸首冲到渤海里，死个干干净净，不留下任何痕迹。哪曾想，当洪水把她冲到下游三里远的山跟时，却被看山的哑巴老人发现给搭救了上来。

蛰居

王根实得知宋巧珍是为了不连累自己才走上绝路的，感动得一下子抱住她呜呜地哭了起来。他一边哭一边说："嫂子，这都是俺害了你呀，明天俺向公安局投案去，就说是俺强迫你的，俺情愿坐牢也要洗清你的清白……"

宋巧珍恼怒地打断他的话，说："你这是说的什么话？那天晚上的事是俺主动的么，俺情愿死也不能把责任推到你身上！"

"要不咱俩偷偷地远走高飞，恁大的世界难道就没有咱的立足之地？"

"唉，这个法子俺早就想过了，也行不通呀，俺名声太大，照片也上过报，再说咱俩突然失踪，这不是明明白白地告诉村里人，咱俩有私情吗？那样一来，刘志高会立刻组织一班人马到处搜寻，你往哪里躲？"

"嗯，这个你就不用顾虑了，村里已经给你开过追悼会啦，记者也来采访了，这回全世界都知道你死了，他们还能再到处找你吗？"

"什么？村里给俺开追悼会啦？他们已经知道俺死啦？俺这回可是自绝于人民呢，怎么还给俺开追悼会呢？"

"你投水让去北园放水的田英看见了，后来刘志高和村里人都认为你是为了排洪抢险而英勇献身的……"

宋巧珍一下子呆住了，愣了一刻说："这样一来，俺就更不能在世界上露面了。你想想，如今，俺的追悼会都开过了，记者也来采访了，少不了俺的照片再次上报纸，弄得满天沸扬，万一事情败露了，俺岂不受天下人的耻笑？"

"嗯……要不你先找个地方躲起来，等把孩子生下来，你再回村，就说你是因抢险而下水的，后又被人救了上来。"

"你想得太简单了。这孩子说生就生呀？还得好几个月呢！到那时再回去，你怎么向村里交代？还不得被人怀疑？再说咱俩的事怎么办？俺情愿死也不愿过那种偷偷摸摸提心吊胆的日子了……"

王根实再也想不出办法了，急得直搓双手。

宋巧珍说："为今之计，要想让俺依然活在世上，就只有让俺偷偷地藏在一个永远不被世人所知的秘密地方，比如山洞或地穴，那样咱俩还能暗地里做夫妻……"

"嗯？钻山洞？进地穴？"王根实愣了一刻，突然一拍巴掌，说，"你这一说倒提醒了俺，俺家里就有个秘密的地洞，还是当年俺娘躲日本鬼子挖的。"

宋巧珍听了，惊喜地说："真的？你家要真有那么个地洞，那太好了，既能做夫妻，又不为世人所知！"

于是，二人计议一番，当天夜里就告别了哑巴老人，趁着夜深人静天又落雨的大好时机，宋巧珍由王根实背着偷偷地潜回崖头村。

从此，宋巧珍就在王根实家里的地洞里生存下来。白天她躲进地洞为王根实缝缝补补，夜里插上大门再钻出来，日子倒也过得痛快。

四个月之后，宋巧珍在地洞里给王根实生下一个胖小子。王根实把孩子偷偷地抱到已经出嫁的姐姐家里，谎称是他在路上捡到的，让他姐姐替他代养几年，以后到老了也好有个挑幡摔老盆的。

姐姐深知这位娘家兄弟注定一辈子要打光棍，对兄弟此举非常赞赏，爽快地答应下来，并瞧着褟褓里的婴儿高兴地对他说："他舅，这可真是老天爷赐给你个儿子呀，你瞧这孩子的眉眼、鼻头多像你哟！"

王根实心里说："我的姐姐……您可真好眼力，他本来就是俺的骨肉呀！"

宋巧珍在王根实家的地洞里一住就是三年，连鬼神也不知晓。

谁知到了一九八九年九月五日这天晌午，王根实做好午饭，好歹吃了几口，就忙着到地里打猪草，临走时没有拾掇好灶房里的柴草，不小心引起了一场火灾。着火时，宋巧珍正坐在地洞的床铺上就着煤油灯给王根实补衣裳，猛然觉得地洞里的温度一下子升高了，而且发现从出气孔里灌进来一股一股的浓烟，耳朵里隐隐约约还听到"哗哗剥剥"的怪异的响声。她立刻断定这是房子失火了。她连忙钻出洞口一看，果然房子着了起来……

真没想到，一场意外的火灾竟将宋巧珍从隐居了三年的地洞里拯救了出来。

再生

崖头村的村民们得知宋巧珍和王根实这一段隐情之后，褒贬不一，但大多数人还是同情这一对青年人的遭遇的。幸好刘志高已在去年换届改选时下台了，现任党支部书记是个具有现代意识的青年小伙子，当场表态支持宋巧珍和王根实的婚事，并立刻开了证明信让他们去政府补办结婚手续。

宋巧珍跟着王根实首先来到村头她的"坟墓"前，举镐把石碑砸了，又平了"坟墓"。就在宋巧珍和王根实去乡政府办理手续时，县公安局来人带来了一个好消息。原来，说当年王根实犯有流氓罪是件代人受过的冤案。那天晚上，王根实在乡里看完电影回家，途经村镇口的小石桥时，听到桥下有女子呼救声，他奔到桥下见一歹徒正欲对女子施暴，便上前和歹徒展开搏斗，正巧遇到了值夜巡逻的乡联防民警。哪知这歹徒竟是副乡长的儿子，他恶人先告状指控王根实拦路强奸妇女。王根实急急分辩，哪知那女子由于害怕，早逃得没了影儿。

民警相信了副乡长儿子的话，又见王根实手中拿着刮刀，便二话没说，给他铐上手铐，送到公安局拘留了三个月，后来因证据不足释放了。可崖头村支书刘志高却不问青红皂白，把他当成真的流氓犯看管。王根实本来就是个老实憨厚、说话有点儿木讷的小伙子，回到村里见刘志高对他如此态度，觉得有口难辩，后来便索性不辩不说了。于是一个见义勇为与歹徒搏斗的人，却成了迎风臭三里的"流氓犯"了。

最近，那个副乡长的儿子又因拦路强奸妇女而被捕，审讯时他交代了那次嫁祸王根实的真相，王根实的冤情终于大白于天下了。

宋巧珍和王根实领了结婚证书回家，宋巧珍问王根实："哎，你受这么大的冤枉，咋不对俺说呀？""说，俺对刘志高说了好几次，可每说一次，他就说俺不服改造，就整俺一次，最后俺就不说了。俺相信好人坏人总有一天会分清的。你看，现在不是分清了。"说到这，这个一向老实憨厚的小伙子又诡谲一笑说，"俺不说，你还爱俺这'流氓犯'，你真了不起，嗨，嗨！你真好！"说着，竟伸头来亲宋巧珍。

宋巧珍用手一挡，说声"你坏"，笑着，拔腿朝前奔去。

两人来到家门口，早有一个后生挑了一挂千头鞭"噼噼叭叭"地燃放起来。

此时，那间被烧毁了的屋子已被众人修缮好了，四面墙壁又用白灰粉刷一新。婶子大娘们各自从家里把准备给儿子结婚用的新被褥新床单绣花枕头什么的抱了过来，帮助拾掇新床铺。姑娘媳妇们还用大红纸剪了《喜鹊闹梅》、《鸳鸯戏水》、《花好月圆》等剪纸贴在窗户上，直把个洞房布置得亮亮堂堂满壁生辉。两人进屋一瞧，都傻眼儿啦。

恰在这时，突然有位中年妇女怀里抱着一个白胖小子闯进院门，高声喝道："俺抱来个'滚床'的！"

王根实抬脸一瞧，见是姐姐抱着自己的儿子前来贺喜了，高兴得一蹦蹿到院子里，惊喜地说："姐姐，你咋知道的？"

中年妇女满面红光地说："俺有耳报神呗！"

宋巧珍瞧着这位陌生的中年妇女和怀里抱着的三岁光景的小胖子，竟一下子愣住了。

中年妇女走到宋巧珍面前，把胖小子往她怀里一推，哈哈笑着说："他妗子，还不快接你这宝贝儿子，还想把你姐累死呀！"

宋巧珍这才明白这位中年妇女原来就是自己的大姑姐，怀里的胖小子是自己的儿子，一时悲喜交加，张了张口，想说什么，但没说出来，一把抱住儿子，眼泪扑簌簌地流了下来。在场的一些婆娘们看着这母子俩重逢的场面，也不由感动得擦眼抹泪起来。倒是几个愣头后生跳着脚咋呼开了："快来看哟，新娘子撒金豆子啦！"又把众人说笑了。

村里的老私塾先生抱着一叠红纸巍巍颠颠地来到洞房门口，咧着那瘪嘴巴说："俺来晚啦，来晚啦！"说着将一幅喜联展开，摇头晃脑地念道：

美景良辰喜见天时初转泰，

花好月圆幸遇人间又逢春。

(刘开允)

(题图：李 加)

朋友妻不可欺

欲行不轨

有一对年轻的夫妇，老公叫张强，媳妇叫赵燕，在深圳驻汕头一家分公司打工，工资不低，理应是幸福的一对，可这一年来，本来开朗的赵燕，却总是闷在家里，愁眉苦脸，很少和人交往。

隔壁的邻居是刚搬来的，也是一家两口子，媳妇王妹子是个热心人，她经常和赵燕打招呼，赵燕心情不好，时常爱理不理的。王妹子知道赵燕是老乡，并不计较，几次不理，仍然笑嘻嘻地向赵燕问好，特别是晚餐的时候，时常会弄一点好吃的家乡菜，送过来给赵燕吃。王妹子的家乡菜做得不错，赵燕吃了一回后，就喜欢上了。王妹子不但会弄菜，而且能说会道，尽说些让赵燕高兴的事，慢慢的，赵燕接纳了王妹子这个新邻居，脸上有了笑容，渐渐也开朗起来，不但和王妹子交上了朋友，也开始和外面的老乡来往了。

这可让老公张强高兴坏了：一年前，赵燕在深圳总公司上班时发生了一件难以启齿的事，后来就没高兴过，他一直想让赵燕高兴起来，但没做到，看来赵燕遇上王妹子真是幸事，而且王妹子的老公李冬生和张强一样也爱喝两杯，两人马上称兄道弟，很快就成了好兄弟。此后，两家来往密切，亲如一家，你有好吃的叫我，我想喝两杯就请你。

可是，好景不长，还没高兴两个月，赵燕又沉默寡言起来了，张强以为赵燕又想起了在深圳那件伤心的事，所以也没太在意。

这天晚上，张强本来想在家里陪陪赵燕的，却临时接到朋友电话，说要请他过去喝两杯，张强是个重情义的人，就答应了。

喝酒这样的事自然忘不了李冬生，于是张强就喊上了他，三个男人来到了附近的湘菜馆，见面一聊，酒杯一端，张强的朋友也成了李冬生的朋友，不一会儿三个男人就热闹起来。男人在酒桌上热闹，不就是拿酒出气? 就这样你一杯，我一杯，李冬生不胜酒力，先喝高了。

张强有一点不喜欢李冬生，这家伙酒一喝多，就喜欢谈女人。有朋友在，为了活跃气氛，你说说女人也就算了，可李冬生说出来的话让张强听了不受用。他是这么说的："张强，你家赵燕就是漂亮，那皮肤比我家王妹子的细嫩多了。"而且，他说话时的那神态，就好像是亲手触摸过赵燕的皮肤似的，张强一听就来了气：你摸过我家赵燕的身子? 莫非你李冬生和赵燕有不正当的关系?

想到这里，张强一时脸色煞白，心里很不是滋味，一旁的朋友看到了张强脸色的变化，就安慰了一句："哎，李冬生喝醉了，别把他说的当真。"

张强没醉，能控制自己，他对朋友说："他胡说八道，我才不当真呢。今天晚了，就这样吧，你自己回去，我送李冬生回去，我们改天再聚。"

张强把李冬生送回家后，没走几步就到了自家门口，正要敲门时，突然心生一计，他要试探试探媳妇和李冬生之间到底是怎么回事。

张强对着自家的门，"咚咚咚"连敲了三下。屋里的赵燕听到了敲门声，她知道丈夫张强身上有钥匙的，不可能敲门，一定是别人，就问："谁？"

张强装作李冬生的声音，拿腔捏调地说："我，李冬生，张强和朋友打牌去了，我想你了。"

听到李冬生的声音，赵燕在屋里就来了气："李冬生，你欺负我，我还没声张呢，你还要得寸进尺，我就到法院告你！"

张强听到这些，喘着粗气，气得差点把门一脚踹开，他怕别家邻居听到，这才掏出身上的钥匙，把门打开。门一开，赵燕见是张强，傻眼了，知道说漏了嘴，再也说不出话来。赵燕以为张强会打她两耳光，或者会破口大骂，可是张强很冷静，不但没打，也没骂她，而是叫赵燕坐下来，说："你和李冬生到底是怎么回事？说！"

赵燕原本不想说这事，现在没办法，只好如实说来：那天，李冬生在家里喝醉了，王妹子那会儿正在外面，没法赶回来照顾，就给赵燕打电话，叫她过去照看一下。赵燕进屋照顾李冬生时，哪想到他醉糊涂了，竟然把门关起来，要强奸她。李冬生动手的时候，赵燕想过要大叫，让其他邻居来解围，但这时她想起了一件往事：一年前，那时她还在深圳总公司上班。有一天，赵燕一个人在办公室加班，被同事唐爱伟盯上了，并在办公室里欲行不轨，只因赵燕强烈反抗，唐爱伟才没得逞，但当时的一切被办公室内的监控录像录下了，绯闻很快在公司流传。为了维护自己的尊严，赵燕告了唐爱伟。后来尽管唐爱伟的媳妇挺着大肚子，跪在赵燕面前求情，请求赵燕为她快要出生的孩子着想，别告唐爱伟了，但赵燕当时愤怒的心情怎么也控制不了，最终还是上法院告了，结果因有录像为证，事实清楚，加上在办公室内强奸同事，影响极坏，唐爱伟以"强奸未遂"罪被判了三年……

赵燕想到这些，所以才会在李冬生动手的时候没有声张，正因为没叫，李冬生以为她只是羞涩，于是更加疯狂，但赵燕还是竭力反抗，李冬生最终也没得逞。

张强听到这里，这才明白了，原来这几天赵燕又不高兴起来，就是因为李冬生这个王八蛋干了这么件缺德事！此时的张强，哪里相信仅是强奸未遂？他气得咬牙切齿，怒气冲冲地跑到厨房，拿出了一把寒光闪闪的菜刀……

寻找点子

张强拿着刀就往门口冲，看样子是要去砍李冬生。砍人是犯法的，这种傻事可不能干，情急之下，赵燕跪下来，拖住张强，一边哭一边说："你不能这样去，砍死了他你得偿命，砍伤了你得坐牢！我们想想别的办法吧。"张强一听，渐渐冷静下来：是啊，他李冬生违法了，为什么我还要跟着违法？为何我不用别的办法来收拾他？想到这里，"哐当"一声，张强手上的刀掉在地上……

张强冷静后，赵燕说了两种办法：一是让李冬生当面向她赔礼道歉，二是像告唐爱伟一样，把李冬生也告到法院，让法律来制裁他。张强听了马上说:"赔礼道歉? 干出这样的事,光是赔礼道歉,这也太便宜他了!"张强也要李冬生像唐爱伟一样,坐上三年的牢! 就这样,这个晚上,两个人坐在床上没睡,讨论着怎么告李冬生。

告状的程序,赵燕很清楚,她有当年状告唐爱伟的经验,但到底能不能告赢,赵燕没有把握,因为李冬生强奸她的事已经发生几天了,当时没想要告他,人证、物证什么也没留,不像告唐爱伟那样有录像,就这样告他恐怕不成,你说他强奸你,他说没有,弄得不好,反而被别人倒打一耙,说你诬告。

夫妻俩讨论了一个晚上,也没想出个办法来,但有一点是肯定的,张强认为,朋友妻不可欺,现在他李冬生做出了这种禽兽不如的事,一定要他付出代价!

没找到告倒李冬生的好办法,张强不死心,他想到了律师,律师一定会有办法的。现在打工仔遇上什么官司,喜欢找私人律师事务所,他们服务周到。于是,张强就去找了一家私人律师事务所,一位姓纪的律师接待了他,张强把情况一说,纪律师就想推脱,不想接手这宗官司,他说这事没有证据,很难打赢,但张强缠着纪律师,苦苦恳求:"纪律师,你们可是为打工仔服务的,你们要是不帮我,我到哪里去找律师? "在张强再三的央求下,纪律师给张强出了个"点子"……

一听这个点子,张强眼前一亮,好像是"柳暗花明又一村",不觉暗自感叹:律师就是律师,就是点子多。回到家里,张强把律师的点子跟赵燕说了,赵燕一听,也觉得不错,两人就商量具体办法。

吃过晚饭,赵燕把王妹子拉出去玩,王妹子一出去,张强就跑到李冬生家里,啥也不吭,抓住李冬生就是几拳。李冬生被张强突如其来的几拳打懵了,一时不知道是怎么回事,傻傻地看着张强,张强打了之后就骂："李冬生，你还是人吗? 朋友之间，你竟然做出了这样的事?"

这时，李冬生还是一头雾水，于是，张强就咬牙切齿地说了李冬生强奸赵燕的事，李冬生一听，顿时像霜打的茄子一样，蔫了，口气也软了下来："张大哥，你不要急，听我慢慢说。"李冬生解释说，那天他喝多了，赵燕来的时候，他酒性发作，稀里糊涂做出了那种事，他不是有意的，而且也没有酿成实质性的后果，请张强看在朋友的份上，原谅他。

这样的事哪能原谅? 张强的拳头还要往李冬生头上砸，李冬生知道自己理亏，就苦苦哀求："张大哥，我对不起你，但你也不能用这样的办法来对我，我们可是好朋友啊!"张强身材魁梧，李冬生不是他的对手，所以怕他。

见火候到了，张强收起了拳头，对李冬生说，既然是好朋友，他也不追究了，但要李冬生写个保证书，保证以后不再和赵燕发生那种事。

看张强情绪缓和了，李冬生一时没过多琢磨，马上答应写保证书，并让张强先回家，自己写好后就给他。看李冬生答应了，张强自然很高兴。

这就是纪律师出的点子，纪律师说了，只要有了李冬生的保证书，保证官司会赢。

张强一走，李冬生却犯难了：他虽然平时能说会道，脸蛋白皙得像个书生，其实他初中也没毕业，要他写个像模像样的保证书，还真是件难事。灯光下，他咬着笔头，挠着头皮，艰难地写了三个字"保证书"，下面的就不知从何下笔了。

李冬生虽然没文化，但他在厂里做过几年小主管，有点见识，他知道一个人的能力有限，遇事要靠朋友帮忙，于是他马上找到一个朋友的电话，拨过去请他帮忙。朋友接通电话就问李冬生什么事，可是，等到要说事的时候李冬生傻眼了：强奸张强媳妇的事，怎么能告诉朋友? 朋友一旦知道他李冬生做下的这种龌龊事，谁还和他做朋友？想到这里，李冬生只好装模作样地聊了几句，敷衍了朋友。

　　不能找生活中的朋友，那就找虚拟的朋友——不见面的网友。李冬生做小主管时间很长了，家里早就有了电脑，于是他打开电脑，联系了一位网友。网上的朋友，虽然虚拟，但你需要帮忙的话，在力所能及的范围内，他们都很热心。李冬生把他的情况一说，那位网友很快就为李冬生起草了一份保证书，李冬生一看，觉得不错，就把它复制并打印了下来。

　　李冬生刚把保证书打印好，准备签名时，那位网友却突然在QQ上说，那保证书不能给朋友，如果朋友是别有用心的，他就会把这保证书当证据，说不定会告李冬生强奸什么的。听网友这么一说，李冬生顿时吓出一身冷汗：这个张强，怎么会干这样的事？这还是朋友吗？唉，看来这保证书还真不能写！

　　可是，不写保证书，张强肯定是不会答应的，得想个办法，让张强不要追究这件事才行。

　　李冬生苦思冥想，怎么也想不出一个好办法，就在这时，王妹子回来了，李冬生想，王妹子能说会道，而且对张强也特别好，叫起"张大哥"来比叫亲哥哥还亲，有好吃的、好喝的，总是忘不了她那个"张大哥"。如果让王妹子出面，请张强看在邻居和朋友的份上，别计较了，也许能成；而且那天的事，都怪王妹子，明知道他李冬生喝多了，还叫赵燕来照顾他，结果出了那种事，现在让王妹子去说服张强，也是应该的。

　　主意一定，李冬生便把那天酒醉后想强奸赵燕的事说了，并让王妹子做张强的工作。王妹子听了，倒是并没责怪李冬生，反而一个劲地自责，说那天不应该叫赵燕来照顾他。这时，李冬生瞪了王妹子一眼，说：

"你别磨蹭了，快去找张强吧。"

王妹子想了想，说："这种事，你让我去做工作，我有十张嘴也没用啊，哪个男人能容忍这样的事？"

李冬生叹了口气，忧心忡忡地说："他张强要我写保证书，说不定拿了保证书就要告我，你就眼睁睁地看着我吃官司？"

王妹子说："最好的办法，就是设个圈套让张强钻，然后让张强没办法追究。"李冬生一听，觉得王妹子的话有理，急切地问是什么圈套，王妹子没有明说，只是说："这事因我而起，办法我来想，你只管听我的安排。"

给你洗脑

在王妹子的安排下，第二天晚上，李冬生给张强打电话："张大哥，你出来吧，我在外面的马路上等你。"

接了李冬生的电话，张强估计李冬生要给保证书了，就很快出来了，可是，到了出租屋外面的马路上，看了半天，连个人影也不见，张强心想：是不是这小子在耍什么花招？他拨通了李冬生的电话："我到马路了，怎么没看到你？"

手机中传来了李冬生的声音："我看到你了，你再往前走一百米，我就在那辆红色的出租车里面。"

张强犯了疑：到出租车里面拿保证书给我？还是接我到哪里去？张强一边走，一边想。到了出租车旁边，李冬生要张强上车，张强不想上，他只想拿到保证书，于是就站在外面问道："保证书写好了？"李冬生回答得很干脆："写好了。"说着，他拿出那张网友写的保证书在张强眼前晃了晃。这时，张强心里一阵高兴，看来状告李冬生的第一步马上就要成功了。可是，就在伸手要拿保证书的时候，李冬生却叫张强不要急，说是在给这张保证书之前，他李冬生要赔罪，要请张强到娱乐城里娱乐娱乐，以此表示一下自己的歉意，说着，他就把张强拉进了车里。

出租车很快到了"天上娱乐城"，下了车后，张强站在娱乐城的门口没有挪步，他在动着心思：李冬生把我带到这里来干吗？不会是给我弄个小妹、设个圈套让我钻？然后录上像，再和我谈条件，把他强奸赵燕的事扯平了？想到这里，张强便对李冬生说自己有事，不想进娱乐城了。

"不进去？"李冬生不同意，说他做小弟的是真心赔罪，张强要是不进去，就说明不领情，这点面子都不给，他李冬生怎么能给保证书呢？张强没办法，保证书还在李冬生手上，不进去还真的不行，但张强想好了，去就去，只要我做好防范，不和里面的小姐做什么事，看他拿我怎么办？想到这里，张强的心也宽了，于是就由着李冬生安排。

李冬生带着张强在淋浴房冲凉换衣后，便来到了四楼的408房间，进了房后，李冬生就向服务生点了23号和28号两位小妹。很快，两个漂亮的小妹走了进来，两人的小嘴很甜，看到张强就甜甜地叫："大哥，您好。"李冬生瞟了张强一眼，对23号说："这位张大哥是我的大哥，你可要给他提供最好的服务哟！"

"你放心，面对这么帅气的大哥，我不拿出最好的手法那是不可能的！"23号一边说，一边用目光和张强对视了一下，并对张强投去一个甜甜的笑，笑过之后，又问李冬生："大哥，你们喝点什么？"

李冬生马上答道："大家都喝咖啡吧？"张强却反对，说不用喝什么，按摩按摩就好了。李冬生犯了疑："你小子不是挺喜欢喝咖啡吗？怎么到这里来就不喝了？是不是怕我下迷药？"其实，张强正是这样想、这样提防的，他借口胃不舒服，不喝。这时，23号接过了话："不喝也好，那就开始吧，别让大哥久等了。"说着，她伸手做了一个"请"的动作。

正规按摩，况且李冬生也在场，所以张强不怕他在这里搞什么鬼，于是就放心地上了床。那个23号按摩的手法不错，不一会儿张强就浑身舒坦。张强在享受着，没说话，但李冬生好像没心思享受，他在和28号吹牛，他讲了一个荤段子，逗得两个小妹"哈哈"大笑，气氛一下子活跃起来，两个小妹也放开了，和李冬生开始聊天。

聊着聊着，23号说了一件事，说是她有个老乡，有一次喝醉了酒，对他朋友的媳妇"那个"了。过了一段时间，丈夫发现了这事，要她的老乡写保证书，保证以后再也不做这种事，23号问在场的几个人：她的老乡该不该写这种保证书？

张强听23号这么一说，心里一阵嘀咕：她说的事，怎么和自己经历的一样？这是巧合，还是李冬生有意安排的？

张强一边让23号按摩着，一边心里琢磨着。正在这时，28号开口了："这保证书不能写，写了不等于让朋友抓住把柄了？那朋友拿着保证书告你老乡性骚扰或者强奸，那不成了证据？"

听到这里，张强大吃一惊：这个28号怎么识破了律师的点子？可是，此刻他张强无法把28号的嘴堵上，话已经说出来了，李冬生也听到了，只好由着她们说下去了。

23号接着提出了自己的观点："保证书是不能写的，还是赔点钱算了。"28号又反对："赔钱？亏你说得出口，这样的钱，谁花得心安？"

23号疑惑了："那怎么办？"

"办法倒是有一个，可是不好说。"28号说到这里，就把话题岔开了，"不说这个了，没意思，李大哥你再来个笑话吧。"

李冬生马上又讲了一个笑话，这时，张强渐渐明白了：李冬生到了娱乐城就直冲 408 房间，顺口又点上 23 号和 28 号，其实一切都是他安排的，是来为他张强"洗脑"的！两人按摩后，李冬生又请两个小妹一起，到湘菜馆喝酒吃夜宵。两个小妹当然不客气，但张强没有心思，可是有两个小妹在，不好推辞，还是去了。

到湘菜馆后，李冬生点了几个好菜，要了两瓶白酒，大家开始喝起来。酒桌上，几两酒下肚，李冬生又谈起了女人，这回他没谈别人，谈的是王妹子。李冬生说，他家王妹子的鼻梁比赵燕的高，眼睛比赵燕的大，还是双眼皮，皮肤虽然黑一点，但健康，现在就流行这种皮肤；还说王妹子经常端补汤给张强喝，管张强叫"张大哥"，叫得比亲哥哥还亲，他怀疑王妹子对张强有点意思，等等。

张强听了这些话，心里又嘀咕开了：哪有对着朋友这样说自家媳妇的？他李冬生说这些，是想逗两个小妹开心，还是有意说给他听的？还有，刚才 28 号说"办法倒是有一个"，这办法是什么？难道 28 号说的，和现在李冬生说的是一个意思——让他张强对王妹子产生一点想法，继而做点什么，以此作为交换，扯平李冬生强奸赵燕这事？

不过，话又说回来了，王妹子平日确实待他张强挺好的。

喝完酒后，张强迷迷糊糊地回到了家里，回家后就告诉了赵燕，律师的点子被李冬生识破了，赵燕懊恼地说："那怎么办？"此时，张强的脑子里也很乱，不知道还有什么办法，只好暂时先安慰赵燕，叫她先睡，他再想想别的办法。

在张强的安慰下，赵燕睡觉了，不一会儿还发出了轻微的鼾声。看着睡得香甜的赵燕，张强的肚里翻江倒海，久久不能平静：眼前这个女人，到底和李冬生是怎么回事？上一次难道真的如她所说，没有让李冬生得逞? 谁看见了? 谁能作证? 这事只有他们两人心里最清楚，万一事实并非这样，而是李冬生得逞了，他张强这个大男人不是窝囊透了吗?

恍惚之中，王妹子的身影在张强眼前晃动了起来，渐渐地，张强竟然把熟睡的赵燕看成是王妹子了……

心怀鬼胎

律师的点子被识破后，张强有了新的点子，周五的晚上，他就主动打电话给李冬生："李冬生，你要是够朋友的话，赶快来湘菜馆。你和我媳妇的事，我们好好谈一谈。"李冬生识破张强的点子后，他倒也不怕了，反正他不会把保证书给张强，张强拿不到证据，也奈何他不得。再说，身边还有王妹子在帮他出主意呢。

李冬生很快来到了湘菜馆，桌上早已摆了好几个菜，酒也点了。张强见了他，第一句话就是："男人不能因为女人而伤了和气，你说是不是? "

李冬生一听，暗自乐了：王妹子"策划"的对张强的"洗脑计划"起作用了。他高兴地往两人的杯里斟满了酒，然后举起酒杯对张强说："张大哥，只要你这样想，我们兄弟什么都好说，来，我敬你一杯。"于是，两个男人你一杯，我一杯，相互敬了起来。

开始时，李冬生还是把持着自己，但很快就有了几分醉意，开第二瓶酒的时候，李冬生把王妹子教他的话全忘记了，只顾心里怎么想就怎么说，他嬉皮笑脸地说，王妹子和赵燕两个人，还是赵燕漂亮，所以，两个月前，他和王妹子找房子租时，起初反对王妹子和张强做邻居，后来看到了赵燕，想到以后可以有这么一个美人儿做邻居，这才同意了。

张强用轻描淡写的语气问道："这么说，你早就喜欢我的老婆了? "

李冬生多喝了几杯，有点管不住自己的嘴巴了，他说，他就这德行，喝两杯酒后喜欢说说女人，也喜欢漂亮女人，那天，不知道怎么搞的，有点控制不住，所以对赵燕做出了那种事……

张强压抑着一腔怒火，故意用轻松的语气问道："你小子到底是'强奸未遂'，还是'强奸已遂'？"

李冬生借着醉意厚着脸皮说："'未遂'怎么样？'已遂'又怎么样？反正你也没拿到保证书，告不了我！"

这时，张强默默地从口袋里拿出一个东西，在李冬生眼前一晃："知道这是什么东西吗？"李冬生揉了揉红红的眼睛说："笔。"

张强知道李冬生没看清楚，又提醒道："对了一半，再看。"这时李冬生又仔细看了看，顿时吓了一跳，说："录音笔？"

张强诡异地笑了笑，他还按着录音笔上的几个键，播放了他们刚才的谈话录音，录音很清晰，完全可以在法庭上当证据用。这时的李冬生，醉意一下子全没了，结结巴巴地说："张、张大哥，你、你这是什么意思？"

张强反问："什么意思，你不明白？"李冬生低头了，脸色煞白："没想到我真心把你当朋友，你却算计我。"

"哼，朋友？你既然把我当朋友，难道就忘了'朋友妻不可欺'这句古训吗？"看李冬生吓得够呛，张强继续恐吓他，"我家赵燕说你是'强奸未遂'，我能相信吗？就算是'强奸未遂'，你也要坐二三年的牢！"

李冬生央求道："张大哥，我求求你，你千万别告我，你一告我，我进了牢房，以后还怎么抬得起头啊？"说着，他"扑"地跪在张强的面前。

其实，张强今天的所作所为是经过深思熟虑的，他是这么想的：李冬生请他按摩，为他"洗脑"，还大谈王妹子对他张强如何如何好，是不是想以王妹子作为交换条件，把他们的事扯平？不过他这样猜想还是没有十分的把握，所以就录了这个音，以此作为要挟，一旦目的达到，就可以把录音笔交给李冬生，现在见李冬生真的害怕了，张强知道时机已到，就拉起李冬生。笑着说："你也不想一想，如果我想到法院告你，怎么现在就把录音的事告诉了你？"

李冬生一听，站了起来，脸色也渐渐平和了，于是，两个男人就低声商议了起来……

周六的晚上，张强听从李冬生的安排，让赵燕到一个很远的老乡家打麻将去了。赵燕一走，张强就到了李冬生的家。看到张强来了，李冬生就让王妹子切个西瓜给他们解解暑，然后再弄两个菜让他哥俩喝两杯。李冬生一边说，一边从冰箱里拿出花生米，又摸出一瓶白酒，先和张强喝了起来。

王妹子很热情，把西瓜切好，就弄菜，弄好两个菜，也来陪着张强喝酒。酒喝了几杯后，李冬生的手机响了，他打开手机，"嗯嗯嗯"了几声，就对王妹子说："有个老乡出了点事，我要出去，你陪张大哥喝两杯。"李冬生走后，王妹子就坐在李冬生的位子上陪张强喝。

王妹子喝的是啤酒，两杯啤酒下肚，脸上就红润润的了，显得更加妖媚。看到一脸俏色的王妹子，张强就夸道："我说李冬生这小子就是有福气，媳妇不但贤惠，而且还这么漂亮。"王妹子也借着酒性，笑眯眯地回敬张强："你们男人啊，都不是好东西，媳妇都是别人的好。"她说着，还用手指戳了一下张强的太阳穴。

张强"嘿嘿"地笑，一边笑一边和王妹子碰杯。此时，张强的邪念完全表露出来了，今天这事是李冬生为他"安排"的，他还掌握着能够证明李冬生劣迹的录音，李冬生还敢暗中使坏？再说，王妹子平日对他也是眉来眼去的……

接下来的情况，正如张强料想的那样，王妹子喝了几杯啤酒后就开始"放"得开了，先是嗲溜溜地"张哥""张哥"地唤，接着身子就往张强身上靠，张强觉得时机成熟，便一把抱住了王妹子，扯起了她的衣服……张强哪里知道，今天这事，其实是王妹子和李冬生为他设的圈套，他们要制造张强对王妹子"强奸未遂"的现场，然后用带录像功能的手机把这一切悄悄录下来，有了这个录像，张强还敢对李冬生和赵燕的事提什么要求？

按李冬生和王妹子的最初计划——只要录下张强"强奸未遂"的证据就可以了，但事情的发展竟连李冬生都始料不及——只见王妹子突然大叫起来："快来人哟，歹徒上门了……"她一边叫着，一边就像发了疯一样，操起桌上的西瓜刀，竟然向着张强的腿一刀捅去……

张强被这一突发情况弄懵了，吓傻了，根本没反应过来，他被王妹子一刀捅倒在血泊中。邻居们听到叫声，马上有人冲到王妹子家里，见此情景，立刻拨打了120和110，还有人给李冬生打了电话……

李冬生接到邻居的电话后火速从外面赶到家里，这时，现场已经被警察控制起来了。赵燕因为在外面打牌，被牌友责令把手机关了，一时也找不到她。救护车赶到后，很快把张强拉到附近医院救治，警察则把王妹子，连同那把西瓜刀一起带到了派出所……

石破天惊

李冬生糊涂了：王妹子为什么要这么做？本来他和王妹子两人计划得好好的，只要录个"强奸未遂"的现场就行了，但王妹子怎么突然把张强捅了一刀、把事情搞大了？警察们比李冬生先到现场，李冬生没有机会问王妹子为什么，只有等警察的审讯结果了。

所长和一男一女两位警察一起审讯王妹子，男警察已经向邻居了解到一些情况，发现案情蹊跷，便试探性地问："王妹子，你为什么要捅张强一刀？"王妹子马上回答道："他强奸我。"

男警察不紧不慢地问道："据邻居反映，你们两家关系亲如一家，张强怎么会强奸你？你有什么证据？"

王妹子很镇静，一点也不害怕："他为什么要强奸我，这我怎么知道？你说要证据，你去问邻居，我喊叫的时候，邻居们都听到了，我的裤子也已经被他脱下了，如果我不拿刀子捅他，我怎么能自卫？怎么能保护自己的贞操？"

王妹子见几个警察都不相信她说的是事实，便拿出了手机，说："你们不相信我的话，总该相信这手机上的录像吧？"

警察拿过手机一看，果然，张强扯王妹子衣服的全过程都被手机录了下来，完全可以当证据。那个女警察年纪挺轻的，她见了女同胞被男人欺负的录像，很是生气："这个张强，表面上一表人才，背地里还真的干出了这种事！"女警察这样一说，王妹子就"呜呜呜"地哭了起来，一边哭，一边说："警察同志，你们要为我做主啊，要把这个禽兽不如的家伙绳之以法呀……"

男警察看了录像后却起了疑心：这一切好像是预先作了谋划的，不然她王妹子怎么可能录到像？想到这里，男警察发问了："你怎么会事先准备了手机录像？"

王妹子听了一怔，她犹豫了一会才说："我看他们俩喝酒高兴，想录一段他们喝酒时的生活画面，就把手机开着放在那里，没想到……"

那个男警察一时没问出什么，所长只好亲自出马了，虽然王妹子的解释有一定的道理，但怎么会这么巧？看来要用点技巧了。所长先是关心地问王妹子：张强强奸她得逞没有？要不要到医院检查？王妹子很客观地说张强没有得逞，不要检查，所长说："这么说，应该是强奸未遂？强奸未遂的话，你想怎么处理？"

所长这么问，其实是一个策略：现在社会上有些人，为了敲诈别人，就设个圈套，一旦拿到把柄，便索要钱财，所长想，如果王妹子也是这样的话，她一定会紧接着提出索要钱财的方案，如此，就可以顺藤摸瓜，寻找突破口了。可是，王妹子的回答使所长大吃一惊，王妹子说："这种禽兽不如的家伙，只能用法律来制裁他！"

所长不死心，继续迂回："张强犯这样的事，他自己也知道后果，不过话又说回来，反正是'强奸未遂'，我劝劝他，叫他赔点钱给你，这样私了，你好，他好，我们也省事。"王妹子一听生气了："你们派出所，是依法办事，还是做买卖的？"

所长听了，无话可说，不觉倒吸了一口凉气：这女人不为钱财，那她为的是什么呢？她事先就想到用手机录像，这里一定有问题！突然，所长心头一亮：现在社会上有问题的人，往往会在身份证上作假，这样犯案出事后，一旦逃走，公安就查不到人。于是所长当机立断，提出要看王妹子的身份证，看过身份证之后，所长当即吩咐那个女警察："你到电脑上查一下这身份证的情况。"然后又在她耳边嘀咕了几句。

女警察出去不一会儿，很快就返身回来了，她走到所长身边，把嘴巴凑到所长的耳旁，低声嘀咕了几句，所长一听，顿时变了脸，他把桌子一拍："把王妹子给我铐起来！"

所长为什么要铐王妹子？她到底是什么人？其实，"王妹子"这个人是公安局在网上通缉的杀人犯!

这一下可真是地动山摇、石破天惊了!王妹子不承认自己是杀人犯,只承认身份证是假的,是她花了三百块钱从做假证的人那里办来的。她说如果这个身份证是杀人犯的,那就是被做假证的人害了。为了证明这身份证是假的,王妹子说:"我的真身份证在家里。"

王妹子的真身份证很快被送到了所长的手里,所长一看,又一次惊呆了:身份证上那人叫"王梅",单眼皮,塌鼻子,一点都不漂亮,甚至有点丑;而眼前的这个王妹子,则是双眼皮,高鼻子,十分漂亮,这完全就是两个不同的人!

所长恼了,冷冰冰地对王妹子说:"你一个大活人在这里,要查你的情况,我们随时都可以查到,你最好是老实交代!"

到了这一步,王妹子已经后悔了:不该把真身份证拿出来呀,这身份证一拿出来,还有什么不能查清楚的?泰山压顶,无力抗拒,王妹子只好如实交代了:她的真名确实叫王梅,只是她花了几万块钱做了整容手术,她这样做并不是为了漂亮,而是要让赵燕认不出她,她要报复赵燕,要赵燕的老公张强也因"强奸未遂"坐上几年牢,因为她不是别人,正是深圳那个企图强奸赵燕而锒铛入狱的唐爱伟的媳妇!

唐爱伟在深圳强奸赵燕未遂后,王梅曾跪在赵燕面前,求她看在快出生的孩子份上,放过唐爱伟,可是赵燕最终还是没放过他,害得孩子来到世上就看不到父亲,而且以后还要在这个阴影里度过一辈子!于是,王梅就产生了报复赵燕的想法。为了实现报复计划,王梅把半岁的儿子送回了老家,接着就开始做整容手术,随后又追到汕头,化名"王妹子",有意和李冬生姘居,以夫妻的身份,做起了赵燕的邻居。王梅平时对张强眉来眼去,就是想勾引他,她一直在寻找着制造张强"强奸未遂"的机会。那一天，是她给酒醉的李冬生喝了"迷幻药"，又以自己在外面为借口，故意叫赵燕去照顾李冬生，于是就发生了李冬生酒后试图强奸赵燕的事。后来，李冬生请王梅出面向张强求情，王梅便紧锣密鼓地策划了起来，她从给张强"洗脑"开始，一步一步地让张强走进了她设的圈套。本来在计划中，王梅并没打算捅张强一刀，只是当她看到张强企图强奸她时的那副丑态，想到他的老婆害自己的男人吃了官司，想到自己的一家被他们害得家破人亡，情不自禁，一时愤极，就操起了刀子，但她还是有点冷静的，没往要害捅。

王梅说到这里，痛哭流涕："所长同志啊，我全部交代了，我知道，我报复别人是不对，但我真的不是杀人犯啊……"

这时，所长在心里暗暗地笑：刚才说王妹子是网上通缉的杀人犯，是因为所长看到王妹子身份证是假的，凭他经验，凡是持假身份证的，总不是良善之辈，于是便虚张声势了一下。现在，所长觉得王梅所说的应该是事实的真相了，语气便缓和了："那好吧，拿笔录给她看，叫她签个名。"

此时已是深夜三点，赵燕从老乡家打完麻将赶回家里，从邻居嘴里知道了家里发生的事，当时她不相信张强会强奸王妹子，估计一定是他找李冬生要证据，被李冬生害的，可是，当赵燕赶到医院，警察正在询问做好了手术的张强，她没打扰他们，在门后听着。不听不知道，听了吓一跳，她气得想吐血，老公和自己一直是恩恩爱爱的，而且王妹子还是朋友的妻子，老公竟然还会做出这样的事！听完后，赵燕连病房也没进，回到家里，大哭了一场。

事到如今，哭有什么用？只好等待法院的判决了。法律是公正的，法院最终判定：王梅故意伤人罪名成立，判刑一年；李冬生强奸未遂罪名成立，但考虑李冬生是初犯，重要的是酒后失控所致，只判了半年。张强因王梅的引诱，强奸未遂罪名不成立，没被判刑，但他心存邪念不顾伦理道德，朋友妻，他也欺，最终受到了上天的惩罚：他的左腿留下了终生的后遗症——瘸了！张强的行为让赵燕伤透了心，不久两人就离了婚，赵燕离开了汕头。

庭审那天，所长和办案的几个警察也去旁听了，走出法院时，所长感慨地说："现在，到城里打工的人多了，他们的情感世界，再也不像是山沟沟里的那一个小池子了，他们真该管住自己，该让水清，不该让水浑啊……"

大家听了，连连点头……

（陈建勇）

（题图：杨宏富）

步步紧逼

难言之隐

在本市一提到李冬凌，那可是个响当当的人物。他是赫赫有名的"散花"广告公司的董事长，代理着全国几十家杂志的广告业务，资产上千万，员工数百人。按理说他应该是过着阳光灿烂的日子，可偏偏针无两头尖。这十几年他一直被一种深深的隐痛折磨着，而折磨他的不是来自竞争激烈的生意场，而是出在独生女儿李婉婷的身上。

李婉婷人长得跟"景儿"似的，人见人夸，就是为人冷漠，被称作"冷美人"。她平时沉默寡言，倘若受一点儿刺激，就会歇斯底里般又哭又闹，寻死觅活。婉婷今年已经二十有七，依然待字闺中。

李冬凌最清楚原本聪明活泼的女儿为什么会成了这个样子，祸根出在十二年前。

婉婷十五岁时，一个电闪雷鸣的晚上，她上完夜自习回家，没想到在一条黑胡同里，被一名凶恶的歹徒强暴了。这种强烈的刺激几乎把姑娘的精神彻底击垮了，自信自强的她无法忍受这奇耻大辱，对生活、人生也失去了希望。她曾几次割腕自杀，幸好都被家人发现了。她的母亲也因此事气出了病，早早离开了人世。

这天是星期六，李冬凌照例不去公司，待在家里陪女儿。说是陪，其实就是在家傻待着，因为婉婷自从出事以来，几乎从不出自己的房间，关着门独自画画，与父亲也很少说话。李冬凌看在眼里，痛在心里，尽量强颜欢笑，处处赔着小心。

这天，李冬凌悄悄走进婉婷房间，坐下来柔声细语地说："婷婷，爸爸跟你商量一件事，好吧?"

婉婷没有吱声，继续画她的画。

李冬凌见女儿没赶自己走，知道她的心情还算不错，于是便继续说道："爸爸已是快六十的人了，近来又感到身体不舒服。你也老大不小了，爸爸给你物色好一个人，万一爸爸有个三长两短，好歹你也有个照应的，爸爸走也放心了。"

李冬凌说到这儿，声音哽咽了，眼圈也红了。婉婷停住手中的画笔，愣在那儿依然没有说话。

这时，门铃响了。李冬凌冲女儿笑了笑，就去开门。

进来的是一个身材瘦高、眼小面黑、神色拘谨的年轻人。李冬凌招呼年轻人在客厅里坐下，将婉婷叫了出来，介绍说："这是杨波，咱们公司策划部的经理。"李冬凌特意把"咱们"两个字说得很重，然后说，"这是我女儿婉婷。"

杨波矜持地对婉婷欠欠身,笑了笑。婉婷瞅了杨波一眼,没有吱声。

李冬凌乐呵呵地让两人坐下,说:"杨波这孩子不错,为人忠厚,踏实能干,还是个大学生。你们年轻人先聊着,我去打个电话。"说完,意味深长地看了两人一眼,便上楼了。

婉婷和杨波干坐着,谁也没开口说话。就这样僵持了五六分钟,杨波先打破了尴尬的气氛,他站起身给婉婷倒了一杯水。婉婷则出于礼貌,不冷不热地让了句:"抽烟吧。"

杨波连忙回答说:"谢谢,我不会。"

"看来董事长对你印象不错。"婉婷淡淡地说。

"哪里哪里,是董事长高看我。"杨波受宠若惊地回答。

婉婷不屑地瞟了他一眼说:"你用不着给谁低三下四的,我知道爸爸让你来的意思,咱们也不必兜圈子。人你见了,你是不是愿意娶我?"

杨波没料到婉婷会这么直截了当,一时慌得手足无措,愣了愣才声音带颤地说:"愿意,我愿意!"

"那好吧,你去跟我爸爸说,就说我答应了。"婉婷说完,起身回到自己的房间,关上门,倒在床上,眼泪止不住地往下流。婉婷痛苦地想,这可能是世上最简短、最无味的恋爱了。她之所以一口答应,是心疼头发花白、日见消瘦的父亲,她不想让父亲再为自己操心了……

婉婷和杨波的婚礼举办得隆重而奢华。李冬凌满面春风,请来了很多老朋友。他最好的朋友、公司的法律顾问霍律师主持了婚礼。

婚礼很快就结束了。由于婉婷几乎没有同学和朋友,杨波家在农村,本市也没太多的关系,因此,婚礼场面虽热闹,晚上却连个闹洞房的人也没有。偌大的新房里只有艳丽矜持的新娘和踌躇满志的新郎,显得特别空旷冷清。

婉婷卸去婚妆，洗漱完毕，满腹心事地坐在床上。杨波兴奋地走过来一把搂住婉婷，想吻她。婉婷推开杨波，淡淡地问："你是不是很高兴？"杨波憨笑着说："洞房花烛夜，你说我该不该高兴？"

"你是该高兴。不过，我想先给你说一件扫兴的事儿。"婉婷说完，将脸扭向了窗外。

杨波怔了一下，笑着又上前搂住婉婷的腰，央求说："我的大小姐，今天咱不说扫兴的事儿，行不行？"

这次，婉婷没有推开杨波。她摇了摇头，说："不，今晚我必须告诉你。我——不是处女，我被坏人强暴过。"

听到这句话，杨波像挨了一鞭子，猛地一怔，搂着婉婷细腰的双手僵硬了，身子在微微颤抖。婉婷似乎察觉到了杨波这些细小的变化，她下巴一扬，带着嘲笑的口吻问："现在还和以前一样高兴吗？"

杨波一时不知该如何接口，只觉得浑身发冷。他沉默了好大一会儿才问："那人抓住了吗？"

婉婷苦笑了一声，摇了摇头。

屋里静得仿佛能听到心跳声。突然，杨波像一头发情的公牛，猛地将婉婷抱起来摁在床上，拼命撕扯婉婷的衣裙。婉婷想大喊大叫，又怕惊扰了父亲，只得咬牙含泪，忍受着杨波发泄般的狂风暴雨……

李冬凌当然不知道昨晚小两口的事，第二天一早，便喜滋滋地安排婉婷跟着杨波"过过门"，一起去看望杨波的母亲。婉婷虽然怨恨杨波，但又不能不给父亲面子，只好半依半就地答应了下来。

杨波的家在离市区百里外的一座小山村里。他们的轿车一进村，全村顿时轰动了，他们一下子被村里的男男女女、老老少少给围住了。杨波下车给乡亲们分糖致意，一副兴高采烈、志得意满的神情。杨波的母亲是个典型的农村妇女，纯朴实在。她一见婉婷，喜得连嘴都合不上了，激动得又是宰鸡，又是打荷包蛋，忙得脚不沾地儿。

午饭后，杨波出去找小时候的朋友聊天去了，婉婷在屋里陪杨波的母亲说话。杨母像欣赏艺术品似的，看着婉婷清秀的脸，越看越喜欢。她拉着婉婷的手，舍不得放下，嘴里不停地说："好闺女，好闺女！咱小波真是有福分啊！"

婉婷从包里拿出一万块钱，递给杨母，说是孝敬她老人家的。杨母接过钱，激动得不知该说什么好："你看这……新媳妇进门该婆婆给你点啥才对，可咱是穷人家，小波父亲又死得早，没啥拿得出手的东西呀。噢，对了！"杨母说着跑进里屋，一会儿，捧着一个小红布包出来，小心地塞到婉婷手里，说，"这是老一辈传下来的一对玉坠儿。小波戴着一个，这一个你也别嫌贱，权当是个见面礼儿，就收下吧！"婉婷不好拒绝老人的一片心意，笑着收下，也没打开看，就装进了包里。

下午四点钟，杨波说公司有事，就和婉婷回城了。

同床异梦

婉婷和杨波回到家没两天，李冬凌就突然发病了。两个人手忙脚乱地将他送到医院，一查，竟是肝癌晚期。婉婷日夜守在父亲的病床前，哭得像个泪人。杨波忙完公司忙医院，还要照顾婉婷，累得整个人瘦了一圈儿。经过十几天的全力抢救，李冬凌还是走到了生命的尽头。

弥留之际，李冬凌让所有的人离开病房，只留下婉婷。婉婷知道这是父亲临终前要向她交代后事了。

李冬凌有气无力地抓住婉婷的手，老眼含泪，无神地望着女儿，断断续续地说："孩子，看来爸爸不能再陪你了，今后你要学会自己照顾自己。杨波是个好孩子，我观察他好几年了。公司的事不用你操心，万一将来有什么事儿，你就去找你霍叔叔，他是我最好的朋友，一定会帮你，另外……"李冬凌说着，努力想对婉婷笑笑，可笑容只在脸上露了一半，手就松开了。婉婷再也忍不住了，凄然哭喊着："爸爸……"

李冬凌走了。办完了丧事，霍律师把婉婷叫到一边，交给她一个锁着铜锁的小银盒子，神情严肃地说："婷婷，这是你父亲临终前让我替你保管的东西。我想还是由你保管的好。记住，你爸爸让你不要打开看，如果需要打开的话，我会告诉你的。"说完，霍律师轻轻拍了拍婉婷柔弱的肩，笑了笑说，"我倒希望你永远不要打开。"

婉婷郑重地捧着那只神秘的小银盒子，虽然她心里很想知道里面是什么东西，但她还是听话地点了点头。

晚上，婉婷躺在床上久久不能入睡，想起去世的父亲，又忍不住默默流泪。此刻她感到自己像只小鸟，瘦小柔弱，孤独无助，她多么盼望有个真诚相助的人啊！

杨波似乎也没有睡着。他翻了个身，将手搭在婉婷的身上，问："那天，爸爸单独跟你说了点啥？""没什么，爸爸夸你了。"婉婷将杨波的手从自己身上推开。自从新婚之夜杨波强暴式地折腾了她之后，婉婷看到杨波就有一种生理上的厌恶。

杨波坐起来说："今天，霍律师好像给了你一样东西？"

"一个银盒子。"

"里面是啥？"

"不知道。"

听到这话，杨波有些生气了，悻悻地说："你们把我当外人是吧？像防贼一样防着我!"

婉婷一听,大声说:"谁把你当外人了?谁把你当贼了?我是不知道嘛。"说着,婉婷起来拿出那个银盒子扔到杨波面前,"想看你就打开看。"

杨波拿起盒子,看了看,想了想,尔后放下,说了句:"算了,睡吧。"

接下来,杨波在霍律师的协助下,开始接管公司的所有业务。他能力强,工作认真勤奋,待人谦恭友善。公司的业务、人事,没有因董事长的去世而受到丝毫影响。

婉婷像往常一样待在家里,闷了就画画。日子过得像白开水,一点滋味儿都没有。

这天晚上,杨波打电话说在外面陪客人,不回来吃饭了。婉婷简单吃了点东西,早早上床睡了。

半夜,杨波醉醺醺地回来了,见婉婷侧卧在床上,借着酒劲儿,挨着婉婷躺下,然后翻身凑上去……

婉婷从梦中惊醒了,一见杨波喷着酒气的嘴,感到有一种说不出的恶心。她一把推开杨波说:"你干吗?"

杨波被婉婷一推,满腔春潮顿时一落千丈,不满地说:"我是你老公,你说我能干吗?"

婉婷冷冷地说:"我身子不舒服。"

"你是我老婆,你有义务陪我,我今天非要你!"杨波说着就去搂婉婷。

婉婷恼羞成怒,抬手"啪"地扇了杨波一巴掌,说:"杨波,你敢动我,我就去告你!"

杨波被打得一下子愣住了,他手捂着火辣辣的脸,怒气冲冲地吼道:"你告去吧,就说我强奸你了!"

"强奸"二字像匕首一样刺到了婉婷的痛处，她的脸"刷"一下变得煞白，双手颤抖，嘴唇青紫，只听她"呀"地一声尖叫，光着双脚就跌跌撞撞奔了出去。

杨波怒气未消，没去拦她，一屁股坐到床上。当他猛地听到厨房传来"乒乒乓乓"的声音时，才跑了过去。他走进厨房，只见婉婷蜷曲在地上，头发零乱地披在脸上，左手腕上一个血口子正往外喷着血，闪着寒光的水果刀扔在一边儿。

杨波大惊失色，没想到会闹到这一步。他不敢犹豫，抱起婉婷就往离家不远的一家医院飞奔而去。

幸好抢救及时，婉婷只是多流了点血，没什么生命危险。杨波给霍律师打了个电话，霍律师慌忙跑来医院看望婉婷。他安慰了一番婉婷后，就把杨波叫了出来。

霍律师严肃地问："怎么会弄成这个样子？"

杨波低着头将事情经过大概说了一遍。

霍律师听完，叹了口气说："本来你们两口子的事我不该管，可你今后也得注意点儿。你知道她精神很脆弱，她父亲又刚去世，你让着她点儿。要是闹出个好歹来，我看你怎么交代！"

杨波连连点头说："霍叔叔放心，以后再也不会出这样的事了。"

霍律师没再说什么就走了。

婉婷伤好出院后，对杨波更加冷漠了。杨波再也不去惹婉婷了，他早出晚归，几乎把所有精力都放在了公司的业务上。

这天，婉婷闲着没事，一时兴起，就整理起自己的东西来。整着，理着，不经意间看见了杨波母亲送给她的那个小红布包。婉婷好奇地打开红布包，当她看到出现在眼前的玉坠儿时，顿时惊得双眼发直：这玉坠儿好像在哪里见过！她简直不敢相信自己的眼睛，急忙从放首饰的匣子里又找出了一个玉坠儿，两个玉坠儿放在一起，明显是一对儿。婉婷一声惨叫，一屁股瘫坐在地上。

十二年前的那天晚上，婉婷遭到歹徒凌辱的时候，虽没看清歹徒的长相，但却从歹徒的脖子上拽下了这只玉坠儿，一直放在身边……

婉婷昏昏沉沉地瘫坐在地上很久很久，才慢慢爬起来。躺在床上，她的脑子里在翻江倒海。天哪！老天爷真会捉弄人，强奸自己的罪犯竟成了自己名正言顺的合法丈夫！婉婷恨得牙根发疼，要是杨波这时在场，她真会扑上去咬他几口。

过了好一会儿，婉婷才慢慢冷静下来。她想给霍律师打电话，把情况告诉他，但电话拿起来，最终还是没有打。一种强烈的复仇欲望使婉婷变得清醒坚强起来，她决心用自己的方式来惩治杨波。

神秘旅游

不久，春天来了。婉婷望着窗外最先透出的浓浓绿意——那些在微风中摇曳的柳枝，一个主意涌上心头。这天晚上，杨波一回家，婉婷突然对他说："我想出去散散心。"

杨波看了一眼婉婷手里拿着的当天的晚报。晚报上刊载了一则广告，内容是：独特的创意！神秘的旅游！给你一份惊喜，一份好心情。小寨沟三日游，豪华大巴，金牌导游。落款是：百花旅行社。

杨波看完广告，在房间里踱着步，想了好大一会儿才笑着说："好啊，你应该多出去走走。可惜这几天公司业务忙，我不能陪你一起去。"

婉婷冷冷地说："你看我有让你去的意思吗？"

杨波尴尬地点了点头，说："那好，我替你订票去。"

几天后的一个早上，杨波将婉婷送到旅行社指定的集合地点，嘱咐了几句就走了。没一会儿，参加旅游团的人就陆续到齐了。婉婷来得早，挑了个中间靠窗的座位坐了下来。

不料她刚坐下，一个满脸赘肉、挺着个腐败肚的大胖子就爬了上来，一屁股坐到了婉婷身边。婉婷心里有种说不出的厌恶，她正要向导游要求换一下座位，车子已经开动了，只见导游清了清嗓子，举着话筒开始说话。

导游是个年轻漂亮的姑娘，她笑着说："各位，早上好！欢迎参加百花旅行社组织的神秘之旅——小寨沟三日游。我叫花仙子，这次由我为大家导游，服务不周，请多包涵。我们这次旅游的主题是'过家家'，不用解释大家都明白。我手里有一个盒子，里而装有十二生肖的小饰物。现在请在座的十二位女士先摸。"说着，花仙子挨个儿请女士们各摸了一个。

婉婷摸到了一只可爱的小羊。

"现在我再请男士们来摸，"花仙子又拿出一个盒子，"这里面仍是十二生肖的小饰物，哪位男士摸的和哪位女士摸的一样，两人将组成一对。"

花仙子说到这儿，故意停顿了一会儿。车上立刻躁动起来，女同胞们尖叫着，而男士们则哈哈大笑。每个人都忍不住偷偷打量起周围的异性，生怕哪个讨厌鬼摸到了和自己一样的属相。

坐在婉婷身边的大胖子不停地斜着看婉婷，洋洋得意，一笑露出满嘴的黑牙。婉婷厌恶地将脸扭向了车窗。透过车窗玻璃的反照，婉婷看到了后排的一位男士。她发现一上车那位男士就开始留意自己了。婉婷装作漫不经心的样子瞟了那人儿眼。此人三十岁不到，衣着光鲜，人长得虽称不上英俊，但有气度，很洒脱。婉婷心里一颤，想到自己的报复计划，不由脸就先红了。

这时，花仙子走到胖子身边，将盒子递到他的面前。胖子使劲搓了搓手，伸进盒子里捣鼓了半天，终于摸出了一个。他握在手里，一副想看又不敢看的样子。婉婷的心一下子提到了嗓子眼儿，她默默祈祷：千万别是羊！千万别跟我一样！胖子终于慢慢展开了手掌，掌心里是只小老鼠。看到胖子一脸的沮丧，婉婷忍不住"咯咯"笑出了声。

这时就听花仙子说："各位，现在请将你们的小饰物挂到自己的脖子上，相互看一看，是一对儿的请坐到一起。"车内一阵忙乱，有笑的，有叫的，有得意的，也有沮丧的。

婉婷一眼就看到了那个男士脖子上挂的也是一只羊。两个人几乎不约而同地相视一笑。胖子不情愿地和那个男人换了座位，坐到了一个浓妆艳抹的少妇身边。

"各位坐好，我把游戏规则讲一下——"没等花仙子说完，就听胖子身边的少妇嚷道："导游，我抗议！我要求换人。"花仙子笑着说："大姐，天意如此，再说这只是一个游戏，又不是让你们真成一对儿。"胖子一听，忙献殷勤地说："是呀大姐，这是天意。"

少妇瞪了胖子一眼："谁是你大姐，我很老吗？连句话都说不囫囵。喊！"她的话又引起了一阵哄笑。

"好了，好了，"花仙子示意大家安静下来，"本次活动，我们共组成了十二对陌生的伴侣。在今后的三天活动里，你们将共同面对我们安排的种种考验，最后我们将评出一对最佳搭档。此次的费用全部由我们旅行社承担。希望在座的各位进入角色，忘掉所有的烦恼，在湖光山色中找回童真，度过愉快的三天。现在离我们到山里还有一段时间，你们可以互相认识一下。"

花仙子话音刚落，胖子就兴奋地说道："好好，太有意思了！"旁边的少妇白了他一眼，一撇嘴说："好什么，说不定半路我就退出。"一句话，逗得车上的人又是一阵哄笑。笑声过后，旅客们渐渐进入了角色，开始唧唧喳喳相互攀谈起来。

通过交谈，婉婷了解到那个男士叫巴秋雨，今年二十九岁，是一家个体餐馆的小老板，未婚。为了使巴秋雨没有太大的心理压力，婉婷谎称自己也是未婚。

旅游团来到了远离闹市的大山深处。面对绿水青山，呼吸着大自然清新的空气，婉婷的心情也随之放开了。加上巴秋雨谈吐幽默，多才多艺，对自己照顾得细致入微，婉婷就像换了个人似的。两天下来，两个人都感觉越来越投缘。

最后一天是旅游团安排的野营考验，要求分对行动，涉水上山，日落前爬到最险、最高的山峰——老爷顶上宿营，观赏第二天的日出。婉婷和巴秋雨说笑着一路领先。

傍晚时分，他们这一对首先登上了老爷顶。巴秋雨选了一块景色优美的地方搭起了两个旅行帐篷。吃过晚餐，两个人在山顶的草地上散步聊天。

通过这几天的接触，婉婷对巴秋雨的印象越来越好了。这时，婉婷停下脚步，看着月色中的巴秋雨，率直地说："秋雨，我想问你，我要是有些事情欺骗了你，你会不会怪我？"

巴秋雨静静地望着婉婷，脸上始终挂着微笑，说："你无论对我怎样，我都不会怪你的。"

婉婷顿了顿，接着说："其实，我不是未婚，我有丈夫，只是……"

巴秋雨神秘地一笑，说："你不用说了，我早知道了。"

"什么？"婉婷吃惊不小，问："你从哪知道的？"

巴秋雨说："看你那么真诚，我也不忍心瞒你。其实，这次旅游是杨波一手安排的。我和他是中学同学，是他求我来想办法勾引你的。"这一切太出乎婉婷的意料了，她疑惑地问："杨波这么做是为什么？"

巴秋雨说："他想跟你离婚。我了解杨波，他是一个精于算计的人。"巴秋雨长叹了一声，接着愤愤地说，"有这么好的妻子，他却不知道珍惜。我看他是疯了。"

婉婷依然不明白，问道："他为什么想跟我离婚？"

巴秋雨回答道："这不是明摆着吗？为了你的钱。你们离了婚，一半财产都是他的。这家伙太看重财产了，他得了你的钱，还让你落个骂名。"

婉婷彻底明白了：杨波找巴秋雨来勾引自己，就是想使自己成为有过错的一方，把离婚的责任推到自己头上，他则成了受害的正人君子。想到此，婉婷气得一句话也说不出来。

这时，巴秋雨深情地看着婉婷，说："对不起，婉婷，我这样做也是违心的，没办法，我欠他很多钱，他说事成之后我们的账一笔勾销。我没想到你是这么好的一个人。"

婉婷说："这不怪你，我要谢谢你的坦诚。"巴秋雨激动地问："我们还会'过家家'吗？"婉婷凝视着巴秋雨，含情脉脉地点了点头。巴秋雨情不自禁地伸手将婉婷紧紧搂在了怀里。

就在此时，只听远处有人喊："嗨！'过家家'过成真的了？"婉婷一听，赶忙从巴秋雨的怀里挣脱出来，抬头看去，原来是车上的那个胖子和少妇走了过来。

精心设局

婉婷回到家的时候，天已黑了。杨波没在家，婉婷坐在空荡荡的客厅里，心烦意乱。她原本想用自己的方式一点一点地折磨杨波，最后把他投进监狱，没想到杨波却先下手了，婉婷一时不知该如何应对。她拨通了霍律师的电话，将事情的全部经过都告诉了霍律师。

没想到霍律师听后，语气居然异常平静。他说："婉婷，你千万要冷静，杨波是不是那个罪犯，光凭一个玉坠儿还不能完全证明。再说，杨波不会和你离婚的，我跟他谈过，他其实是很爱你的。对了，杨波出差了，他让我告诉你一声，过几天才能回来。你也应该好好和他谈谈，夫妻嘛，不要误解太深……"

霍律师后面的话，婉婷几乎一句也没听进去。她挂了电话，突然像掉进一个万丈冰窟，身心都凉透了。婉婷没料到杨波这么厉害，就连父亲生前最好的朋友霍律师也被他收买了。婉婷感到自己像漂泊在大海里的一叶小舟，孤立无援。此时此刻，她想：要是父亲还活着多好呀！有父亲的庇护，她什么都不怕了。这时，婉婷脑子里突然灵光一闪，她想到了父亲留给她的那只银盒子。

婉婷立刻从卧室自己的专用柜里找出了银盒子。她小心翼翼地打开盒子，盒子里放着一张父亲亲笔书写的遗书，遗书上明确写道，如果杨波将来和婉婷离婚，他的所有遗产全部由婉婷继承。看完遗书，婉婷止不住潸然泪下，父亲为自己想得太周到了！想到此，婉婷的心似乎安定了许多，她咬着牙，自言自语道："姓杨的，你的报应到了！"

婉婷明白了这银盒子的分量，她重新把它放到一个秘密处，然后默默地走到落地窗前。窗外起风了，远处传来滚滚雷声，预示着一场大雨就要来临。突然一道闪电撕破了夜空，婉婷心里一惊。自从十多年前经历了那事以后，她就特别害怕这样的天气。这时，婉婷想到了巴秋雨。她刚想给他打电话，自己的手机却响了。她拿起手机，听到手机里传来巴秋雨那极富男性磁力的声音。婉婷一阵欣喜，不安的心似乎又得到了一丝慰藉。

巴秋雨问："婉婷，你在哪儿？我，我好想你。"

"我一个人在家里。我害怕，我好害怕。"

"我马上来陪你好吗？"

"好！"

当巴秋雨赶到婉婷的别墅时，阴沉的天空开始下雨了。两个人一见面便紧紧地拥抱在了一起。巴秋雨关切地问："婉婷，发生什么事了？"

婉婷双目含情地盯着巴秋雨看了一会儿，突然问："秋雨，我要是跟杨波离婚，你会要我吗？"

巴秋雨忙不迭地说："我要，要，我当然要！当我看你第一眼的时候就爱上你了。"他说着这话时，眼放异光，望着灯光下娇媚丰腴的婉婷，内心涌起一种无法抑制的冲动。他突然上前，一把抱起婉婷就往卧室里走。婉婷意识到巴秋雨想要做什么，但她不想眼下名不正言不顺地就做这种事情。于是，她极力挣扎起来，又羞又怕地看着巴秋雨。

婉婷这种羞里含情、娇中带嗔的神态，刺激得巴秋雨浑身燥热，他再也忍耐不住了，把婉婷摁在床上，双手乱抓，喘着粗气说："快想死我了，你就给我吧！"就在他说这话时，一道闪电划过，眨眼间，婉婷眼前出现了十二年前那刻骨铭心的一幕。那古怪的声音，那句话，那动作，她到死都不会忘记。她尖叫一声，踹开了巴秋雨，惊恐慌乱地打开了卧室里的灯。

巴秋雨懵了，两眼直愣愣地望着婉婷，不知道她怎么了。他无论如何也想不到眼前的婉婷就是十二年前被他强暴的那个小姑娘。这时，婉婷拿出那个玉坠儿，两眼喷火，瞪着巴秋雨喊道："强奸犯，还记得这东西吗？"

　　巴秋雨看到玉坠儿，一惊之下，脱口而出："你是那个小女孩儿？"

　　巴秋雨的这句话更加证实了婉婷的感觉。婉婷万万没想到强暴她的罪犯竟会是巴秋雨！她发疯似的惊叫着，怒骂着，抓起花瓶和台灯拼命地砸向巴秋雨。

　　巴秋雨一个猝不及防，头和脸被砸得血流如注。事情到了这一步，巴秋雨顿起杀机。他猛扑过来，双手死死地卡住了婉婷的脖子。婉婷拼命地挣扎，危急中，她摸到梳妆台上的一盒珍珠粉，猛地撒到巴秋雨的脸上。巴秋雨脸上粉乎乎的一片，弄得他又是咳嗽又是流泪。

　　婉婷趁机挣脱了他的魔爪，跌跌撞撞冲出卧室。当她打开大门正要冲出去的时候，猛地和一个人撞在了一起。婉婷抬头一看，竟是杨波。

　　这时，巴秋雨也追了出来。杨波似乎已明白是怎么回事了，上前一脚踢向巴秋雨的裆里。巴秋雨惨叫一声，晕倒在地。杨波急忙找来绳子把他捆了个结实，然后用手机报了警。警察很快赶来将巴秋雨带走了。

　　不一会儿，霍律师也过来了。这时，婉婷还没有完全从紧张惊恐中回过神来，全身仍在发抖，杨波紧紧地搂着婉婷的肩膀安慰着她。

　　霍律师微笑着对婉婷说："婉婷，一切都过去了，你不要害怕了。伤害你的罪犯已经落网，你要振作起来，好好生活。杨波是个好孩子，他很爱你，这一切都是他精心设计的。"

　　接下来，杨波就一五一十地给婉婷讲了他布下的局。

　　新婚那天，当他听说婉婷被人强暴的事以后，非常恼怒，暗暗发誓要抓住那个坏蛋。母亲给婉婷玉坠儿，杨波是知道的。当他无意中在婉婷的首饰匣里发现了另外一个玉坠儿时，一开始他还搞不懂它为何会在婉婷的手上。

这个玉坠儿是他高中毕业时送给巴秋雨的。读高中时，他们虽志向不同，却是非常要好的朋友。高中毕业分手时，巴秋雨送给杨波一台呼机。杨波家里穷，拿不出像样的东西送给巴秋雨，最后杨波就把脖子上的玉坠儿摘下送给他。杨波想，婉婷根本就不认识巴秋雨，这玉坠儿怎么会到她手里？于是杨波联想到，这个玉坠儿会不会跟他强暴婉婷有关？杨波知道巴秋雨在同学中有"小色狼"之称，经常一个人跑到小录像厅看黄片。

于是，杨波找到巴秋雨。当杨波向巴秋雨要玉坠儿时，巴秋雨谎称丢了，但机警的杨波从巴秋雨那不自然的神色中，认定强暴婉婷的就是他。为了替婉婷报仇，也为了解除婉婷对自己的误解，杨波找到霍律师，两人经过一番商量，才精心设计了这个局。为了婉婷的安全，霍律师还特意安排了一个人暗中保护婉婷，他就是那个令婉婷讨厌的大胖子。

婉婷听完这一切，没有吱声，神情木然，好像是在寻思着什么。

梦醒时分

霍律师坐了一会儿，见外面的雨停了，就起身告辞而去。

霍律师走后，杨波显得非常兴奋。他笑着对婉婷说："婉婷，今天高兴，咱们应该喝一杯。"

婉婷坐着没有动，莫名其妙地一直盯着杨波。杨波亲昵地抚了抚婉婷的肩说："没事了，一切都会好起来的。你等着，我上楼拿酒。"杨波拿来酒，斟了两杯，递给婉婷一杯。婉婷接过酒杯，盯着杯中玫瑰色的红酒，神色黯然地说："其实，你心里一点也不高兴，对吧？"

杨波一愣，不解地问："你这话什么意思？"

"你最终的目的没有达到。你精心设计的这个局，还有一个最重要的环节没有讲。我知道你从来就没爱过我，你可以骗过霍律师，但你骗不了我。"婉婷说完，痛苦地笑了笑，一扬脖子，将那杯酒喝了下去。

杨波一头雾水的样子问："你在胡说什么，我哪个环节没有讲？"

"你非常了解巴秋雨是个什么样的人。如果我一旦发现他是强暴我的罪犯，你知道会发生什么样的情况。巴秋雨会让我活着出去叫警察来抓他吗？其实你一直守在门口听着，见我跑出来了，你才不得不帮我。你这一箭双雕的局，设计得够毒的！"

杨波听完这话，看着婉婷愣了半天。突然，他哈哈狂笑起来。

婉婷冷冷地问："你笑什么？"

"我笑我真是小看你了。我只知道你是一个养尊处优、任性古怪、受过刺激的傻女人，没想到你这么聪明。可惜你聪明过头了！"杨波说着，走到组合音响旁边，关掉录音机，把磁带拉出来扯断，揉成一团，接着说，"你想得到证据，现在证据没有了。"

这时，婉婷终于看清了杨波真实的嘴脸，证实了自己的猜测。她气恼、愤怒、痛苦到了极点，但她仍平静地问杨波："你为什么要这样对我？"

杨波赤裸裸地脱口而出："钱，为了钱，婉婷小姐。"

"难道钱对你就那么重要吗？"

"嘿嘿，"杨波冷冷一笑，"你没有过过穷日子，当然不知道钱的重要。可你知道吗？我小时候吃的菜连个油星都没有。我拼命读书，就是为了挣钱。我一个大学生，为什么在你那个不识几个大字的父亲面前夹着尾巴做人？我为什么要娶你这样被人强奸过、没人要的女人？还不都是钱闹的吗！可你父亲临死对我都不放心，难道这是我的错吗？”说到这儿，杨波像条疯狗一样，猛扑上前，将婉婷推倒在沙发上。

婉婷的手臂碰翻了一旁的小茶几，茶几上的电话也摔到了地上。婉婷盯着歇斯底里的杨波，毫不畏惧，恨恨地说：“杨波，你不要以为你这样刺激我，我就会自杀，我再也不会干那种傻事了！你不要猖狂！别得意得太早，你不是想要钱吗？哼，你一个子儿也别想得到！你不是想知道银盒子里面是什么吗？我可以告诉你。”

杨波瞪着血红的眼睛，狞笑着对婉婷说：“用不着你告诉我，霍律师已经跟我说了。我知道那个书呆子的意思是想让我待你好，爱你，可你爱过我吗？你不要怪我心狠手辣，其实是你父亲害了你。他太自私了，要不是他留下那封遗书，也许我只会和你离婚，分到一半财产，而不会杀你。可现在我只能杀了你，别无选择。这都是你们逼的！你死了，我就是唯一合法的财产继承人！我有钱了，就可以大展宏图，可以扬眉吐气了！”

婉婷见杨波为了钱，居然丧心病狂地要杀自己，这时她才真正感到了恐惧。她慌乱地拿起桌上的手机就要报警，杨波上前一把夺过手机说：“你还想报警？今晚你是死定了，谁也救不了你！告诉你吧，我在你的酒里下了一点点药，你很快就会睡过去。然后……”说着，他比划着做了个割腕自杀的动作。

婉婷果然感到眼睛开始发花，头也眩晕起来。她想站起来，却腿一软，摔倒在地。婉婷躺在地上努力控制着自己的思维，大声对杨波说：“杨波，杀了我，你能逃脱法律的制裁吗？”

杨波发出一阵奸笑：“谁能证明你是我杀的？在别人眼里，我是一个模范丈夫，而你是一个精神不正常的女人。你有自杀的习惯和历史，周围的邻居，医院的医生，还有你父亲最好的朋友霍律师，谁不知道你有这种毛病？今晚你受了刺激，病又犯了，是你自己用刀割断了手腕上的血管，而我睡着了，什么也不知道，谁能怀疑到我头上？哈哈，哈哈，这是我一生中最完美的一个策划！"

"你——你——"婉婷挣扎着说出最后两个字，眼睛开始模糊了，她看到杨波正狞笑着，拿着水果刀向她慢慢走来……

第二天早上，霍律师匆匆来到医院，推开病房的门，见里面没人，他急忙出来四处寻找。在医院的后花园里，他看到了婉婷。

只见婉婷静静地、亭亭玉立地站在一丛怒放的月季花前，明媚的朝阳照耀着她那一袭白衣和乌黑的披肩长发，像一个美丽的天使。

婉婷没有死。她倒下时，那部摔在地上的固定电话救了她。当时，婉婷发现那部电话机的听筒和话机已经分开了，她趁杨波得意忘形的时候，按下了重拨键。婉婷清楚，这部电话的最后一次通话是她跟霍律师的。她想，只要霍律师在家，他一定会听到她和杨波的对话……

这时，婉婷见霍律师走过来了，恬静地冲他微微一笑，然后，抬头望了望蔚蓝的天空，说："雨过天晴了。"

霍律师说："是啊，今天是个好天气。"

婉婷说："霍叔叔，谢谢你及时赶到救了我！"

霍律师笑着说："不用谢，聪明的孩子，只要你没事，我就算对得起你父亲了。"

婉婷忽然一本正经地说："霍叔叔，我想求你一件事情。"

"你说吧，婉婷，只要我能做到。"

婉婷语气坚定地说："我要开始新的生活了，我想工作。"

听到婉婷这句话，霍律师由衷地高兴起来，他兴奋地笑道："好！李小姐，不，李董事长，我终于等到你这句话了！我马上就去给你安排。"

说完，两个人忍不住都开心地笑了起来。

（耿忠民）

（题图：杨宏富）